दस प्रतिनिधि कहानियाँ

उपेन्द्रनाथ अश्क

किताबघर प्रकाशन
नयी दिल्ली

दस प्रतिनिधि कहानियाँ सीरीज़

10 प्रतिनिधि कहानियाँ

उपेन्द्रनाथ अश्क

ISBN—81-7016-213-0

प्रकाशक
किताबघर प्रकाशन
4855-56/24, अंसारी रोड, दरियागंज
नयी दिल्ली-110002

संस्करण
2013

आवरण
रवि शर्मा

मूल्य
एक सौ अस्सी रुपये

मुद्रक
बी०के० ऑफसेट
नवीन शाहदरा, दिल्ली-110032

DUS PRATINIDHI KAHANIYAN (Stories in Hindi)
by Upendra Nath Ashk
Price : Rs. 180.00

कथा-यात्रा में से चुनना दस प्रतिनिधि कहानियों का

प्रायः कथाकारों से मिलने वाले पाठक, आलोचक अथवा समालापकार दो-तीन प्रश्न ज़रूर पूछते हैं :

1. आप अपनी सर्वश्रेष्ठ कहानी किसे मानते हैं ?

2. यदि आपसे कोई अपनी दस बेहतरीन कहानियों का नाम चाहे तो आप किनका नाम लेंगे ?

या फिर और गहरे जाकर :

3. आपको कौन-सी कहानी लिखने में सर्वाधिक सुख मिला और क्यों ?

मैं समझता हूँ किसी कथाकार से ऐसे प्रश्न पूछना उसके साथ ज़्यादती करने के बराबर है, क्योंकि इन प्रश्नों के सही उत्तर देना, किसी भी सच्चे और दयानतदार लेखक के बस की बात नहीं। यह भी ऐन संभव है कि जो भी उत्तर वह दे, उनसे न पाठक सहमत हों न आलोचक।

मेरे जैसे लेखक के लिए, जो पूरे चार दशकों तक निरन्तर कहानियाँ लिखता रहा और जिसने दो सौ से ऊपर कहानियाँ लिखीं, ऐसे प्रश्नों का उत्तर देना और भी मुश्किल रहा है। प्रायः ऐसा होता है कि लेखक जब, जिस तरह की कहानियाँ लिख रहा होता है, उसे वे ही अच्छी लगती हैं और ऐसे प्रश्नों के उत्तर देते हुए वह उनमें से कुछ नाम ज़रूर शामिल कर लेता है। यही नहीं, उस वक्त जो कहानी बहुत चर्चित हो रही होती है, उसी को अपनी बेहतरीन कहानी कह देता है।

कालान्तर में वे कहानियाँ उसके मन से उतर जाती हैं और वह नए आधारभूत विचारों पर, नए शिल्प-शैली में नई कहानियाँ लिखने लगता है। वही उसे प्यारी लगती हैं। और यह क्रम चलता रहता है।

प्रेमचन्द के साथ भी ऐसा होता था। ऐसे ही प्रश्नों के उत्तर में उन्होंने समय-समय पर जिन-जिन दस कहानियों की चर्चा की, उनमें इतना वैभिन्य है कि वह मेरी इस धारणा को पुष्ट करता है।

इधर तो मैंने वर्षों से कोई कहानी नहीं लिखी और निरन्तर अपना बृहद् उपन्यास लिखता आ रहा हूँ, लेकिन इस बीच लोगों ने कहानियों को लेकर मुझसे साक्षात्कार किए हैं और ऐसे प्रश्न पूछे हैं। मुझे याद है, एक बार दूधनाथ सिंह ने मुझसे लम्बा इण्टरव्यू लिया था और आग्रह किया था कि मैं अपनी एक सर्वश्रेष्ठ कहानी का नाम लूँ। मैंने 'आकाशचारी' का नाम ले दिया था। दूधनाथ सिंह ने कहा था, "मैं समझता था, आप 'कहानी लेखिका और जेहलम के सात पुल' का नाम लेंगे।' तब मैंने विस्तार से बताया

था कि मैं क्यों 'आकाशचारी' को अपनी बेहतरीन कहानी समझता हूँ। वह समालाप मेरे साक्षात्कार-संग्रह 'कहानी के इर्द-गिर्द' में संकलित है।

लेकिन आज जब मैं इस संदर्भ में सोचता हूँ तो मैं कह सकता हूँ कि अगर तब मैंने 'आकाशचारी' के बदले 'कहानी लेखिका और जेहलम के सात पुल' अथवा 'अजगर' का नाम लिया होता तो मैं उतने ही युक्तियुक्त और सशक्त ढंग से उन कहानियों को अपनी बेहतरीन कहानियाँ सिद्ध कर देता।

ताल्स्ताय ने कला के संदर्भ में लिखा है कि कला के क्षेत्र में प्रायः तुलनाएँ ओडियस यानी गर्हित होती हैं। जिस प्रकार दो उत्कृष्ट कलाकारों में तुलना भ्रामक है, उसी तरह दो उत्कृष्ट रचनाओं में भी तुलना करना गलत है। वह पाठक की रुचि-अभिरुचि, समझ-सोच, सूझ-बूझ के अनुसार अच्छी या बुरी समझी जाती है और इस बात का फैसला लेखक या अलोचक नहीं कर सकता। उसे समय के ऊपर छोड़ देना ही बेहतर है। वही उन्हें अन्ततः उत्कृष्ट अथवा निकृष्ट सिद्ध करता है।

उत्कृष्ट कहानियों के सिलसिले में एक दूसरा मानदण्ड भी है। एक बार बात चलने पर डॉ० मुल्कराज आनन्द ने कहा था कि जो कहानी लोकप्रिय होती है, वही उत्कृष्ट होती है, भले ही लेखक अथवा आलोचक को पसन्द आए या न आए। लेखक को उसे लिखने में सुख मिला हो अथवा मेहनत और काविश करनी पड़ी हो, या उसे लिखते हुए वह खासा बोर भी हुआ हो और इसीलिए वह उसे एक ही बैठक में लिखी गई कहानी के मुकाबिले में अच्छी या बुरी लगती हो, लेकिन यदि लिखे जाने और मंज़िर-ए-आम पर जाने के बाद पाठक उसे सिर पर उठा लेते हैं तो वह निश्चय ही उत्कृष्ट है। और लेखक या आलोचक की रुचि-अरुचि उसका कुछ नहीं बिगाड़ सकती। फिर जो कहानी समय की सीमा को लाँघ जाती है और दशकों तक पाठकों में लोकप्रिय रहती है, वह भी निश्चय ही उत्कृष्ट है।

मेरी कहानियों में 'डाची' और 'काकड़ाँ का तेली' ऐसी ही कहानियाँ हैं। उनको लिखते समय होने वाली उकताहट मुझे आज भी याद है और वह खुशी भी, जो छपते ही उनके लोकप्रिय होने के कारण मिली। यह भी कि आधी सदी बीत जाने पर आज भी उनकी लोकप्रियता में कोई कमी नहीं आई।

ऐसे चुनावों की सबसे बड़ी मुश्किल यह होती है कि लेखक अपने मन से उन कहानियों को नहीं चुन सकता, जो उसे सचमुच उत्कृष्ट लगती हों। जो उसे प्रिय भी होती हैं और जिन्हें लिखने में उसे बेहद सुख-संतोष मिला होता है। अपनी पसन्द के खिलाफ प्रायः वह उन कहानियों को बेहतरीन मान लेता है, जो देश-विदेश में अनूदित होती हैं। इस सिलसिले में एक निहायत दिलचस्प बात मेरे ज़ेहन में आ रही है। मेरे एक अमरीकी मित्र थे—स्व० गोर्डन रोडरमल। वे इलाहाबाद विश्वविद्यालय में हिन्दी पढ़ाते थे और मेरे यहाँ लगातार आते थे। उनसे आत्मीय सम्बन्ध हो गया था। उस

तो साहिबो, मैं समझता हूँ कि उत्कृष्ट कहानियों के बारे में कभी भी एक राय नहीं होती। लेकिन यह भी सच है कि क़ालांतर में कुछ कहानियाँ आम और खास दोनों तरह के पाठकों में पसन्द की जाती हैं और वे ही वास्तव में उत्कृष्ट कहलाती हैं।

यूँ भी होता है कि लेखक अपने लिखने के किसी दौर में एक ही शैली, शिल्प और स्तर की कहानियाँ लिखता है और उसे वे सब अच्छी लगती हैं। उनमें कौन अच्छी और कौन बहुत अच्छी है, यह फैसला करना उसके लिए बहुत मुश्किल होता है। लेकिन यह भी सही है कि पाठकों या आलोचकों को वे सब एक जैसी पसन्द नहीं होतीं और जब लेखक अपनी बेहतरीन कहानियों की ऐसी सूची बनाता है तो, न चाहते हुए भी, उन्हीं कहानियों को शामिल करने के लिए विवश होता है, जिन्हें पाठकों ने लोकप्रियता की सनद बख्श दी हो।

यह 1937-38 की बात है, लाहौर में प्रगतिशील आन्दोलन की आँधी अभी पूरे ज़ोरों से नहीं आई थी। लेकिन कृष्ण और बेदी ने उसके पहले झोंकों ही से प्रभावित होकर क्रमशः अपनी शत-प्रतिशत रूमानी और व्यक्तिवादी रविश छोड़कर 'दो फर्लांग लम्बी सड़क' और 'ग्रहण' जैसी कहानियाँ लिखी थीं। मैं ऐसी मनोवैज्ञानिक कहानियाँ लिख रहा था जो व्यक्ति के अन्तर्मन के गुह्य स्तरों में छिपी हकीकतों को बेनकाब कर दें। ज़ाहिर है, ये हकीकतें उसके बाह्य व्यवहार और रूप की हकीकतों से अकसर भिन्न होती हैं और इसीलिए उनको सही रूप से उद्घाटित करने में अणुवीक्षक दृष्टि और बारीक शिल्प-शैली की आवश्यकता होती है। वास्तव में कुछ ही देर पहले मैंने कई खण्डों में लिखे जाने वाले एक वृहद् उपन्यास की योजना बनाई थी और उसी के लिए अभ्यास-स्वरूप मैं उपन्यास की उठान के साथ शुरू होने वाली और ऊपरी हकीकतों के अन्दर छिपी हकीकतों को उभारने वाली वे कहानियाँ लिख रहा था। इनमें सबसे पहली कहानी 'कोंपल' (हिन्दी में अंकुर) लाहौर की सबसे प्रसिद्ध उर्दू पत्रिका 'अदबी दुनिया' के वृहद् कहानी विशेषांक में छपी और बहुत चर्चित हुई।

इसी क्रम में मैंने पाँच और कहानियाँ—गोगखड़, कफस (पिंजरा), ये इन्सान (मनुष्य यह), नासूर और चट्टान लिखीं। 'चट्टान' का पहला रफ वर्शन ही तैयार हुआ था कि मेरा उपन्यास चल पड़ा और मैं उसे वैसे ही छोड़कर उपन्यास लिखने में तल्लीन हो गया।

मुझे ये सबकी-सब स्तरीय और उत्कृष्ट कहानियाँ लगती थीं। लिखे जाने और छपते समय ये चर्चित भी हुईं, लेकिन इन सब में ख्याति केवल (शायद प्रगतिशील मानी जाने के कारण) 'पिंजरा' ही को मिली। ज़ाहिर है प्रस्तुत संग्रह की सूची में वही शामिल है।

फिर दो-एक साल बाद जब मैं प्रीतनगर में 'प्रीतलड़ी' के उर्दू-हिन्दी संस्करणों का संपादन करता हुआ अपना वृहद् उपन्यास 'गिरती दीवारें' भी लिख रहा था, थोड़ा-सा

ज़माने में उन्होंने 'गोदान' के अनुवाद में भी मदद की थी। बाद में एक बार उन्होंने हिन्दी की उत्कृष्ट कहानियाँ छापने की योजना बनाई और मेरी एक कहानी का अनुवाद करना चाहा। मैंने उन्हें अपने वृहद् संग्रह 'सत्तर श्रेष्ठ कहानियाँ' की एक प्रति दे दी। उन्होंने उसमें से एक कहानी 'पागलखाने में' चुनी और उसका अनुवाद कर दिया। मैं बहुत हैरान हुआ। अव्वल तो वह स्वतंत्र रूप से लिखी हुई कहानी नहीं है, बल्कि मेरे वृहद् उपन्यास 'गिरती दीवारें' के तीसरे खण्ड 'एक नन्ही कन्दील' का एक स्वतंत्र परिच्छेद है—थोड़ा कटा-छँटा। फिर मेरी उत्कृष्ट कहानियों में मेरे किसी मित्र ने उसका नाम नहीं लिया। मुझे वह रचना अच्छी लगती थी, यह बात दीगर है। जब मिलने पर मैंने उनसे पूछा तो रोडरमल ने कहा, 'मुझे यह कहानी बहुत अच्छी लगी। इसलिए मैंने उसका अनुवाद किया।'

इसी संदर्भ में एक दूसरी मिसाल देता हूँ—1974 में मैं लन्दन गया तो वहाँ लन्दन विश्वविद्यालय के हिन्दी विभाग में एक अंग्रेज़ स्कॉलर रूपर्ट स्नेल से मिला और लायब्रेरी में 'सत्तर श्रेष्ठ कहानियाँ' दे आया। कुछ वर्ष पहले 'साउथ-ईस्ट एशियन स्टडीज', अमेरिका की पत्रिका में (जो पहले 'महफिल' के नाम से जानी जाती थी) मेरी एक छोटी-सी कहानी 'गली का नाम' का अनुवाद 'स्ट्रीट नेम' के शीर्षक से छपा। तब भी मैं बहुत हैरान था। उसे कभी मैंने 'स्फूर्ति' के नाम से लिखा था। बाद में उसका शीर्षक बदल दिया। वह व्यक्ति के अहं से सम्बन्ध रखती है जो प्रायः हमारे पहलू में कर्म करने के लिए एड़ लगाता है और हम अपने उद्देश्य की ओर सरपट भागते हैं। वह कहानी उसी मनोवैज्ञानिक बिन्दु को उभारती थी। व्यक्तिगत रूप से मैं कहानी से संतुष्ट था। उसमें शिल्प का भी कोई दोष नहीं था। किन्तु वह इतनी अच्छी कहानी है कि कोई विदेशी स्कॉलर उसे अनुवाद के लिए चुनेगा, ऐसा भी मैंने कभी नहीं सोचा था।

मैं 1983 में इंग्लिस्तान गया। वहाँ पाँच महीने रहा। तभी मैं उस कहानी के अनुवादक अपने पुराने परिचित रूपर्ट स्नेल से भी मिला। वे इस बीच लन्दन विश्वविद्यालय के हिन्दी विभाग के अध्यक्ष हो गए थे। जब मैंने उनसे यही प्रश्न किया कि सत्तर कहानियों में से वही छोटी-सी कहानी उन्हें अच्छी लगी क्या, तो उन्होंने स्वीकार में सिर हिला दिया।

यही बात मेरी कहानी 'काले साहब' के बारे में कही जा सकती है। उसका अनुवाद पहले कृष्ण बलदेव वैद ने 'रिक्शा पुलर' के शीर्षक से किया। तभी वह अमरीकी पत्रिका 'लिट्रेरी-रिव्यू' में छपी। लेकिन कुछ वर्ष बाद एडिथ इरविन ने फिर उसका अनुवाद 'डार्क साहिब्स' के शीर्षक से किया। वह 'एरिज़ोना रिव्यू' में छपा और वह उस वर्ष की बेहतरीन कहानी समझी गई। मैं चाहूँ या न चाहूँ, मुझे उस कहानी को उत्कृष्ट मानना पड़ा। वह भी प्रस्तुत संग्रह में शामिल है। यही स्थिति 'उबाल' की है, जो न केवल 'चन्दन' के नाम से 'लिट्रेरी रिव्यू' में छपी, वरन जर्मन अनुवाद में भी एक संकलन में शामिल हुई।

हाथ रुकने पर मैंने 'चट्टान' का मसौदा दुबारा पढ़ा तो उसमें मुझे कुछ दोष दिखाई दिए। किसी अतिशयोक्ति के बिना मैंने उसे छः बार लिखा। तब जाकर मुझे कुछ संतोष हुआ। क्योंकि मूड बन गया था इसलिए मैंने उसके साथ दो और कहानियाँ लिखीं—'कालू' और 'बैंगन का पौधा'।

मैं इनमें से 'चट्टान' को पहला नम्बर, 'कालू' को दूसरा और 'बैंगन का पौधा' को तीसरा नम्बर देता था—आज भी मैं ऐसा ही मानता हूँ। लेकिन जब मैं तीनों कहानियाँ लेकर लाहौर गया कि उन्हें विभिन्न पत्र-पत्रिकाओं को दे दूँ तो पत्रिकाओं के संपादकों से मिलने के पहले, मैंने तीनों कहानियाँ अपने कथाकार मित्र कृष्णचन्दर को सुनाईं। उसने सुनते ही घोषणा की कि 'बैंगन का पौधा' उनमें से बेहतरीन है और वह उस वर्ष की सर्वोत्कृष्ट कहानी है। यद्यपि मेरा प्रकाशक चौधरी नज़ीर मेरे मत से सहमत था और उसने 'चट्टान' को ही लिया और पहली बार मुझे दस रुपए पारिश्रमिक भी दिया, लेकिन तीनों में कहानी 'बैंगन का पौधा' ही उत्कृष्ट मानी गई और आज भी मानी जाती है। 'चट्टान' की उत्कृष्टता से तो कुछ लोग सहमत हैं, लेकिन गरीब 'कालू' का सिवाय फणीश्वरनाथ रेणु के किसी ने उल्लेख नहीं किया। रेणु आर्टिस्ट थे। मुझे खुशी है कि उन्हें वह कहानी पसन्द आई।

1941 में मैं प्रीतनगर से ऑल इंडिया रेडियो दिल्ली चला गया। यद्यपि मेरा प्रमुख काम तो नाटक लिखना था, लेकिन इतने सारे उच्चकोटि के कथाकारों का सान्निध्य···कहानियाँ न लिखना असम्भव था। लगातार नाटक लिखते हुए भी मैंने कुछ कहानियाँ लिखीं, जो बहुत चर्चित हुईं।

वह प्रगतिशील आन्दोलन के चरमोत्थान का ज़माना था। जैसा कि मैंने कहा—कृष्ण और बेदी तो लाहौर ही में प्रगतिशील कहलाने लगे थे। मैं और मण्टो चूँकि अपनी तरह लिखने वाले थे, हमें कभी प्रगतिशील मान लिया जाता, कभी अप्रगतिशील। तभी इस्मत ने 'लिहाफ' और मंटो ने 'हतक' जैसी नंगी हकीकतों की कहानियाँ लिखीं, जिन्हें बेहद उछाला गया। मैं तो बुनियादी तौर पर प्रगतिशील लेखक नहीं समझा जाता था और मैं अपनी रुचि के अनुसार कहानियाँ लिखता था। मैं यह भी कहता था कि हकीकत के बहुत से पहलू हैं। तिक्त और कटु हैं और प्रगतिशीलता रंडियों के कोठों और सेक्स की उरियानी (नंगेपन) पर ही खत्म नहीं हो जाती। मैं चार-पाँच बरस पहले ही 'डाची' जैसी कहानी लिख चुका था जो बहुत लोकप्रिय हुई थी और उसी के कारण मुझे भी प्रगतिशील मान लिया गया था। दिल्ली में प्रगतिशीलता और 'नई कहानी' का शोर था, जिसमें प्लाट के महत्त्व को भी नकारा जा रहा था। मैंने पहले अपनी कहानी 'सपने' फ़िर काकड़ाँ का तेली' लिखीं, जिन पर बेहद चर्चा हुई, लेकिन बहस-बहस में कृष्ण ने ताना दिया कि चूँकि मैं उस लाइफ से (यानी रंडियों और टखिहाइयों के जीवन से) अनभिज्ञ हूँ, इसलिए वैसी कहानियों की निन्दा करता हूँ। तब

चुनौती मानकर मैंने 'उबाल' लिखी, जो उस वर्ष की सर्वश्रेष्ठ कहानी समझी गई और आज भी उसकी लोकप्रियता में कमी नहीं आई। दिल्ली में रहते हुए मैंने चौथी कहानी 'झटके' लिखी जिसे बड़े बुखारी साहब ने बहुत पसन्द किया और जो कथानक-हीन कहानी का उत्तम नमूना है।

मैं 1945 में बम्बई चला गया, जहाँ 'फौजी अखबार' दिल्ली की छः माह की नौकरी के दिलचस्प अनुभवों को लेकर मैंने अपनी प्रसिद्ध कहानी 'कैप्टेन रशीद' लिखी। जो उसी ज़माने में 'नया अदब' में प्रकाशित हुई। यह पाँचों की पाँचों मेरी उत्कृष्ट कहानियों में से हैं। यह बात दीगर है कि लोकप्रियता इनमें से 'काकड़ाँ का तेली' और 'उबाल' को ही मिली और मेरी बेहतरीन कहानियों में अनायास उनका नाम लिया जाता है।

1946 में मैं यक्ष्मा की चपेट में आ गया और पौने दो बरस पंचगनी के सेनीटोरियम में रहा। वहाँ के परिवेश में मैंने एक छोटी कहानी 'अस्त्र' और तीन बड़ी कहानियाँ—'बच्चे', 'टेबल लैण्ड' और 'मिस्टर घटपाण्डे' लिखीं। ये तीनों उत्कृष्ट कहानियाँ मानी जाती हैं और इन तीनों का अंग्रेज़ी में अनुवाद हो चुका है। लेकिन यहाँ विभिन्नता के विचार से 'मिस्टर घटपाण्डे' को शामिल कर लिया गया है।

1948 में मैं इलाहाबाद आ गया जहाँ उस ज़माने में हिन्दी और उर्दू लेखकों का जमघट था। 'प्रगतिशील लेखक संघ' और 'परिमल'—दो प्रमुख संस्थाएँ पूरे जोरों से कार्यरत थीं। उनके साथ कई छोटी संस्थाएँ भी क्रियाशील थीं। निरन्तर गोष्ठियाँ और सम्मेलन होते थे। कहानियाँ लिखी, पढ़ी और डिस्कस की जाती थीं। इलाहाबाद का वह स्वर्णयुग था, जो लगभग दो दशकों तक कायम रहा। उसी ज़माने में भैरवप्रसाद गुप्त ने 'माया' छोड़कर 'कहानी' का संपादन सँभाल लिया था और फिर पाँच वर्ष बाद कहानी छोड़कर 'नई कहानियाँ' में चले गए थे। चूँकि दोनों काम मेरी मदद से ही सम्पन्न हुए थे, इसलिए उन्हें मेरा पूरा सहयोग भी प्राप्त था और उन दोनों पत्रिकाओं को सफल बनाने की खातिर मैंने कुछ बहुत अच्छी कहानियाँ लिखीं। 'ठहराव', 'झाग और मुस्कान' (लल्लन), 'पलंग' और 'बेबसी'—ये सबकी-सब बेहद चर्चित हुईं। इनके पक्ष और विपक्ष में लेख लिखे गए। यद्यपि मैं उन सबमें 'लल्लन' को सर्वोत्कृष्ट मानता हूँ, लेकिन लोकप्रियता की सनद केवल 'पलंग' को मिली। खुशवन्तसिंह ने उसका अनुवाद अंग्रेज़ी में किया और यह कई अंग्रेज़ी कथा-संग्रहों में संकलित भी हुई, न केवल यह, बल्कि बँगला, तेलुगू और कई दूसरी प्रादेशिक भाषाओं में भी इसका अनुवाद हुआ। इसीलिए प्रस्तुत संग्रह में उन कहानियाँ में से 'पलंग' को शामिल किया गया है।

1960 के करीब भैरवप्रसाद गुप्त कहानी से 'नई कहानियाँ' में चले गए। 'पलंग' सीरीज़ की कुछ कहानियाँ वहीं छपीं। 1963 में उन्होंने नई कहानियाँ से त्याग-पत्र दे

दिया। कुछ अर्सा कमलेश्वर वीर भीष्म साहनी उसको सँभाले रहे। फिर एक-दो हाथों से होती हुई अमृतराय के यहाँ आकर 'नई कहानियाँ' अस्तंगत हो गई और एक तरह से उसके साथ ही प्रगतिशील कहानी का दौर समाप्त हो गया।

तभी 1957 में मेरा रुका वृहद् उपन्यास शुरू हो गया। मैं निरन्तर उपन्यास लिखने लगा था और बीच-बीच में प्रगतिशील मित्रों के कहने पर एकाध कहानी लिख देता था, चूँकि उपन्यास और कहानी लगभग एक ही विधा के दो रूप हैं। इसलिए वृहद् उपन्यास के दबाव में मेरा कहानी लिखना उत्तरोतर कम होता गया। अपनी अफसाना-नवीसी के अन्तिम दौर में फिर 1938 की तरह मैं व्यक्ति के अन्तर्मन के गुह्य स्तरों में छिपे यथार्थ का चित्रण करने लगा था और 'डाची' अथवा 'काकड़ाँ का तेली' जैसी एक आयामी कहानियों के विपरीत बहुआयामी कहानियाँ लिखने लगा था। 1954 से '68 तक मैंने उपन्यास के दो वृहद् खण्ड 'शहर में घूमता आईना' और 'एक नन्ही किन्दील' लिखते हुए चार निहायत चर्चित, विवादास्पद और अपने जाने सर्वोत्कृष्ट कहानियाँ लिखीं—'कहानी लेखिका और जेहलम के सात पुल', 'एक उदासीन शाम', 'आकाशचारी' और 'अजगर'! जहाँ तक मुझे याद पड़ता है 'कहानी लेखिका और जेहलम के सात पुल', 'एक उदासीन शाम', 'नई कहानियाँ' में, 'आकाशचारी' दो बार 'माया' में और 'अजगर' 'विकल्प' में छपीं। प्रस्तुत संग्रह में इनमें से दो कहानियाँ, 'आकाशचारी' और 'अजगर' शामिल हैं। इनकी व्याख्या यहाँ सम्भव नहीं है। मैं अपने समालाप संग्रह 'कहानी के इर्द-गिर्द' में दूधनाथ सिंह के इण्टरव्यू द्वारा 'आकाशचारी' पर प्रकाश डाल चुका हूँ। अपनी नवीनतम पुस्तक 'मेरे कहानी लेखन के 40 वर्ष' में (जो कि आजकल 'स्वतन्त्र भारत' लखनऊ में) धारावाहिक रूप में छप रही है, इन कहानियों की सविस्तर चर्चा कर चुका हूँ।

पिछले दिनों पाकिस्तान के युवा लेखक और आलोचक डॉ० आसफ असलम फर्रूखी ने मेरी तीस बेहतरीन कहानियों का चुनाव किया। ऐसे ही एक बार उससे पहले अलीगढ़ विश्वविद्यालय के रीडर स्व० डॉ० अतहर परवेज़ ने मेरी पन्द्रह कहानियाँ चुनी थीं। मैं सिर्फ यहाँ यह कहना चाहता हूँ कि इस संग्रह की दसों कहानियाँ उन दोनों सूचियों में शामिल थीं।

पाठकों के सामने मैंने इन कहानियों के बारे में अपनी बात रख दी है। उनसे मेरा सिर्फ यही अनुरोध है कि न वे मेरी बात मानें और न किसी और की, स्वयं पढ़ें और निर्णय करें।

—अश्क

क्रम

पलंग

....केशी ने उधर ध्यान नहीं दिया। दोनों हाथों से किवाड़ खोलकर वह अन्दर दाखिल हुआ। कमरे में जहेज़ का सारा सामाम गडमड पड़ा था—फर्नीचर, ड्रेसिंग-टेबल, अलमारी, कपड़ों की गठरियाँ, मेवे-मिठाइयों के थाल। एक ओर वह पलंग भी पड़ा था, जो जहेज़ में आया था और उस पर बेशुमार कपड़े लदे थे। दोनों बाँहों में भर-भर, उसने कपड़े कौच पर पटके। दुल्हन उसके पीछे-पीछे अन्दर आ गई थी। उसकी आँखों में व्यंग्य के बदले फिर भय लौट आया था। सहसा पलटकर केशी ने उसे दोनों कन्धों से थाम लिया, पल-भर उन सहमी-डरी आँखों में झाँकता रहा, फिर सहसा उसने उसे दोनों बाँहों में भरकर चूम लिया।

दुल्हन की आँखों पर झुकती हुई केशी की निगाहें अचानक पलंग के सिरहाने गोल शीशे में लगे, अपनी माँ के छोटे-से चित्र पर चली गई—सुन्दर, नुकीला मुख, बड़ी-बड़ी आँखें, गिलाफी पलकें, पतली-नाज़ुक नाक, तराशे हुए हँसते होंठों में मोतियों की पंक्ति....और सहसा दुल्हन की आकृति पर उसकी माँ की रेखाएँ उभर आईं।....दोनों के कद-बुत, नाक-नक्शे में कैसा साम्य था!....केशी का मस्तिष्क धुँधला गया। एक तेज़ कँपकँपी उसकी शिराओं में दौड़ती चली गई। सिर को ज़रा-सा झटका देकर उसने उस चित्र को आँखों से हटाने का प्रयास किया, लेकिन बचपन से लेकर अभी कुछ ही वर्ष पहले तक वह न जाने कितनी बार इसी तरह माँ के वक्ष पर लेटा था....और वह स्मृति उस क्षण उसके मस्तिष्क के पर्दे पर से होकर निकल गई और अपनी दुल्हन की फैली-फैली मुग्ध आँखें और गीले-रसीले होंठ चूमने के बदले, वह सहसा बाईं ओर को फिसल पड़ा। चित लेट गया। पल-भर को उसकी निगाहें मच्छरदानी के खाली फ्रेम पर छाए मोतिया के लम्बे हारों पर चली गईं, उसका हाथ सेज पर बिछी बेले की कलियों पर जा पड़ा और सहसा उसके जी में आया, वह उछलकर उठे और उस सुगंधित, सुवासित सुहाग-कक्ष से बाहर निकल जाय।

लेकिन वह न उछला, न उठा, चुपचाप लेटा रहा। दुल्हन न जाने क्या समझे, यही ख्याल अचेतन में उसे पलंग के साथ बाँधे रहा। सिर को झटका देकर उसने क्षण-भर पहले के चित्र को आँखों से हटाने का प्रयास किया, लेकिन एक के बदले अनेक चित्र एक-दूसरे के ऊपर, बरसाती बादलों-से उमड़े चले आए।

....इसी कमरे में, इसी पलंग पर उसके पापा और ममी साथ-साथ लेटे हैं, बरामदे में पलँगड़ी पर वह पड़ा है और टुकुर-टुकुर उन्हें देख रहा है। पापा के साथ लेटी माँ

कितनी छोटी, कितनी सुन्दर लगती है।

....माँ शीशे के आगे बैठी शृंगार कर रही है और वह दरवाज़े के पीछे खड़ा चुपचाप उसे देख रहा है। आया जिस परी की कहानी सुनाती थी, वैसी ही सुन्दर तो उसकी माँ है। वह उसे देख लेती है और प्यार से बुलाती है। धरती पर घुटने टेक, पुलकित वह उसकी गोद में सिर छुपा लेता है। माँ एक हाथ से उसके बाल सहलाती है, दूसरे से अपने बालों में कंघी किए जाती है।

....जाने पापा को क्या हो गया है? एक आदमी रोज़ आता है, उसके गले में दो साँप-से लटक रहे हैं, उनका एक-एक सिरा दोनों कानों में लगाकर उनका मुँह वह पापा की छाती पर जहाँ-तहाँ रखता है। फिर उनकी बाँह में सुइयाँ चुभोता है। पापा नहीं रोते, पर वह रोने लगता है, ममी उसे छाती से लगा लेती है और दूसरे कमरे में ले जाती है।

....पापा धरती पर लेटे हैं, हिलते-डुलते नहीं, घर में सब रो रहे हैं। वह भी रोता है। माँ रोए जाती है, उसे चूमे जाती है, रोए जाती है। औरतें उसकी चूड़ियाँ तोड़ देती हैं, उसके माथे का सिंदूर पोंछ देती हैं, केशी को उसकी गोद से छीन लेती हैं। वह रोता है, रोए जाता है, रोए जाता है, पर उसे कोई चुप नहीं कराता।

....वही पलंग है। वह अपने पापा की जगह लेटा है। माँ उसके साथ लेटी है। एक नदी-सी सफेद धोती पहने है। सुबह का उजेला कमरे में झाँक रहा है, पर माँ बेसुध सोई है। वह एकटक उसे देखता रहता है—पतला नाज़ुक, परियों का-सा मुख, बन्द आँखें, खुले-बिखरे बाल—वह उसे उस शहज़ादी-सी लगती है, जो शापग्रस्त सोई थी और जिसे शहज़ादे ने आकर जगाया था...वह धीरे-धीरे बढ़ता है और उसे 'किस्सी' कर लेता है। उसकी माँ जग जाती है। बाँह फैलाकर उसे अपने सीने से बाँध लेती है और उसका माथा, उसकी आँखें, उसके होंठ चूम लेती है।

....वह अपनी माँ के सीने पर लेटा है। वह उसे राजकुमार की कहानी सुना रही है, जो सात समुन्दर पार से शहज़ादी ब्याह लाया था। कहानी सुनाकर वह उससे पूछती है, 'क्या तू भी ऐसी शहज़ादी से ब्याह करेगा?'

'मैं तुमसे ब्याह करूँगा।'

'दत्त पगले, कभी बेटे भी माओं से ब्याह करते हैं?'

और वह उसे आश्वासन देती है कि वह उसके लिए अपने ही जैसी दुल्हन ब्याह कर लाएगी।

'मैं फिर यही पलंग लूँगा।' वह पलंग के सिरहाने में लगे अपनी माँ के सुन्दर चित्र को देखकर कहता है।

'हाँ-हाँ, यह पलंग मैं तुम्हें और तुम्हारी दुल्हन को दूँगी।'

और वह उसे सीने से लगाकर भींच लेती है।

"क्या बात है, तबीयत कुछ ठीक नहीं है?" सहसा दुल्हन करवट के बल होकर

उसके माथे और बालों पर प्यार से हाथ फेरती है।

"नहीं, कुछ नहीं," सिर के एक हल्के-से झटके से स्मृतियों की शृंखला तोड़, केशी हँसता है—ऐसी हँसी, जो लम्बी साँस-जैसी लगती है।

उसकी माँ ने तो सच ही कहा था। वैसा ही लम्बा कद, सुन्दर मुख, बड़ी-बड़ी आँखें, तीखे नक्श, नाज़ुक होंठ, मोतियों-से दाँत—माँ उसकी बहू अपने ही अनुरूप लाई थी। 'हालाँकि जहेज़ में बड़ा सुन्दर पलंग आया था, पर माँ ने, वर्षों पहले किए अपने वादे के अनुसार, वही अपने वाला, बड़ा, कीमती पलंग सुहाग-कक्ष में बिछा दिया था। पलंग क्या, अपना कमरा ही दुल्हन हो दे दिया था।

दुल्हन उस पर झुकी, उसकी आँखों में कहीं दूर झाँकने का प्रयास कर रही थी, जानना चाहती थी कि कुछ क्षण पहले का उसका उत्साह एकदम शिथिल क्यों पड़ गया? पर यह जानने का उसके पास कोई साधन न था और बड़े संकोच-भरे स्नेह से वह उस पर किंचित् झुकी, उसके बाल सहलाए जा रही थी।

केशी कुछ क्षण चुपचाप लेटा रहा, फिर उसने सहसा दुल्हन की गर्दन में हाथ डालकर उसे अपने सीने से लगा लिया। कितनी ही देर तक वह उसके सिर को अपने सीने पर रखे उसके बालों, गालों और होंठों को सहलाता रहा, यहाँ तक कि उसके दिमाग से सब जाले दूर हो गए और सीने पर लेटी दुल्हन और उसके गोरे-गदराए शरीर की गर्मी उसकी नस-नस में समा गई। उसने धीरे से उसे चूमकर अपने पहलू में लिटा लिया और उसके गर्म-गुदाज़ सीने पर सिर रखकर लेट गया। बार-बार उसका मन होने लगा कि वह सिर उठाए, अपनी बीवी को प्यार करे, पर जैसे उस चित्र का सामना करने में उसे संकोच हो रहा था। वहीं लेटे-लेटे बाएँ हाथ से उसने अपना तकिया उठाकर अन्दाज़ से चित्र के आगे रख दिया। तब उसने सिर उठाया। लेकिन वह जैसे उस तकिये के पीछे छुपकर और भी नुमायाँ हो गया था और दुल्हन के चेहरे पर किसी दूसरे चेहरे की रेखाएँ बनने लगी थीं····'नहीं ····नहीं ····नहीं!' वह झुँझलाकर मन-ही-मन चिल्लाया और फिर फिसलकर वैसे ही चित लेट गया। फिर न जाने कैसा बगूला-सा उसके मन में उठा। वह उछला और सुहाग-कक्ष के बाहर हो गया।

बरामदे की झिलमिली से चैत की पूनो बड़ी शरमाई निगाहों से अन्दर झाँक रही थी। क्षण-भर को वह बरामदे की मेहराब में रुका। चुपचाप बाहर फैली चाँदनी में ताकता रहा। ठंडी हवा के स्पर्श से उसकी तनी हुई नसों को कुछ अजीब-सी राहत मिली। लेकिन वह पलटा नहीं, बल्कि बाहर निकल आया। दाईं ओर फूलों की रविशों में फ्लाग्ज़ और बबीना खिला था; सामने डेलिया के पौदे, फूलों के भार से झुके, हल्की बयार के स्पर्श से झूल रहे थे। घास के लॉन के साथ कटी-छँटी मेंहदी के पीछे क्यारी में सोसन खिला था और गुलाब की बेल के गिर्द गोल थाले में नेस्ट्रेशियम के ढेरों फूल जैसे उस चाँदनी में नहा रहे थे। अनजाने ही उन रविशों में अटकता-भटकता, फूलों के

रंगों को झुककर देखता, बेखयाली में उन्हें छूता केशी बढ़ता चला गया। दिन के वक्त जो फूल अपनी रंगीनी से आँखों को चौंधिया देते थे, वे इस शीतल चाँदनी में बड़े ही सुखद, शान्त और तनी हुई नसों को आराम पहुँचाने वाले लग रहे थे। पीला और गुलाबी रंग सफेद-सफेद लग रहा था और गहरा लाल, नीला या जामुनी काला दिखाई देता था। वह कॉटेज की चहारदीवारी के पास पहुँचकर वहाँ रुका, जहाँ दीवार के साथ-साथ शुरू-बहार का बेला फूला था। चहारदीवारी की छाया के नीम-अँधेरे में, बेल के फूले मोतियों-से चमक रहे थे। पहले कभी जब चाँदनी रातों में वह बेला खिला देखता था तो सदैव कहीं पढ़े अथवा सुने गीत की एक पंक्ति उसके होंठों पर आ जाती थी और वह सहसा गुनगुना उठता था :

बहुत दिनों के बाद खिला बेला, मेरा आँगन महका
आँगन महका

लेकिन आज जब सचमुच उसका आँगन महका था तो वह गीत न जाने विस्मृति के किस गर्त में जा डूबा था। अपने तने हुए मस्तिष्क के साथ वह कॉटेज से गेट तक और गेट से कॉटेज तक चुपचाप घूमता रहा। तभी जब वह दूसरी बार कॉटेज की ओर वापस आ रहा था, उसकी दृष्टि कॉटेज के दूसरे किनारे वाले कमरे के शीशे पर गई। अन्दर रोशनी थी। उसकी माँ निश्चय ही जाग रही थी। उसकी आंटी और दूसरी औरतें भी जाग रही थीं और शायद उन्हीं के बारे में सोच रही थीं... उसकी माँ ने कितने श्रम और साध से उसका सुहाग-कक्ष सजाया था। सारा दिन किनारे वाले खाने के कमरे में (जिसकी मेज़-कुर्सियाँ बाहर बरामदे में रख दी गई थीं और जिसमें बहू को उतारा गया था) माँ, आंटी और दूसरी स्त्रियाँ गान्ना, गुथली, माँग-भराई और मुँह-दिखाई की रस्में पूरी करती रही थीं; साथ के ड्राइंगरूम में वह अपने मित्रों में घिरा बैठा रहा था; बराबर के उसके अपने कमरे में दुनिया-जहान के सामान में जहेज़ का सारा सामन और फर्नीचर रखा जाता रहा था और इधर के, माँ वाले कमरे को सुहागरात के लिए सजाया जाता रहा था। दसियों रस्मों, मेहमानों की आवभगत और दूसरे बीसियों कामों में उलझी और कई रातों की जगी, अपनी माँ को उसने निरन्तर इस कमरे में आते-जाते देखा था। आंटी और दूर के रिश्ते की उसकी एक युवा मौसी इस काम में उसका हाथ बँटा रही थीं। उसकी माँ के उल्लास का वार-पार न था—जैसे इतने रतजगों, इतनी दौड़-धूप, इतने श्रम, इतने हंगामे की चरम परिणति बस इसी कमरे की सजावट में थी। वह कई बार बहाने से आया था कि आखिर देखे, उसकी माँ और आंटी वहाँ क्या सजावट कर रही हैं, पर हर बार उसे खदेड़ दिया गया था। रात से पहले उसे उधर झाँकने की भी मनाही थी।

मित्रों से बातें करते, रस्मों में योग देते और औरतों के मज़ाक सुनते हुए केशी की निगाहें बार-बार अपनी माँ के चेहरे पर जा टिकती थीं। यद्यपि उसकी उम्र अब चालीस की होने को आई थी और गत बाईस वर्षों के वैधव्य ने कुछ अजीब-सा काठिन्य उसकी आकृति पर उभार दिया था और उसकी आँखों के नीचे हल्के स्याह गढ़े बन गए थे,

लेकिन सफेद सिल्क की साड़ी में, अपने इकलौते बेटे के विवाह के उल्लास में तमतमाया उसका मुख, केशी को उपस्थित स्त्रियों में सबसे सुन्दर लगता था। उसकी आँखों के गढ़े न जाने किस जादू के प्रभाव से लोप हो गए थे। रस्में पूरी करती और मेहमानों की देखभाल करती हुई वह बीच-बीच में जाकर सुहाग-कक्ष को सजाने में लग जाती। थकन का उसकी आकृति पर कहीं निशान तक न था।

वह जानता था, इतनी थकन और रतजगों के कारण माँ बीमार पड़ जाएगी। उन दिनों प्रायः हर रात सोने से पहले माँ के पास जाकर उसने कहा था, 'माँ, अब सो जाओ!' पर स्वयं सोने के बदले, उसे उसकी चारपाई पर ले जाकर हल्का-सा तेल उसकी कनपटियों पर मल, उसकी भवों को सहला, माँ उसे सुला जाती थी और स्वयं काम में जा लगती थी···केशी को बहुत पहले सिर में तेल डलवाने की आदत पड़ गई थी। परीक्षा के दिनों में जब वह रात-रात-भर पढ़ता था और दिन को एकाध घंटा सोना चाहता था और उसे नींद न आती थी और माँ उसके सिर में तेल लगाती थी तो केशी अपने सिर पर झुके उसके मुख को एकटक देखता रहता और सोता न था, तब माँ प्यार से उसकी आँखें बन्द कर देती थी, उन्हें हल्के से चूमकर भवों पर अपनी ढीली उँगलियाँ जल्दी-जल्दी चलाती थी और इतना स्नेह उस कोमल उँगलियों में भर देती थी कि उसकी पलकें भारी हो जाती थीं और वह गहरी नींद सो जाता था। केशी ने स्वयं उससे यह कला सीख ली थी। कभी जब थकन अथवा चिन्ता से माँ को नींद न आती थी तो वह खुद उसके सिरहाने बैठकर बड़े ही प्यार से उसकी कनपटियाँ सहलाकर उसे सुला देता था। जब वह छोटा था—तेरह-चौदह बरस का—तो ऐसे में माँ कभी-कभी उसका सिर झुकाकर उसे चूम लेती थी। जब वह बड़ा हो गया—बी० ए०, एम० ए० कर, विश्वविद्यालय में मनोविज्ञान का अध्यापक हो गया—तो ऐसे में माँ उसका मस्तक चूम लेती थी और केशी बड़े स्नेह से उसे थपथपाकर सुला देता था। वह चाहता था—शादी में आई हुई स्त्रियों से घिरी अपनी माँ को उठाए और उसे उसके कमरे में ले जाकर गहरी नींद सुला दे। लेकिन वहाँ तो वह सुहाग-सेज में लगी थी। फूलों की कमी के कारण न जाने उसने कितने आदमियों को कहाँ-कहाँ भेजा था और कितना पैसा पानी की तरह बहाया था। वह उससे कहना चाहता था—'माँ, तुम क्यों जान हलकान कर रही हो, तुम्हारा स्नेह इन सारी रस्मों-खुशियों, साज-सिंगार से बड़ा है, मेरे लिए उसका मोल इन सबसे कहीं ज़्यादा है, तुम बीमार पड़ जाओगी!' पर वह यह भी जानता था कि वह उसकी एक न सुनेगी। 'मेरी शादी तो बेटे, कुछ यों ही हुई थी।' उसने केशी से एक बार कहा था, 'तुम्हारे पिता मामूली क्लर्क थे और कम्पीटशन में कभी बैठे न थे। मैं नहीं चाहती थी कि तुम्हारी बहू के मन में कोई साध रह जाए। फूलों का एक गजरा तक न आया था मेरे लिए। तुम ज़रा देखना, तुम्हारी बहू की सुहाग-सेज मैं कैसे सजाती हूँ!'

और जब सुहाग-कक्ष का पर्दा उठाकर उसे अन्दर धकेलती और—'देखो फिलासफी ही न बघारते रहना'—कहती और हँसती हुई आंटी चली गई थी तो केशी

क्षण-भर चकित-सा खड़ा रह गया था।—कमरा उसका चिर-परिचित था, पलंग और दूसरा साज़-सामान भी उसका चिर-परिचित था। माँ ने अपना ड्रेसिंग-टेबल, अपना श्रृंगारदान, अपना पेपरमैशी का कश्मीरी चूड़ी-बक्स, बम्बई से मँगाया हुआ अपना कीमती टेबल-लैम्प—सब कमरे में कुछ इस ढंग से सजा रखा था कि हर चीज़ नुमायाँ दिखाई दे रही थी। लेकिन सबसे ज़्यादा जो चीज़ कमरे को गुलज़ार बनाए हुए थी, वह थी शुरू-बहार के मोतिये के फूल! पलंग पर मच्छरदानी न थी, उसके फ्रेम पर छाए हुए मोतियों के लम्बे हार दोनों ओर नीचे तक ऐसे लटके थे कि फूलों की मसहरी-सी बन गई थी। पलंग पर बेले के फूलों की मोटी चादर बिछी थी और दुल्हन फूलों की देवी बनी, हल्की-सा घूँघट काढ़े, श्वेत, सुवासित चादर पर बैठी थी···

पल-भर के लिए केशी के सामने उसकी माँ के ब्याह का चित्र घूम गया। नहर-विभाग के एक मामूली क्लर्क की दुल्हन, छोटी-सी कोठरी, मामूली चारपाई, लालटेन की मद्धिम रोशनी और सपनों-सी साधें··· ! उसके पिता बाद में इग्ज़िक्टिव इंजीनियर हो गए थे, घर में किसी चीज़ की कमी न रही थी, पर माँ उस पहली निराशा को कभी न भूली। अपने बेटे का सुहाग-कक्ष अपनी इच्छानुसार सजा, उसने अपनी साधें पूरी कर ली थीं, पर वही सजावट केशी के लिए मुसीबत हो गई थी—जिधर भी उसकी निगाह जाती, पुराने चित्र आँखों में उभर आते थे।

'देखना फिलासफी ही न बघारते रहना'—सहसा केशी के दिमाग में आंटी का वाक्य और उसकी हँसी गूँज गई।···तो क्या वह अपने ही जाल में फँसा है?···उसकी दुल्हन न जाने क्या सोचती होगी? उसके सामने कई घटनाएँ घूम गईं, जिनमें पहली रात में पुरुष की कमज़ोरी वैवाहिक जीवन को ले डूबी···लेकिन पहली रात ही पुरुष के लिए अपने को पुरुष सिद्ध करना क्या ज़रूरी है?' ये औरतें क्यों इसके लिए इतना तरद्दुद करती हैं? क्या ये सबकी-सब उस माध्यम से अपनी सुहागरात को फिर नहीं जीतीं? तो क्या उसकी माँ भी···उसके सुहाग-कक्ष को सजाने में इतना श्रम करना···अपना पलंग वहाँ रख देना···उसे फूलों से वैसे सजा देना, जैसी कि उसके मन में अपनी सुहाग-सेज को देखने की साध थी और उसके पिता की गरीबी और अन्यमनस्कता के कारण जो पूरी न हुई थी···केशी ने सिर को झटका दिया···उसे क्या हो गया है? उसने क्यों कहा था, मैं यहीं पलंग लूँगा? पर वह तो बच्चा था, क्या उसकी माँ भी बच्चा थी?···

वह वापस बरामदे में आ गया था! सहसा उसने देखा, दुल्हन मेहराब के नीचे खड़ी है।

"तबीयत कुछ ख़राब है जी?"

"नहीं!"

"क्या मुझसे कुछ कसूर हो गया?"

केशी का जी चाहा, ज़ोर से ठहाका मारे। एक ही बात उसकी दुल्हन के दिमाग में भी चक्कर लगा रही है। उसकी कमर में हाथ डाल, वह उसे अन्दर ले गया। उसने तय

कर लिया कि वह अपने कॉम्प्लेक्स को छोड़, वही करेगा जिसकी अपेक्षा सबको है। उसने दुल्हन को किंचित् सख्ती से चारपाई पर लिटा दिया। झटके से उसके ब्लाउज़ के बटन खोल दिए। वह उस पर झुका, पर दुल्हन ने तकिए को पुनः उसके स्थान पर रख दिया था, केशी की नज़र फिर अपनी माँ के चित्र पर गई, उसका दिमाग फिर धुँधला गया। वह उठा। बाहर जाने लगा कि दुल्हन ने उसका हाथ थाम लिया।

"क्या बात है जी ?"

केशी की दृष्टि बीच के दरवाज़े की ओर गई। क्या ही अच्छा होता यदि माँ ने इस अपने कमरे में उसकी सुहाग-रात का प्रबन्ध करने के बदले, उसके अपने कमरे में वह सब प्रबन्ध किया होता! पर अब तो उसका कमरा जहेज़ में आए हुए फर्नीचर और उसके साज़-सामान का गोदाम बना हुआ था और उसकी चाबी भी उसके पास न थी।

बेबसी की एक निगाह उसने बाहर बरामदे में डाली। चाँदनी निरन्तर बरामदे की झिलमिली से झर रही थी। सहसा उसने कहा :

"देखो न, कैसी चाँदनी झर रही है, आओ ज़रा बाहर घूमें।"

दुल्हन उठी; अपने अस्तव्यस्त कपड़े उसने ठीक किए; शीशे के पास जाकर एक निगाह उसमें डाली; बालों की दो-एक लटों को ठीक किया और ज़रा-सा घूँघट काढ़कर, केशी के पीछे हो ली।

दो बार बरामदे से गेट तक और गेट के बरामदे तक चुपचाप केशी आया—दुल्हन ने एक-दो बार चाँदनी की प्रशंसा में एकाध वाक्य कहा, पर केशी की चुप्पी देखकर वह भी चुपचाप उसके साथ चलती रही।

चैत की चाँदनी सचमुच अदृश्य सुरा-सी नसों में समा रही थी, पर दोनों ही उसकी ओर से बेपरवाह थे। दुल्हन को अपने पति के इस विचित्र व्यवहार से उलझन हो रही थी, अपनी सहेलियों से (जिनमें से कुछ दो-दो बच्चों की माएँ थीं) इस पहली रात और उसके सम्बन्ध में जो कुछ उसने सुन रखा था, वह जैसे उसकी पकड़ में आकर दूर चला जाता था। अपने पति की सुन्दरता, उसकी विद्वत्ता, उसकी कार्यकुशलता की बड़ी प्रशंसा उसने सुनी थी। विश्वविद्यालय में वह अध्यापक था और उसके पिता ने न केवल उसके साथी अध्यापकों, बल्कि उसके छात्रों तक से उसके सम्बन्ध में कई तरीकों से हर तरह की पूछताछ की थी और पूरी तरह सन्तुष्ट होकर यह रिश्ता पक्का किया था। उसका भावी मँगेतर सनकी है अथवा उसके मस्तिष्क का कोई पुर्ज़ा ढीला है, ऐसा तो किसी ने भी नहीं कहा था। अपने पति के उस विचित्र व्यवहार के सम्बन्ध में सोचती और अपने भविष्य की किंचित् अत्युक्तिपूर्ण दुश्चिन्ताओं में ग्रसी दुल्हन कभी-कभी अपने पति पर दृष्टि डाल लेती और चुपचाप उसके साथ टहले जाती—चाँदनी की ओर उसका ध्यान ज़रा भी न था।

और केशी का दिमाग एक दलदल बना हुआ था। वह कुछ भी सोच न पा रहा था। दोनों हाथ कमर के पीछे किए, बाएँ हाथ की कलाई को दाएँ हाथ से बाँधे, कन्धे

तनिक झुकाए, वह चुपचाप घूमे जा रहा था। जब वे दूसरी बार गेट तक पहुँचे तो अचानक केशी ने कहा, "आओ ज़रा बाहर चलें।"

"रात काफी हो गई है!" दुल्हन ने हल्का-सा विरोध किया।

केशी को सहसा अपने एक मित्र की बात याद हो आई, जिसने कभी अपने नए प्रेम का किस्सा सुनाते हुए उससे कहा था कि पानी की टंकी से ग्रांड ट्रंक रोड के फाटक तक सड़क इतनी एकांत, छायादार और रहस्यमयी लगती है कि प्रेमियों के लिए उससे बेहतर कोई सड़क नहीं।… और वह बोला, "बस ज़रा पानी की टंकी तक जाएँगे।"

केशी बँगले का फाटक खोलकर बाहर निकला। पानी की टंकी कहाँ है, दुल्हन को मालूम न था। वह मौन रूप से उसके पीछे हो ली। केशी उसे वहाँ की टॉपोग्राफी बताने लगा कि किस प्रकार वहाँ पहले अधिकतर रेलवे के अंग्रेज़ अधिकारी रहते थे, फिर कैसे आज़ादी के बाद वे लोग चले गए और वे बँगले हिन्दुस्तानियों के पास आए। आटे की मिल के पास से गुज़रते हुए उसने बताया कि वहाँ कैसे आटा और मैदा तैयार होता है, कैसे मालिकों ने वहाँ कोल्ड स्टोरेज बना रखा है, जहाँ वे चालीस हज़ार मन आलू प्रति वर्ष स्टोर करके बेचते हैं। प्रेस के पास पहुँचकर, उसकी खिड़कियों के शीशों में से वह बड़े जोश से रोटेरी मशीन की कार्य-प्रणाली उसे समझाने लगा—किस प्रकार एक ओर से कागज़ खुलता चला जाता है और दूसरी ओर से पूरा समाचार-पत्र छपकर और मुड़कर निकलता जाता है। वह स्टेशन की ओर को चला जा रहा था कि सहसा उसे फिर पानी की टंकी से ग्रांड ट्रंक रोड तक के एकांत की याद हो आई और वह मुड़कर रेलवे फाटक की ओर हो लिया। फाटक बंद था, लाल बत्ती देखकर केशी ने कहा, "यह फाटक भी एक मुसीबत है। चौबीसों घड़ी कोई न कोई गाड़ी गुज़रती रहती है। इतना बड़ा स्टेशन बन गया, लेकिन इस फाटक के भाग नहीं खुले। यहाँ पुल बने तो मुसीबत दूर हो।"

गाड़ी आने में अभी देर थी, बगल के रास्ते से निकलकर वे पानी की टंकी तक आ गए। दाईं ओर सड़क खुली और रौशन थी, बाईं ओर अँधेरी और छायादार। जब केशी उधर मुड़ने लगा तो एक बार फिर दुल्हन ने कहा, "चलिए, अब घर चलें। रात काफी हो गई है," पर केशी ने उसे अपनी दाईं बाँह में ले लिया, "चलो, कुछ दूर तक चलते हैं। कैसी छिदरी चाँदनी सड़क पर फैली है।"

"उस ओर क्यों नहीं गए? बड़ी खुली सड़क है।"

"क्यों, डर लगता है?" और ज़रा हँसते हुए झुककर उसने दुल्हन का माथा चूम लिया।

दुल्हन तड़प कर उसकी बाँह के घेरे से निकल गई, "क्या करते हैं… सड़क पर…"

केशी ने हँसकर उसे फिर बाँह में ले लिया।

"कौन है यहाँ इस वक्त?" हँसकर उसने उसे चूमना चाहा, लेकिन तभी सामने से तेज़ रोशनी उसकी आँखों में पड़ी और क्षण-भर बाद एक बिना बॉडी का ट्रक धड़धड़ाता

हुआ उनके पास से निकल गया। अभी उनकी आँखों की चुँधियाहट दूर भी न हुई थी कि दूसरे की बत्ती आँखों में कौंधी और फिर तो एक के बाद एक—वैसे कितने ही ट्रक गुज़र गए—जाने कहाँ से आ रहे थे और कहाँ जा रहे थे! 'अच्छी सुनसान अकेली सड़क है!' केशी ने मन ही मन कहा। उसका सारा रोमांस हवा हो गया।

"चलिए अब चलें।" दुल्हन ने, जो पहले ट्रक की बत्ती को देखकर ही उसकी बाँह के घेरे से निकल गई थी, लगभग रोनक्खे स्वर में कहा, "मैं थक गई हूँ!"

"यह मेन सड़क है, दिन-रात यहाँ ट्रक और मोटरें धड़धड़ाती हैं।" केशी ने उसे समझाया, "चलो इधर एम-टी लाइंज़ की ओर चलते हैं। गिरजे तक बिलकुल सूनी सड़क है।"

"चलिए, मैं थक गई हूँ।" दुल्हन मिनमिनाई।

लेकिन उसे फिर अपनी बाँह में भरता हुआ केशी मिलिट्री लाइंज़ की खुली सड़क पर बढ़ चला।

चाँदनी सड़क की दोनों ओर बँगलों पर चुपचाप झर रही थी। ठहरी निथरी, जैसे चकित! खुली सड़क, किनारों पर पेड़ों के नीचे प्रकाश-छाया के जाल···तभी कहीं से सुवास का झोंका आया। केशी ने कल्पना की—जाने कहाँ रात की रानी चाँदनी की स्पर्धा में खिली मुस्करा रही है और उसकी हर साँस से सुवास वायुमंडल को सुगंधित बना रही है।···केशी ने दुल्हन को फिर बाँह में भर लिया और सड़क के किनारे पेड़ों की छाया में हो लिया।

"क्या बहुत थक गई हो?"

दुल्हन ने उत्तर नहीं दिया। अपने शरीर का बोझ उसने अपने पति पर डाल दिया और पेड़ की छिदरी छाया में उसे अपने सीने से लगा, केशी ने उसे चूम लिया।

तभी परे सड़क से टॉर्च के रोशनी चमकी। दोनों अलग हो गए। केशी का रंग फक् हो गया और दिल धड़क उठा। सहसा उसे याद आया कि एम-टी लाइंज़ में बारह के बाद घूमने की इजाज़त नहीं।

चौदहवीं का चाँद हो, या कि आफ़ताब हो।
जो भी हो तुम, खुदा की कसम, लाजवाब हो॥

गहरी हरी वर्दियाँ पहने तीन-चार सैनिक किसी नई फिल्म का प्रचलित गाना गाते चाँदनी के बावजूद, टॉर्च उन पर फेंकते हुए सड़क से गुज़र गए।

गाने की पहली पंक्ति सुनते ही केशी ने चाहा था, अपनी दुल्हन को बाँहों में भर ले और उसकी आँखों में देखता हुआ गाए :

चौदहवीं का चाँद हो या कि आफ़ताब हो!

लेकिन सैनिकों की बदतमीज़ी ने उनकी सारी उमंग खत्म कर दी। उसे एक मित्र की याद हो आई, जो एम-टी लाइंज़ के एक बँगले में अपनी बहन के साथ खाने पर आया था। बातें करते बारह बज गए थे। जब साढ़े बारह के लगभग रिक्शा न मिलने

से वह पैदल आ रहा था तो उसे सिपाहियों ने टोका और मित्र को वापस बँगले पर पहुँचकर साबित करना पड़ा कि वह अपनी बहन के साथ वहाँ खाने पर आया था।····इससे पहले कि दुल्हन घर चलने का अनुरोध करती, केशी वापस फिरा। जब सैनिक ने गाना गाते-गाते टॉर्च का एक लिश्कारा उसकी दुल्हन पर डाला था तो क्रोध के मारे केशी का मन हुआ था कि उसे कालर से पकड़ दो झापड़ उसके जमा दे। पर यदि कोई उससे पूछता—विश्वविद्यालय का वह अध्यापक अपनी दुल्हन के साथ आधी रात को उस सूने में क्यों घूम रहा है, तो वह क्या जवाब देता?····और उसका सारा क्रोध अपनी माँ पर, उस पलंग पर और अपनी मानसिक दुर्बलता पर उमड़ पड़ा।

वह तेज़-तेज़ चलता वापस आया। दुल्हन उससे तनिक पीछे घिसटती चली आई। बँगले में पहुँचकर सहसा केशी की चाल धीमी हो गई, पर दुल्हन नहीं रुकी। तिनतिनाती वह बढ़ी गई और जाकर पलंग में धँस गई—केशी जब कमरे में दाखिल हुआ तो वह टाँगें नीचे किए सीधी लेटी थी, साड़ी का पल्लू एक ओर लटका था, ब्लाउज़ के खुले गले से उसका गोरा सीना शीशे-सा झलक रहा था। केशी का जी चाहा, वह घुटनों के बल नीचे बैठ जाय और अपना सिर उसकी गोद में रख दे, पर अपनी पत्नी पर से बिछलती उसकी दृष्टि अनचाहे भी अपनी माँ के उस चित्र पर चली गई और वह अनिश्चित-सा कमरे के बीच खड़ा रहा।

दुल्हन चुपचाप छत की ओर ताक रही थी और उसकी आँखों में पानी झिलमिला रहा था।

केशी की दृष्टि सहसा बीच के दरवाज़े पर गई और उसने कहा :

"यह कमरा तो बाहर से बंद है न?"

"जी!" दुल्हन ने वहीं छत की ओर देखते हुए उत्तर दिया।

केशी ने कमरे के दो चक्कर लगाए।

"इसकी चाबी कहाँ है?"

"आंटी के पास होगी। सब सामान उन्हीं ने रखवाया था।"

केशी बाहर निकल कॉटेज के दूसरे कोने तक गया। माँ के कमरे की बत्ती बुझ चुकी थी। थकी हुई औरतें सो गई थीं। उसके मन में आया—माँ को जगाए। लेकिन आंटी जग गई और उसने मज़ाक कर दिया तो····वह वापस फिरा। कमरे में आकर कुछ क्षण घूमता रहा। उसकी निगाह दुल्हन पर गई—वह उसी तरह लेटी छत की ओर ताक रही थी। सहसा बढ़कर उसने बीच के कमरे का दरवाज़ा पीछे को धकेला। दरवाज़ा अन्दर से बन्द था और नीचे की चिटखनी लगी थी। उसने सोचा था कि यदि केवल ऊपर की चिटखनी लगी होगी तो ऊपर का शीशा तोड़कर खोल लेगा। लेकिन उसकी माँ सदा किवाड़ों की निचली चिटखनियाँ लगाती थी।

पीछे हटकर उसने दरवाज़े पर एक नज़र डाली—दोनों किवाड़ों में तीन-तीन शीशे लगे थे और फिर लकड़ी का पल्ला था। यदि वह तीसरा शीशा तोड़ दे तो बाँह डालने

पर निचली चिटखनी खुल सकती थी। और उसके जी में आया कि ज़ोर का एक मुक्का मारकर शीशे को तोड़ दे। लेकिन थकी-हारी माँ के जग पड़ने का खयाल उसके जोश पर ठंडे पानी का छींटा बन गया। दोनों मुट्ठियाँ कमर के पीछे बाँधे वह कमरे में घूमने लगा। दो-तीन चक्कर लगाकर, वह फिर दरवाज़े के आगे आ खड़ा हुआ। तभी उसकी दृष्टि दरवाज़े के निचले हिस्से पर गई। दाएँ किवाड़ का कोना चोट खाया था। निकट जाकर उसने देखा, रोगन में एक हल्की-सी लकीर साफ दिखाई दे रही थी। वह फर्श पर बैठ गया। पीठ उसने पलंग की पट्टी से लगा ली और एड़ी का निचला हिस्सा किवाड़ के उस चोट-खाए भाग पर अड़ाकर पूरा ज़ोर लगाया। दरवाज़ा हिला भी नहीं, बल्कि पलंग पीछे को खिसक गया।

छत की ओर देखती हुई दुल्हन उसी तरह लेटी रही। पलंग के हिलने का जैसे उसने कोई नोटिस नहीं लिया। सहसा केशी ने उस पर एक चोर निगाह डाली। तभी दुल्हन ने उसकी ओर देखा—जाने उन निगाहों में क्या था? एक अत्यन्त सूक्ष्म-सी व्यंग्य की रेखा—जो किसी सनकी के करतब देखने वाले की आँखों में होती है—केशी के सिर पर जुनून सवार हो गया। सोच-समझ की शक्ति उसकी एकदम जवाब दे गई। उछलकर वह उठा और बढ़कर उसने ज़ोर का एक मुक्का बीच के शीशे पर दे मारा।

शीशा झनझनाकर टूट गया।

दुल्हन लेटी न रह सकी। किंचित् घबराकर वह उठी और अपने पति के पास आ खड़ी हुई।

"आप क्या कर रहे हैं!" उसने चिढ़कर कहा।

केशी ने कोई उत्तर नहीं दिया। उसकी ओर देखा तक नहीं। टूटे हुए शीशे में से बाँह डालकर उसने चिटखनी खोली। उसके शरीर के भार से सहसा दरवाज़ा पीछे को हट गया।

बाएँ हाथ से किवाड़ थाम केशी ने धीरे से सँभालकर बाँह बाहर निकाली। तो भी कुहनी के ऊपर खराश आ गई।

"हाय, आप क्या कर रहे हैं!" उसकी फटी कमीज़ से खून रिसते देखकर दुल्हन ने घबराए हुए शिकायत-भरे स्वर में कहा और उसकी डरी-डरी निगाहें सारे कमरे में घूम गईं कि कहीं कुछ मिले, जिससे वह घाव पर पट्टी बाँध दे।

केशी ने उधर ध्यान नहीं दिया। दोनों हाथों से किवाड़ खोल वह अन्दर दाखिल हुआ। अभ्यस्त उँगलियों से उसने बिजली का बटन दबाया। कमरे में जहेज़ का सारा सामान गडमड पड़ा था—फर्नीचर, ड्रेसिंग-टेबल, अलमारी, कपड़ों की गठरियाँ, मेवे-मिठाइयों के थाल। एक ओर वह पलंग भी पड़ा था, जो जहेज़ में आया था और उस पर बेशुमार कपड़े लदे थे। दोनों बाँहों में भर-भर उसने कपड़े कौच पर पटके। दुल्हन उसके पीछे-पीछे अन्दर आ गई थी। उसकी आँखों में व्यंग्य के बदले फिर भय लौट आया था। सहसा पलटकर केशी ने उसे दोनों कन्धों से थाम लिया, पल-भर वह

उन डरी-सहमी आँखों में झाँकता रहा, फिर सहसा उसने उसे दोनों बाँहों में भरकर चूम लिया।

दुल्हन और भी सहम गई। पर जब उसने अपने पति की आँखों में कर्कशता के बदले अथाह माधुर्य पाया और पति के गर्म होंठों का स्पर्श अपने कानों के नीचे कंठ-भाग पर महसूस किया तो उसके सहमे-डरे अंग ढीले पड़ गए और वह उसके बाल सहलाने लगी।

तड़के माँ बाहर आई तो सुहाग-कक्ष का दरवाज़ा चौपट खुला देखकर चौंकी। दबे-पाँव बढ़कर उसने पर्दा ज़रा हटाया। दिल धक् से रह गया। सजा-सजाया कमरा भाँय-भाँय कर रहा था। तभी उसकी निगाहें बीच के खुले दरवाज़े के निकट फर्श पर बिखरे शीशे के टुकड़ों पर गईं। चोरी की आशंका से घबराकर वह उधर बढ़ी। चौखट में सन्न खड़ी रह गई—कौच की गद्दियाँ सिर के नीचे रखे, जहेज़ के खुर्रे पलंग पर, दूल्हा-दुल्हन बेसुध सोए थे!

आकाशचारी

मुझे ऐसा लग रहा है, जैसे मैं लेटा नहीं हूँ, चल रहा हूँ। चल भी नहीं रहा हूँ, हवा में उड़ा जा रहा हूँ और यह सारी की सारी राजधानी, उसकी गगन-चुम्बी इमारतें, चौड़ी-कुशादा सड़कें, लहलहाते पार्क—यह इतनी अपार भीड़ मेरे पैरों के नीचे, मेरी विजय का स्वागत करती हुई श्रद्धा से विनत है। परिषद का पुरस्कार मेरी प्रतिभा के सामने कोई माने नहीं रखता था। मैं तो अपने को संसार के सर्वश्रेष्ठ पुरस्कार का अधिकारी मानता हूँ। लेकिन जब एक बार मेरी पुस्तक का नाम आ गया तो फिर उसका न चुना जाना मेरी पराजय थी। यह ठीक है कि मेरे भय से चुनाव करने वालों ने शेष दो पुस्तकों को भी नकार दिया और कह दिया कि कोई भी पुस्तक पुरस्कार के योग्य न थी। पर क्या यह मेरा अपमान नहीं था? मैं, जो यह मानता हूँ कि मेरा हर शब्द भाषा के सीने पर एक ऐसा अमिट गोदना है, जो दिन-प्रतिदिन एक नई आभा से चमकता जाएगा, इस बात को कैसे स्वीकार कर लेता कि मेरी पुस्तक उस अकिंचन पुरस्कार के योग्य न समझी जाय! मैं, जो अपने-आपको काव्य, कहानी और उपन्यास—साहित्य के सभी क्षेत्रों में युग-प्रवर्त्तक समझता हूँ, जिसने अपनी इस भाषा को इस योग्य बनाया है कि लोग उसमें फिर से 'साहित्य' रच सकें, नई और गहरी बात कह सकें—उस भोंडी, कच्ची, अनगढ़, फूहड़ भाषा को, जिसने नई आभा, नई व्यंजना, नए अर्थ और नया परिष्कार दिया, कैसे वह सहन करता?···· 'सकोगे?'···· 'सकूँगा!'····मेरे सामने मेरा ही एक प्रयोग घूम रहा है। कितने अभिव्यंजनापूर्ण शब्द हैं! एक-एक शब्द में साधारणतः अपनी इस भाषा में लिखे जाने वाले पूरे के पूरे वाक्य समा गए हैं। आँख के संकेतों जैसे न जाने कितने ऐसे व्यंजक शब्द मैंने इस भाषा को दिए और ईर्ष्यालु कहते हैं कि मुझ में मौलिकता नहीं; कि मैं अंग्रेज़ी से चुराता हूँ; कि मैं मृत भाषा इस्तेमाल करता हूँ; कि जनता के सीधे संपर्क से दूर मैं अपने गजदन्ती मीनार में बैठकर एक-एक शब्द, एक-एक मुहावरा गढ़ता हूँ, जो कभी जनसाधारण के होंठों पर न चढ़ पाएगा।····उन मूर्खों को कौन समझाए कि साहित्य में भी एक आभिजात्य होता है, कि मौलिकता का कोई महत्त्व नहीं है, कि बिना नूतन अभिव्यंजना के, बिना परिष्कार के, मौलिकता महज़ कच्चा माल है और कच्चा माल साहित्य नहीं होता। उपनिषदकार क्या मौलिक थे? गीताकार क्या मौलिक थे? पुराणों की कहानियाँ क्या सब की सब मौलिक हैं? सूर, तुलसी और कबीर क्या मौलिक थे? और क्या टैगोर ही ने सब-कुछ मौलिक लिखा?—वेदों से उपनिषदकारों ने लिया; गीताकार और पुराणकारों ने उपनिषदों से; सूर, तुलसी और कबीर ने उन सबके विचार चुराए; टैगोर ने न जाने किन खज़ानों के मोती उड़ाए—महत्त्व मौलिकता का नहीं,

अभिव्यंजना, परिष्कार और समन्वय का है।...'सकोगे!' ...'सकूँगा!' ...मेरे सेंसुअल होंठ (सविता कहा करती थी—प्र० जी आपके होंठ बड़े सेंसुअल हैं।) एक मीठी मुस्कान में फैल जाते हैं...मैं जैसे पैरों के नीचे बिछी राजधानी पर तैरता चला जा रहा हूँ।...'सकोगे?' 'सकूँगा!'...और मैं क्या नहीं सका? तीन वर्ष के बाद झख मारकर परिषद ने उसी पुस्तक पर मुझे पुरस्कार दिया, जिसे उसने इस योग्य न समझा था...नहीं सका मैं?...अभी कुछ ही वर्ष पहले जो लोग मुझे खत्म हुआ, चुक गया समझते थे, अब कैसे मेरे इर्द-गिर्द मँडरा रहे हैं। कैसे फिर अपनी पुस्तकें मेरे नाम समर्पित कर अपने को धन्य समझ रहे हैं...वह मेरे पद-चिह्नों पर चलने वाला अहंकारी, जिसने मुझे तृतीय कोटि का उपन्यासकार घोषित कर दिया था, अब अपना कथा-संग्रह मुझे समर्पित करते हुए लिखता है—"प्र० जी के लिए जिन्होंने कहानी को अपनी इस भाषा में फिर एक बार सम्भव बनाया, परवर्तियों के आभार सहित!"

"...परवर्तियों के आभार सहित...इसे कहते हैं विजय! जो व्यक्ति स्वयं मुझे मानने को तैयार नहीं था, वह सभी दूसरों को लेकर मेरे आगे नतशिर है!...राजधानी में कोई फंक्शन नहीं होता, जिसमें पहले मुझे अध्यक्ष पद के लिए न पूछा जाय। मैं इन्कार कर देता हूँ, क्योंकि मैंने ऐसी स्थिति बना ली है कि लोग मेरा इन्कार सुनना भी अपना सौभाग्य मानें और फिर-फिर मुझे बुलाएँ! मैंने अपनी स्थिति बना ली है कि मैं चुनाव कर सकूँ। मैंने अपनी स्थिति बना ली है और मैं इन्कार कर देता हूँ। तब लोग दूसरे तथाकथित साहित्यकारों और आचार्यों को पूछते हैं। कल तक द्वितीय श्रेणी के जो लोग, संसद-स्थित साहित्यकारों की चापलूसी कर, साहित्यकार और आचार्य बन गए थे, जिन्होंने दल बाँधकर प्रतिभा-सम्पन्नों का बहिष्कार किया, कैसे मैंने उनके सिंहासन हिला दिए हैं...'सकोगे?'...'सकूँगा!' और कैसा मजबूत दल मेरे इर्द-गिर्द इकट्ठा हो गया है—मेरे संकेत पर साहित्यिक आन्दोलन छेड़ देने वाला, मेरा झण्डा उठाए भारत-भर में मेरा डंका बजाने वाला!...किस प्रान्त में मेरे नाम की कसमें खाने वाले, मेरे लिए सिर फोड़ने-फोड़वाने वाले नहीं हैं! बड़े-बड़े तीसमारखाओं की, अपने-आपको महान कहलानेवालों की, वर्षों से प्रतिष्ठित कवियों और उपन्यासकारों की पत उतार कर मेरे चाहने वालों ने नहीं रख दी क्या!...मेरे सामने आचार्य की सूरत घूम जाती है। द्वितीय श्रेणी में एम० ए० करके वे नये-नये एक सबर्बन कॉलेज में पढ़ाने लगे हैं और कई प्रयासों के बाद मुझ से मिलने में सफल हुए हैं...अंग्रेज़ का ज़माना है। मैं रेडियो में ऑनरेरी सलाहकार हूँ...मेरे सामने बैठे वे आधे घण्टे से मिनमिन कर रहे हैं, उनकी इच्छा है, मैं उन्हें रेडियो में इन्ट्रोड्यूस करूँ; कहानी समालोचना, वार्ता कुछ भी दूँ...लेकिन मुझे वे नितान्त प्रतिभाहीन, कोरे मेहनती लगते हैं। मैं उनकी मिनमिन को चुपचाप सुनता रहता हूँ, और फिर एक 'अच्छा' कहकर सिर के सूक्ष्म-से झटके से उन्हें उठा देता हूँ।...फिर वे कभी मुझसे मिलने नहीं आते।

विश्वविद्यालय के विभागीय अध्यक्ष की जूतियाँ सीधी करके येन-केन-प्रकारेण

डॉक्ट्रेट की डिग्री ले लेते हैं। उनके सौभाग्य से देश स्वतन्त्र हो जाता है और दुनिया-जहान के प्रतिभाहीन, मीडियाकर दिल्ली की कुर्सियों पर आसीन हो जाते हैं। तब वे भी तिकड़म भिड़ाकर एक विश्वविद्यालय में विभागीय अध्यक्ष बन जाते हैं। उन दिनों जब उनसे मेरा एक प्रशंसक कहता है (कि मैं उस ज़माने में उस नगर ही में अस्थायी रूप से निवास करता हूँ) कि मेरा उपन्यास, जिसने साहित्य में नए युग का सूत्रपात किया है, पाठ्यक्रम में रखा जाय तो वे उपेक्षा से मुँह बिदोर कर कहते हैं, कि वह तो पश्चिमी लेखकों का उच्छिष्ट-मात्र है और घोषणा करते हैं कि जब तक वे हैं, उनके विश्वविद्यालय में तो क्या, किसी दूसरे विश्वविद्यालय के पाठ्यक्रम में भी वे भरसक उसे न लगने देंगे।....और वे पाठ्यक्रम बोर्डों, इन्टरव्यू समितियों और सरकारी कमेटियों पर—सब जगह अधिकार कर लेते हैं। दस तिकड़मों से विभिन्न प्रान्तीय विश्वविद्यालयों में अपने छात्रों को लेक्चरर और अध्यक्ष नियुक्त करा देते हैं। एक बार उन पर कोई व्यंग्य करता है— 'आचार्य जी, आपके बैल कहाँ-कहाँ नहीं हैं? आप बछड़े भरती करते हैं और उन्हें मरकहे बैल बनाकर बाहर भेज देते हैं।' ....आचार्य जी हँसते हैं, 'वे मरकहे दूसरों के लिए हैं, मेरे लिए तो वे खस्सी हैं!'....आचार्य जी ठीक कहते हैं। जब उनके बैल छात्रों के रूप में विश्वविद्यालय में गये थे तो वे मुँहज़ोर बछड़े ही थे, लेकिन ऐसे प्राणहीन पाठ्यक्रमों से, जिनमें नवीनता की तनिक गंध न थी, उनके दिमागों में भुस भर दिया गया। फिर अपने प्रिय छात्र-छात्राओं को अधिकाधिक नम्बर देकर, आने वालों को बता दिया गया कि जिसे डिवीज़न और कैरियर चाहिए, वह कौन-सा रास्ता अपनाए और यों उन्हें खस्सी करके अध्यापक, प्राध्यापक, लेक्चरर और अध्यक्ष बनाकर भारत-भर में फैले विश्वविद्यालयों में भेज दिया गया और उन खस्सी बैलों ने देश में खस्सी अध्यापकों और आलोचकों की एक पूरी की पूरी पीढ़ी तैयार कर दी।....लेकिन अब आचार्य जी का सिंहासन डोलने लगा है, क्योंकि मैंने भी खस्सी साँड़ों की एक खेप तैयार कर दी है, जो उनके बैलों के मुकाबिले में अधिक मरकहे हैं....'सकोगे!' 'सकूँगा'....जब उन्होंने मेरे उपन्यास को पाठ्यक्रम में नहीं रखा था और कहा था कि हम उस लेखक को पढ़ाते हैं, जो अपनी मृत्यु के पच्चीस-पचास वर्ष बाद भी ज़िन्दा रहता है (हालाँकि अपनी कृतियों को, जो पौराणिक आख्यानों की सरल सार-मात्र हैं अथवा जिनमें ऐतिहासिक तथ्यों का गला उलटे छुरे से रेता गया है, वे इस योग्य समझते हैं कि वे उनके जीवन ही में हर विश्वविद्यालय में पढ़ाई जाएँ और उनकी साहित्यिक 'उपलब्धियों' पर शोध-कार्य किया जाए) तब मैंने अपने आप से प्रश्न किया था—'सकोगे?' और मैंने स्वयं उत्तर दिया था—'सकूँगा!'....और मैं सका! मैंने उन्हीं के हथियारों का उन पर प्रयोग किया।

उन्होंने खस्सी करने को जो बछड़े चुने थे, वे दिमाग से कोरे थे। उनके खाली दिमागों में उन्होंने भुस भरा। फिर उनके अहं को पूरी तरह मारकर, उन्हें नितान्त निर्वीर्य बनाकर अपनी गाड़ी में जोत लिया। मैंने तैयार जवान बछड़े चुने। जो सब के सब प्रतिभा-सम्पन्न थे और कुछ तो, यदि ठीक रास्ते पर लगे रहते, मुझसे आगे निकल जाते,

मैंने उनका अहं कुचलने के बदले उसे सहलाया। इसके बाद बस यह किया कि उनकी दृष्टि बदल दी। उनकी अभिव्यक्ति को उलटे रास्ते मोड़ दिया। उनमें से एक भी मेरे जैसा अभिजात नहीं था। वे सब के सब निम्न मध्यवर्ग के थे। साधारणता के बीच से उठे थे। महत्त्वाकांक्षी ! आदर्शवादी ! मैंने बस यह किया कि उनके मन में जो अपने को अभिजात समझने और बनने की छिपी कामना थी—जनता कॉफी हाउस में बैठने के बदले स्टैंडर्ड या बैंजर्ज में चाय-कॉफी पीने की—उसे बढ़ावा दिया। मैंने उन्हें पहले साहित्य के कॉफी हाउस से उठाकर साहित्य के स्टैंडर्ड में ला बैठाया।—वे सीधी-सादी, सरल रचनाओं के बदले जीवन की यथार्थता से दूर, कठिन, पेचीदा, दुर्बोध, अस्पष्ट, व्यक्तिवादी रचनाएँ करने लगे।

उनमें मेरे जैसा आभिजात्य तो था नहीं। मेरे जैसी रचना करना उनके बूते से बाहर था। अपना थान वे छोड़ चुके थे, दूसरा उनके बस का नहीं था। उस समय जब वे दुविधा-ग्रस्त थे, मैंने उन्हें अपने थान से ला बाँधा। उनकी उन प्राणहीन और दुर्बोध रचनाओं के अनुवाद स्वयं अंग्रेज़ी में किए, अपने देशी-विदेशी मित्रों से साँठ-गाँठ कर उन्हें देश-विदेश में छपवाया, उन्हें बड़ी-बड़ी नौकरियाँ दिलाकर उनका आज़ादी से कुदकड़े मारना भुलाया। वे अपने-आपको मुझी से नहीं, संसार के सारे साहित्यिकों से बेहतर समझते हैं, लेकिन वे बुरी तरह खस्सी हूँ और उन्हें इसका एहसास भी नहीं।····चूँकि वे मेरी छत्रछाया में बड़ी-बड़ी नौकरियाँ करते हैं, इसलिए वे मुझे मानते हैं और मेरे अर्ध-संकेत पर लोगों की पगड़ियाँ उछालने को तैयार रहते हैं। मुझे तो बल्कि संकेत भी करने की ज़रूरत नहीं रहती। जो भी मेरा विरोधी है, वे उसके पीछे पड़ जाते हैं और लोग कहने लगे हैं कि मैंने क्रान्तिकारी दल से यही सीखा है, कि मैंने गैंगस्टर और मवाली इकट्ठे कर लिए हैं।····प्रतिभा-सम्पन्न कवियों, कथाकारों, उपन्यासकारों, आलोचकों को एक दल में संगठित कर मवाली बना देना····क्यों आचार्य जी, आपके खस्सी प्राध्यापकों की तुलना में, कैसे हैं ये मेरे खस्सी मवाली····और मैंने अपने से पूछा था—'सकोगे ?'····जाल बिछा दिया है आप ही की तरह मैंने भी····और आपके खस्सी बैल मेरे खस्सी साँड़ों की दया-माया पर निर्भर रहने लगे हैं····

आपके हाथ में विश्वविद्यालय है तो मेरे हाथ में लाखों की पूँजी से चलने वाला पत्र है;····सभी शहरों में उसके रिपोर्टर हैं, जिन्हें अपने शत्रुओं के विरुद्ध झूठी, तुड़ी-मुड़ी, विषभरी, एकांगी रिपोर्टें तैयार करने के लिए मैं खासी रकमें दिलवाता हूँ और आपके खस्सी बैल अपना सारा मरकहापन छोड़कर निरीह बनते जा रहे हैं !····और आप मेरी पुस्तक को उस अकिंचन पुरस्कार के योग्य भी नहीं समझते थे।

कहते थे कि मेरी सबसे कमज़ोर पुस्तक है।—है ! यही मेरी विजय है कि उस कमज़ोर पुस्तक पर ही, सारे विरोध के बावजूद मैंने पुरस्कार पाया है····और आप देखिएगा, मैं कैसे देश-विदेश के बड़े-बड़े पुरस्कार जीतता हूँ। संसार का अत्यन्त महत्त्वपूर्ण देश मेरे साथ है। इस देश में उसका लाखों रुपया मेरे संकेत पर वितरित होता

है। मैं ही भारत में उसका साहित्यिक सलाहकार हूँ···इनाम की मुझे ज़रूरत नहीं, मैं तो स्वयं इनाम बाँटता हूँ···वह तो केवल आप जैसे मूर्खों को यह दिखाना था कि मुझे मरने की ज़रूरत नहीं। मैं इसी जन्म में मिथ बन जाऊँगा···मैं सकूँगा—सकूँगा—सकूँगा!

राजधानी मेरे पैरों के नीचे बिछी है। वसन्त के बाद दिनों में आ जाने वाली गर्मी रात के आगमन के साथ कैसी खुनक हो गई है। राजधानी के ऊपर यों निर्बन्ध उड़ना कितना अच्छा लगता है—मेरे सेंसुअल होंठों पर इस वक्त ज़रूर भीनी मुस्कान होगी। वही मुस्कान, जिसके सामने मेरे बड़े से बड़े विरोधी परास्त हो जाते हैं, जिसे आईने में देख कर मैं स्वयं अपने ऊपर मुग्ध हो जाता हूँ, जिसकी लौ पर न जाने कितनी तन्वियों को मैंने पतंगों की तरह जलाया है, जिसमें मेरा सारा आभिजात्य अपनी मन-मोहक भव्यता के साथ सिमट आता है!···जब यह मुस्कान मेरे होंठों पर खेलती है, तब मैं किसी के लिए कुछ भी कर सकता हूँ—ये मेरे इर्द-गिर्द इकट्ठे होने वाले मरकहे साँड़ इसके आगे कैसे निरीह बछेरे बन जाते हैं और मैं इसी के द्वारा जैसे उनके पुट्ठे थपथपा देता हूँ।···नीचे पार्कों में कचनार फूल आया है। कुछ ही दिनों में गुलमौर के छतनार पेड़ अपने लाल गुंचों और जेकारेंडा के गाछ अपने बैंगनी मेघों से दोपहरियों का ताप हर लेंगे। यह अमलतास न जाने क्यों दिल्ली में इतना नज़र नहीं आता। इलाहाबाद की लू-भरी दोपहरियों में इसकी लम्बी पीली लटकती झालरें कैसे आँखों की थकन मिटाती हैं। मैं जब भी गुलमोहर की याद करता हूँ, मेरी आँखों में आसाम के जंगलों का 'कृष्ण सुरा' घूम जाता है—वह पेड़ जो एकदम गुलमोहर जैसा लगता है, केवल यही अंतर है कि लाल के बदले उसकी डालियाँ गुलाबी गुच्छों से भरी रहती हैं। कैसे प्यारा-सा नाम है—कृष्ण सुरा!···शिलांग जाते हुए सुष्मी ने कैसे मुझे विवश कर दिया था कि मैं कार रोक कर कृष्ण सुरा की एक गुच्छों-भरी डाल उसे लाकर दूँ···सुष्मी···सुषमा निखलसेन···

मैंने यही मुस्कान होंठों पर लाकर कहा था—'सुष्मो, तुम तो स्वयं कृष्ण सुरा की डाल हो'···और वह कैसे प्यार से मेरी गोद में लुढ़क आई थी।···लेकिन मुझे कचनार इनसे भी प्रिय है। मुझे उसका सफेदी-मायल गुलाबीपन बहुत भाता है।···कचनार की कच्ची कलियों की तरकारी का स्वाद सहसा मेरी जीभ पर आ जाता है···मैं खुले हवादार किचन में एक पटरे पर बैठा हूँ। लगातार बैठने से पटरा बेतरह मुलायम हो गया है। सामने श्वेत संगमरमर की चौकी पर चाँदी की थाली में माँ कचनार की तरकारी दे रही है।···मेरी माँ का बूटा-सा कद, तीखा नाक-नक्शा, गोरा-चिट्टा रंग मेरे सामने है। न जाने कितनी यन्त्रणा मैंने उसके हाथों पाई और कितनी उसे दी है!···लेकिन मैं उस पर नहीं, अपने पिता पर गया हूँ। मेरा यह लम्बा कद, मेरा यह चौड़ा माथा, मेरे ये सेंसुअल होंठ, मेरे शरीर के घने काले बाल, जिनसे अपने गाल रगड़ना, न जाने कितनी तन्वियों की आकांक्षा रही है—ये सब मेरे पिता का है।···माँ का न जाने मेरे यहाँ क्या है? शायद पेटीनेस, टुच्चापन—निम्न मध्यवर्ग का टुच्चापन—जो मेरे अभिजात अहं के साथ

मिलकर एकदम क्षुद्र-सा लगता है।····कोई ऐसा अतिथि मेरे यहाँ आ जाय, जिसे मैं पसन्द न करता होऊँ तो मैं उससे घण्टों-दिनों बात नहीं करता। डाइनिंग टेबल पर रखी फलों की प्लेट से सेब या संगतरा लेकर छील-छीलकर खाता हूँ और उसे नहीं पूछता और मेरे व्यवहार के कारण मेज़ पर पड़े फलों को उठाने का साहस मेहमान को नहीं होता। मेरे इस व्यवहार से मेहमान का ध्यान फलों की ओर चला जाता है। उसकी आकृति पर अजीब-सा तनाव आ जाता है। यह देखकर न जाने मेरे मन में बैठा कौन यन्त्रणा-प्रिय तृप्त होता है। जितने दिन वह अतिथि रहता है, मैं भरपूर यह तृप्ति पाता हूँ। यह तृप्ति मेरी माँ की है।····डाइनिंग टेबल पर बैठे कोई भी अप्रिय बात मेरे माथे पर बड़ा क्षीण-सा तेवर ले आती है।····हम खाना खा रहे हों और गैलरी में केवल एक अँगोछा बाँधे पसीने से लथपथ माली बाग में काम करता-करता किसी आगंतुक की खबर देने आ जाय तो माँ के चेहरे पर ऐसा ही बड़ा हल्का-सा तेवर बन जाता था। लेकिन पिता का चौड़ा मस्तक और भी खिल जाता था। पिता का आभिजात्य स्वाभाविक था। माँ का ऊपरी। सायास बटोरा हुआ। इसीलिए खोखला और टुच्चा। माँ ऐसे में माली को डाँट देती थी। पिता बड़े धीरज से, मुस्कराते हुए उसे आगंतुक को बैठाने का आदेश देते थे।····मैं मुस्करा नहीं सकता।

मैं डाँट भी नहीं सकता। बस एक क्षीण-सा तेवर माथे पर ले आता हूँ। डाँटने अथवा चिल्लाने-जैसा फूहड़ व्यवहार मेरे आभिजात्य को रुचिकर नहीं····लेकिन मेरे सारे प्रयत्नों के बावजूद कभी-कभी मेरी माँ मुझ पर हावी हो जाती है और अपने आभिजात्य के सारे पर्दों को चीरकर मैं चिल्ला उठता हूँ।····मैं कार रेस्तराँ के सामने पार्क करना चाहता हूँ। आगे एक फोर-सीटर स्कूटर वाला सिक्ख स्कूटर रोके उसमें लेटा हुआ है। मैं बार-बार भोंपू बजाता हूँ। वह स्कूटर में लेटे-लेटे बेपरवाही से कहता है, 'औधर पार्क कर लओ जी।' और मेरा संयम टूट जाता है और मैं दाँत भींचकर चिल्लाता हूँ—'आप आगे से हटें तो!' मेरी आवाज़ में, दाँत भिंचे होने के बावजूद, न जाने कैसी कर्कशता है कि दूसरे क्षण सिक्ख पलटकर देखता है, उठता है और स्कूटर घर्र-घर्र कर सरक जाता है।····पिता अफसरों के सामने कभी दयनीय नहीं हुए। उनके झुकने में भी एक गरिमा रहती थी। वे अफसरों का स्वागत करते थे तो लगता था, जैसे एक सम्राट दूसरे सम्राट का स्वागत करता है। वे उनके साथ घूमते थे तो लगता—एक सम्राट दूसरे सम्राट के साथ घूम रहा है। इसीलिए अंग्रेज़ अफसर उन्हें पसन्द करते थे। उनकी कद्र करते थे। लेकिन मेरी माँ अपने सारे कर्रो-फर के बावजूद अंग्रेज़ अफसरों की बीवियों के सामने बिछ-बिछ जाती थी। उसके होंठ अपने-आप खुशामद में फैल जाते थे।····मैंने सदा अपने पिता की तरह बनने की कोशिश की, पर सुषी जब आसाम में मुझे छोड़कर आ गई और उससे किसी ने पूछा कि प्रशान्त पहली ही भेंट में तुम्हें ऐसे लखनऊ से उठाकर अपने साथ आसाम ले गए थे, जैसे तेज़ तफान छोटी-सी पपोली को, फिर तुम इतनी जल्दी क्यों उन्हें छोड़कर आ गई ? तो उसने कहा था—'प्र० जी अपने अधीनस्थ लोगों

से अत्यन्त बुरा व्यवहार करते थे और अपने अफसरों की बेतरह चापलूसी, और मुझे वह सब बहुत बुरा लगता और मैं भाग आई !'...दया सोनवलकर ने सुष्मी के टुच्चेपन के संदर्भ में यह बात बम्बई में मुझसे कही थी।...यह चापलूसी मेरी माँ की है...मैं अपनी माँ से घृणा करता हूँ।

मैं अपने पिता-सा बनना चाहता हूँ, पर मेरी माँ के चेहरे पर आने वाले खुशामदी भाव अजाने मेरे चेहरे पर भी आ जाते हैं। मैं अपनी माँ से घृणा करता हूँ, अपने रक्त की इस संकरता से घृणा करता हूँ...घृणा करता हूँ...घृणा करता हूँ...माँ जो न पा सकती थी, उससे घृणा करने लगती थी। मैं भी ऐसा ही करता हूँ। मैं माँ को कितना चाहता था। पिता की तरह चाहता था। पर जब उसी माँ ने मेरे किशोर गालों पर थप्पड़ दे मारा तो मैं अपने-आप में सिमट गया। सिमट गया। सिमटता चला गया। और माँ से घृणा करने लगा। मैं कभी उससे सीधे मुँह नहीं बोला। उसे चाहते हुए भी मैंने उसका अपमान किया। यन्त्रणा-भरा दुःख दिया। दुःख पाया और अपने एकांत में उस सब अपमान और यन्त्रणा का बदला चुकाया...मेरे सामने श्वेत रक्त का सागर हिलोरें लेता है...(श्वेत रक्त...यह नाम मैंने कहाँ पढ़ा है...श्वेत रक्त...महात्मा गांधी ने शायद इस शब्द का प्रयोग किया है।) मैं देखता हूँ, मैं श्वेत रक्त के उस सागर में डूब गया हूँ। और जब किनारे पर लगा हूँ तो मैंने पाया कि वह तो मेरा ही रक्त था, मेरी ही ऊर्जा थी और मैं अपाहिज हो गया हूँ। पंगु हो गया हूँ। ज़िन्दगी-भर के लिए बेकार हो गया हूँ। माँ की उस उपेक्षा ने मुझे तबाह कर दिया !...मेरे सामने सजी हुई सुहाग-सेज पर एक निर्वसना नारी की आकृति आती है। अतृप्त, अवाक्, अवसन्न !

और मैं पर्दे के पीछे बाल नोच रहा हूँ। और माँ! तूने मुझे तबाह कर दिया। तबाह कर दिया ! मैं तुझसे घृणा करता हूँ...घृणा करता हूँ...नारी मात्र से घृणा करता हूँ। पुरुष में जो भी सुन्दर है, उसे वह असुन्दर बना देती है। उसे अपाहिज और पंगु बना देती है...मैं नारियों को पतंगे की तरह आकर्षित करता हूँ और उन्हें जला-जलाकर अपनी यन्त्रणा-प्रियता को तृप्त करता हूँ। जो मैंने गँवा दिया, इस तरह उसके अभाव की पूर्ति करता हूँ।...मेरे सामने अपना वह चित्र आता है, जो राजधानी के एक कलाकार फोटोग्राफर ने पुरस्कार-वितरणोत्सव के कुछ दिन पहले लिया था। मैं चाहता था—मेरे पिता की मुखाकृति पर रहने वाला उदार भाव और मेरी विश्वविजयिनी मुस्कान मेरे होंठों पर आ जाय। पर ऐन वक्त पर न जाने क्या हुआ, मुझे लगा, यों मुस्कराते हुए फोटो खिंचवाना मेरे गाम्भीर्य को, मेरी महानता को शोभा नहीं देता।...और मेरे होंठ भिंच गए, माथे पर वह हल्का-सा तेवर और होंठों के कोनों में वही नामालूम-सा विकुंचन आ गया—वही पेटीनेस, वही अन्तर के गुह्य स्तरों में छिपी क्षुद्रता—मैं घृणा करता हूँ; घृणा करता हूँ; घृणा करता हूँ—निम्न मध्यवर्ग के समस्त टुच्चेपन और क्षुद्रता से घृणा करता हूँ। मैं उससे ऊपर उठ जाना चाहता हूँ। बहुत ऊपर उठ जाना चाहता हूँ...आसमानों को छू लेना चाहता हूँ।...लेकिन मेरी माँ मुझे फिर नीचे घसीट लाती है

और वह हल्का-सा तेवर मेरे माथे पर आ जाता है और मेरी वह मुस्कान जाने कहाँ विलुप्त हो जाती है।...मेरे सामने मेरे चाहने वाले आते हैं। सब उसी निम्न-मध्यवर्ग के हैं। मैं उन सबसे घृणा करता हूँ।...उन्होंने मेरे उसी फोटो की ढेरों प्रतिलिपियाँ कराके सभी प्रदेशों में अपने साथियों को भेजीं और न जाने मेरे होंठों के उस विकुंचन में कैसे मेरे हृदय में छिपी उदारता खोज निकाली—'प्र० जी यह फोटोग्राफर कमाल का आर्टिस्ट है। आपके हृदय का औदार्य, जिसे आप लाख छिपाने का प्रयास करते हैं, इस कलाकार ने आपकी आकृति पर उभार दिया है।'...मेरे ही थान पर बँधा, मेरे मुँह चढ़ा, खस्सी साँड़।...मैं अपनी वही विश्वविजयिनी मुस्कान होंठों पर ले आया हूँ, पर मेरी आँखों में संदेह है कि वह मेरा मज़ाक तो नहीं उड़ा रहा...नहीं, वह तो मेरी ओर देख भी नहीं रहा।

एक अजीब-सी चियार में उसके होंठ फैले हैं।...अपनी पचासवीं वर्षगाँठ पर, अपना परिचय देते हुए, मैंने अन्त में लिखा था कि और चाहे भगवान ने मुझे कुछ न दिया हो, पर दिल दरिया होता है...मेरे उस आत्म-परिचय का उल्लेख कर वह मेरे उस अन्तिम वाक्य को बार-बार दोहरा रहा है कि आपने यह सच लिखा था।... मेरे इस औदार्य के किस्से साहित्य में धीरे-धीरे सरायत कर रहे हैं—कवि संजीव, जो अपने कस्बे की झोंपड़ी में फर्श पर सोते और अपने हाथ से खिचड़ी बनाकर गुज़ारा करते हुए स्वतन्त्र रूप से कविता करते थे, जिन्होंने प्रगतिवादी काव्य को प्रयोग दिया और जहाँ-तहाँ जिनके प्रशंसक दबी ज़बान से यह कहने लगे थे कि वे मुझसे बेहतर लिखते हैं; कि उन्होंने काव्य को सच्चे अर्थों में प्रयोग दिया है—वही कवि संजीव—मेरी दरियादिली और उदारता के गुण गाते नहीं अघाते !...मैं जब-जब उनके कस्बे से गुज़रा हूँ, उनकी कुठरिया में ज़रूर गया हूँ। गदगद होकर वे लोगों से कहते हैं—'प्र' जी अपने कीमती वस्त्रों का ध्यान न कर मेरी कोठरी की खुर्री चौखट पे बैठ जाते थे, वे मेरी दानशीलता और करुणा के किस्से भी सुनाते हैं कि किस प्रकार जब-जब उन पर मुसीबत पड़ी, मैंने उनकी सहायता की।...कवि संजीव एक बार मेरे यहाँ आए। रात को सोने से पहले मैं 'शुभ रात्रि' कहने उनके कमरे में गया। उनके बिस्तर पर तकिया नहीं था। मैंने झट अपना रेशमी तकिया लाकर उन्हें दे दिया।...यह घटना न जाने उन्होंने कहाँ-कहाँ नहीं सुनाई !...मैंने उनकी रचनाओं का संकलन किया; उन्हें भारत ही में नहीं, बाहर भी छपवाया; उन्हें कस्बे के एकांत से राजधानी की चकाचौंध में ले आया और उन्हें बड़ी-सी नौकरी दिलवा दी और कवि संजीव, जो आभिजात्य से चिढ़ते थे, अब बड़े-बड़े अभिजातवर्गीयों के कान काटते हैं...(इन सभी छह प्रगतिवादियों के अन्दर वही पुराना पूँजीवादी छिपा है जो शोर मजदूर का मचाता है, पर सुविधाएँ अपने लिए चाहता है।

मेरे सामने विदेशी दूतावासों में काम करने वाले कितने ही छद्म प्रगतिवादी घूम जाते हैं, जो मुझे पानी पी-पीकर कोसते थे और अब मज़दूर की बेकारी और किसान की गरीबी को भूलकर बढ़िया विलायती शराबों के जाम पर जाम चढ़ाते हैं और

दिन-प्रतिदिन मुटाते जाते हैं)⋯मैं ऐसी दानशीलता और करुणा का बराबर परिचय दिया करता हूँ। न जाने कितनों को इसी संवेदना के बल पर मैं उनकी ऊँचाइयों से खींच खड्डों में गिरा आया हूँ। मेरी नाक कटी है तो उनकी क्यों साबुत रहे⋯लेकिन कई बार मैं चाहता हूँ—अपने पिता की तरह गणनाओं से मुक्त ही कर किसी का घर भर दूँ, शत्रुओं को शरण में पाकर क्षमा कर दूँ, लेकिन मेरी माँ पिता के इस औदार्य को पागलपन कहती थी। और मैं पागल नहीं हूँ⋯लेकिन मैं पागल होना चाहता हूँ। मैं पागल होना चाहता हूँ⋯निर्बन्ध, अबाध, गणनाओं से परे।⋯लेकिन मेरी माँ मुझे सदैव बाँध लेती है। मेरी विशालता संकुचित कर देती है। मुझे बौना बना देती है⋯मैं घृणा करता हूँ⋯घृणा करता हूँ⋯घृणा करता हूँ⋯

मेरे पैरों के नीचे ठोस सड़क है। कोलतार की ठोस काली सड़क है। राजधानी के ऊपर तैरता हुआ न जाने मैं कब इस संकुलता मे उतर आया हूँ। कितनी भीड़ है! कितनी बेपनाह भीड़ है! हल्की खुनकी के बावजूद पसीने की गंध है। धुआँ है, धुंध है, धूल है!⋯(मेरी कार कहाँ है?)⋯धूल है—हर तरफ धूल है। यह मरुस्थल कैसे हर क्षण राजधानी की ओर बढ़ा आ रहा है! यह मरुस्थल इसकी सारी मेधा, सारी शक्ति, सारी उर्वरता और ऊर्जा को सोख लेगा।⋯पूरब से, पश्चिम से, उत्तर से, दक्खिन से ढेरों मिट्टी आती है। हर वर्ष, हर मास, हर दिवस और राजधानी पर छा जाती है। कभी मैंने चाहा था, मैं प्रयाग के शान्त-स्वच्छ एकांत में रहकर साहित्य-साधना करूँगा। पर मैं स्वयं मिट्टी का एक नन्हा-सा कण बना उड़ा चला आया⋯अंतर केवल यही है कि मैं गद्देदार कुर्सी पर जम गया हूँ⋯मैं रेत का कण नहीं बनना चाहता⋯मैं रेत का कण नहीं बनना चाहता। इसीलिए मैं उड़ता हूँ, चिन्तन के अजाने आकाशों में उड़ता हूँ; राजधानी के ऊपर उड़ता हूँ और सागरों और पहाड़ों पर उड़कर देश-विदेश घूम आता हूँ⋯चाहता हूँ, राजधानी में हर जगह घने छतनार बारह-मासी पेड़ लगा दिए जाएँ। हरे-भरे पेड़ों की एक चौड़ी मेखला इसे पूरी तरह घेर ले। और इस मरुभूमि का चढ़ता सैलाब रुक जाय।⋯लेकिन जब चारों ओर धरती सूख रही है, मिट्टी रेत बन रही है तो ये पेड़ क्या करेंगे? यह घातक रेत उन पर जम जाएगी। उन पर जम जाएगी। उनकी हरियाली सोख लेगी। उनकी जड़ें खोखली कर देगी और यह बढ़ता मरु एक दिन उन्हें लील जाएगा। मेरा दम घुटा जा रहा है;⋯मेरा दम बेतरह घुटा जा रहा है।⋯सामने बन्द गली का बड़ा ऊँचा गुम्बदाकार दरवाज़ा है। उस पर बड़ा-सा ताला लगा है। मैं जेबें टटोलता हूँ। जाने मेरी जेबें कितनी लम्बी हैं। मेरा हाथ नीचे—नीचे-नीचे चला जा रहा है। हठात् चाबी मेरे हाथ लग जाती है। मैं जल्दी से ताला खोलता हूँ। लोहे के दरवाज़े न जाने कब से बन्द हैं। ज़ोर से अपनी ओर खींचकर खोलता हूँ!

गली की सीढ़ियों पर मेरा युवा माली एक छोटी-सी गोरी लड़की के साथ बैठा गहरे आलाप में तल्लीन है। दरवाज़ा खुलने की आहट से दोनों चौंक जाते हैं। माली

तत्काल उठ खड़ा होता है। घबराहट में अपने सिर के लम्बे पटों पर बराबर हाथ फेरे जाता है। उसकी आँखें झुकी हैं। लज्जा की एक क्षीण-सी मुस्कान उसके नथुनों और होंठों के बीच टिकी हैं। ···लेकिन लड़की वैसे ही तनी बैठी है। सहसा उसकी सीधी दृष्टि से मेरी चोर दृष्टि मिलती है। लवणी। लावण्य प्रभा। मेरी आसामी नौकरानी! उसका वक्ष उभर आया है। कटि की रेखा सुनिश्चित हो गई है।···जब मैं असम में था और वह छोटी-सी, बारह वर्ष की छोकरी थी और दस ही वर्ष की लगती थी और फ्रॉक पहनती थी और अपनी माँ के साथ घर की सफाई-उफाई करने आती थी; तब कैसे मुग्ध भाव से अपलक मेरी ओर देखा करती थी! आँखें मिलते ही बड़े प्यारे ढंग से मुस्करा देती थी। उसके मोटे मंगोल होंठ ऐसी मीठी मुस्कान में खुल जाते कि मोतिया दन्तावली एक अजीब-से त्रिकोन में चमक जाती। जब बहुत दिन तक वह ऐसे ही मुस्कराती रही और मैंने कभी उसे पास नहीं बुलाया तो एक दिन वह मेरी मेज़ के पास आ खड़ी हुई और दाईं ओर बगल के ज़रा नीचे यों ही-सा संकेत करके कहने लगी—'यहाँ दुखता है।'···मेरा ध्यान काम में था। मैंने बिना मेज़ से आँखें हटाए पूछा—'कहाँ?' और उसने फ्रॉक ऊपर उठा दिया।···मेरे सामने छोटा-सा निरावरण अर्ध वक्षोज आ जाता है। गोरा, मुलायम, कोमल! भूरा-भूरा कुचाग्र और उसमें रेशमी सुनहरे रोम। मैं बे-ध्यानी में उस पर हाथ फेर देता हूँ। लवणी अपनी वही मोतिया तिकोन चमकाती, सकुचाती दोहरी हो जाती है।···'कहाँ दुखता है तुम्हारे?' मैं झेंपता हुआ तत्परता से डाँटता हूँ। 'यहाँ तो कुछ नहीं।'···वह गम्भीर होकर फिर फ्रॉक उठा देती है और ज़रा-सा मुड़ जाती है। बगल की हल्की-सी रेशमी धुंध के नीचे एक लाल-सी खरोंच।

मैं उस पर हाथ फेरता हूँ। मेरा हाथ अनायास उस सुकोमल वक्षोज तक बढ़ जाता है।···तभी लवणी तनिक सिर झुकाकर कनखियों से मेरी ओर देखती है। जाने उन आँखों में कैसा समर्पण-सा है कि मुझे कुछ आस्वस्ति-बोध होता है। सुन्दर असुन्दर होने लगता है। निमिष-भर को मैं उसे खींचकर अपनी बाँहों में भरकर उस भूरे प्यारे कुचाग्र पर अपने होंठ रख देना चाहता हूँ, पर अपनी यह पराजय मुझे स्वीकार नहीं।···'कुछ नहीं है। कहीं खाज करते नाखून लग गया है, भाग जा।' कहता हुआ मैं उठ जाता हूँ और स्नानागार में भाग जाता हूँ।···दूसरे ही दिन मैं उसका अपने यहाँ आना मना कर देता हूँ।···लवणी सीढ़ियों पर उसी तरह बैठी है। उद्धत, उद्दण्ड, अपलक मेरी ओर देख रही है।···मेरी चोर निगाहें उस पर टिकी हैं। मुझे लगता है, यह क्षण इसी तरह सदा-सदा के लिए थम जाएगा। लेकिन मैं दृष्टि हटा लेता हूँ।···उसकी दृष्टि की उद्धतता को मैं सहन नहीं कर पाता। न यही सहन कर पाता हूँ कि वह मेरी ओर देखने के बदले मेरे माली की ओर मुग्ध भाव से देखे, उससे प्रेमालाप करे···मैं माली को अपने पीछे आने का संकेत देता हूँ और गली की सीढ़ियाँ उतरता हूँ। लवणी वहाँ से उड़ कर मेरी आँखों के सामने, उसी तरह उद्धत, उद्दण्ड मुद्रा में बैठी, शून्य में अटक जाती है। जैसे-जैसे मैं आगे

बढ़ता हूँ, वह उतने ही अंतर पर पीछे हटती जाती है।···तीव्र क्रोध से भरकर मैं रुकता हूँ। मुड़ता हूँ। बगल की कोठरी का दरवाज़ा खोलता हूँ और अन्दर जाकर उसे बन्द कर लेता हूँ।···सामने मेरा सूटकेस पड़ा है। मैं उसे खोलता हूँ। बाफ्ते की मंजूषा उठाता हूँ। मुझे वह लवणी के वक्षोज-सी सुकोमल लगती है। मैं प्यार से उस पर हाथ फेरता हूँ। उसे खोलता हूँ। ऊपर ही पाँच हज़ार का चेक पड़ा है। क्षण-भर मैं उसे देखता हूँ।···प्रशांत वैशम्पायन।···देसराज शर्मा। माता-पिता द्वारा दिए गए मेरे नाम से यह कितना सुन्दर है? ये माता-पिता नाम रखते समय भविष्य में क्यों नहीं झाँकते? क्यों इतनी अन्यमनस्कता से नाम रख देते हैं?···देसराज शर्मा···किसी कवि-कथाकार का भला यह नाम हो सकता है? मैंने अच्छा किया जो अपना नाम प्रशांत रख लिया। प्रशांत महासागर-सा गहन, गम्भीर, विशाल और शांत।···मैं चेक के नीचे ताँबे की पट्टिका पर लिखे शब्द 'साहित्य' को देखता हूँ। साहित्य! एक दिन आएगा जब साहित्य का नाम मेरे नाम का पर्याय हो जाएगा।···चेक को वहीं रखकर मैं मंजूषा बन्द करता हूँ। उसे सूटकेस में यथास्थान रखकर सूटकेस बन्द करके मुड़ता हूँ। मुझे लगता है कि लवणी दरवाज़े में खड़ी ज़रूर मुग्ध भाव से मेरी ओर देख रही होगी···मैं भूल ही गया था कि मैंने उसी के भय से दरवाज़ा बन्द कर लिया था।···सहसा मैं धक्क से रह जाता हूँ···कोठरी का दरवाज़ा खुला है और चौखट में एक शराबी गुण्डा दोनों बाँहें फैलाए पूरी चौखट को रोके खड़ा है। उसके सिर के खिचड़ी बाल बेतरतीब हैं। खिचड़ी मूँछें कानों तक फैली हैं। शरीर पर छोटे कालरों की लकीरदार कमीज़ और कमर में रंगीन लुंगी है। कमीज़ का गिरेबान खुला है और छाती के रूखे खिचड़ी बाल चोरों-से झाँक रहे हैं। उसकी आँखें लाल हैं और होंठों के कोनों से पान की पीक बह रही है। हवा के झोंके के साथ शराब की बू का भभका आता है।···गुण्डा सूटकेस की ओर लोलुप दृष्टि से देख रहा है। मैं चाहता हूँ, अपना संतुलन कायम रखूँ। ऐसा बर्ताव करूँ, जैसे मैं अपने ही यहाँ मिलने को आने वाले किसी अपरिचित से करता हूँ। या अपनी वही विश्वविजयिनी मुस्कान अपने होंठों पर ले आऊँ। लेकिन दोनों में से कुछ भी नहीं हो पाता। मैं स्तम्भित-सा बैठा रहता हूँ। मेरा दिल ज़ोर-ज़ोर से धड़कने लगता है। लाख चाहने पर वह हल्का-सा तेवर भी मेरे माथे पर नहीं आता। गुण्डा दायाँ हाथ आगे बढ़ाता है और उँगलियों को ऊपर-नीचे हिलाता हुआ संकेत करता है कि लाओ-लाओ चाबी दो! मेरी ब्रोंज की पट्टिका···साहित्य···जिसे पाने के लिए मैंने तीन वर्ष तक इतने तिकड़म किए। मैं कुछ अजीब खिसियानेपन से हँसता हूँ। बुदबुदाता हूँ—'इसमें कुछ नहीं है।'···गुण्डा उत्तर नहीं देता। केवल बढ़े हुए हाथ की उँगलियों का अग्रभाग हिलाता है कि लाओ-लाओ!···सहसा मुझे उपाय सूझ जाता है। मैं चाबी उसके बढ़े हाथ पर फेंक देता हूँ और परम निरपेक्षता से कहता हूँ—'खोलकर देख लो, इसमें कुछ नहीं है!'···मेरा ब्लफ़ काम कर जाता है। शराबी बेपरवाही से उँगलियों के अग्रभाग पर पड़ी चाबी को ठप्पा लगाने की तरह बाएँ हाथ की हथेली पर मारता है और दाएँ हाथ

की उँगलियों से उसे दबा देता है। फिर वह चाबी मेरी तरफ उछाल देता है और कोठरी के बाहर निकल जाता है।···मैं दोनों हाथों से चाबी लोक लेता हूँ, फिर सूटकेस खोलता हूँ और बाफ्ते की वह मंजूषा देखकर आश्वस्त होता हूँ।···तभी माली बढ़कर माथे पर कई तेवर बनाए, दोनों भ्रुओं को मिलाए कहता है—'साब आपने यह क्या कर दिया। उसने चाबी का ठप्पा ले लिया है। वह उसकी दूसरी चाबी बना लेगा। ये लोग ऐसे ही करते हैं।'···और मैं उठ भागता हूँ। अंधाधुंध गली में भागता चला जाता हूँ। और उसे जा पकड़ता हूँ।···एक लम्बा-सा दालान है। उसके परे आँगन और खुला आसमान है। वहीं छोटे-से बौने जैसा उसका सिलहूत दिखाई देता है।···'तुम चाबी का ठप्पा बना लाये हो।···तुम नहीं जानते मैं कौन हूँ! राष्ट्रपति···(मैं कहना चाहता हूँ कि राष्ट्रपति मेरे मित्र हैं, प्रशंसक हैं, मेरी रचनाओं के अंग्रेज़ी अनुवाद उन्होंने पढ़े हैं। पर तभी मुझे याद आता है कि पुरस्कार देते हुए उन्होंने मेरी ओर देखा भी नहीं, मुस्कराए तक नहीं···नहीं, मैं राष्ट्रपति का नाम नहीं लूँगा और मैं कहता हूँ—) प्रधानमन्त्री मेरे मित्र और प्रशंसक हैं, मैं ज़रा संकेत कर दूँ तो वे तुम्हें डी० आई० आर० में पकड़कर जेल में बन्द करवा देंगे और किसी अदालत में सुनवाई भी नहीं होगी'···यह कहते-कहते मेरा आकार एकदम बढ़ जाता है। सीना तिगुना-चौगुना हो जाता है और सिर छत को छूने लगता है।

लेकिन मैं वाक्य पूरा भी नहीं कर पाता कि वह पतला-दुबला, बौना सिलहूत सहसा बढ़ने लगता है और मेरा वाक्य समाप्त होते-न-होते देवाकार बनकर, ब्रह्माण्ड नापने वाले वामनावतार की तरह नपे-तुले तीन पगों में, बीच का फासला नाप कर मेरे सिर पर आ पहुँचता है।···मेरा वाक्य मेरे होंठों पर जा जाता है। मेरा कद एकदम छोटा हो जाता है। मुझे लगता है मेरे सेंसुअल होंठ मेरी माँ के हो गए हैं और उन पर चाटुकारिता भरी चियार फैल रही है।···मैं नज़र उठाता हूँ। वह देवाकार आकृति मुझे आचार्य जी ऐसी लगती है।···मैं चाहता हूँ, मेरे माथे पर वही हल्का-सा तेवर बन जाय···सहसा देव मुझे कलाई से पकड़कर घुमा देता है। अपना फौलादी पंजा मेरी गुद्दी पर जमाकर उसे झुका देता है और पूरे ज़ोर से मेरे चूतड़ों पर एक लात जमा देता है···मैं कलाबाज़ी खाता शून्य को चीरता हुआ उड़ता हूँ। दीवार रास्ता दे देती है। गली नीचे रह जाती है। आँधी की लपेट में आए तृण-सा मैं उड़ा जा रहा हूँ···हठात् मेरा रोम-रोम काँप जाता है। मुझे लगता है, मैं आकाश से गिर रहा हूँ। टूटने वाले तारे-सा, तेज़ी से नीचे राजधानी की ओर गिर रहा हूँ। साँझ के धुँधियाले में राजधानी का खाका उभरता है। बत्तियाँ चमकती हैं। घूमती हैं। नीचे जनपथ की पथरीली काली सड़क चमकती है। मुझे लगता है, अगले क्षण मैं ऐन जनपथ के बीच गिरकर चूर-चूर हो जाऊँगा···मेरी माँ ज़ोर से चीख मारती है···मुझे ज़ोर से भींच लेती है!···

मेरी आँखें खुल जाती हैं। मुझे साँस लेने में बेहद कष्ट हो रहा है। मेरा बदन पसीने से तर है। सविता मुझे बाँहों में भरे मुझ पर झुकी है···मेरे चौड़े माथे और बढ़ते हुए गंजेपन के कारण, हल्के हो जाने वाले पसीने से गच बालों पर हाथ फेरे जा रही है।

और उसके चिन्तित होंठ बार-बार फुसफुसा रहे हैं—'प्र० जी,'····'प्र० जी० !'····'क्या मैं चीखा था?"—मैं पूछना चाहता हूँ—'क्या मैं चीखा था?'····लेकिन मैं नहीं पूछता···'प्र० जी'····'प्र० जी'—सविता फुसफुसाए जा रही है।····सहसा गोद में पड़े समाचार-पत्र की सुर्खी पर मेरी दृष्टि पड़ती है—दिल के दौरे से श्री—'यहाँ सीने में दर्द है,' मैं दिल पर हाथ रखता हूँ। 'साँस लेने में बड़ा कष्ट हो रहा है।'····'मैं अभी डॉक्टर को बुलाती हूँ।' सविता कहती है और मेरी गोद से तकिए उठाकर मेरे सिर के नीचे रख, मुझे ठीक से लिटा देती है।····टेलीफोन पर सविता की घबराई आवाज आती है—'आप तत्काल आइए। प्र० जी को शायद दिल का दौरा पड़ गया है। उन्हें साँस लेने में तकलीफ है।'····आराम से लेट जाने पर मुझे कुछ आराम मिलता है। शायद मैं समाचार-पत्र में आचार्य जी का भाषण पढ़ते-पढ़ते ऊँघ गया था····मैं कुछ आश्वस्त होता हूँ। सविता टेलीफोन का चोंगा रखकर लौटती है—'प्र० जी कैसी तबीयत है?'···· सविता आँखों में अपार स्नेह और श्रद्धा और चिन्ता लिए खड़ी है।····मैं उसे नहीं बताऊँगा। मैं उसे कुछ भी नहीं बताऊँगा। मैं पत्र में अपने माइल्ड हार्ट अटैक की खबर छपने दूँगा। मैं सप्ताह-भर किसी से नहीं मिलूँगा। प्र०—प्रशान्त—मैंने अपने चेहरे को, अपने व्यक्तित्व को प्रशान्त महासागर-सा बनाने का प्रयत्न किया है—अगाध, स्थिर, प्रशान्त !····पर मेरे अन्तर में ये कैसे तूफान उठते हैं! मुझे अपना नाम अतलांतक महासागर के नाम पर रखना चाहिए था। पर अतलांतक के लिए हिन्दी में कोई अच्छा पर्याय नहीं है।····

काकड़ाँ का तेली

'अढ़ाई रुपए!' मौलू ने सिर हिलाकर अपनी पत्नी की ओर देखा—आँखों से, जो मानो कह रही थीं कि कमबख्त ताँगे वाले की अक्ल शायद घास चरने चली गई है!

अभी मुश्किल से आठ-साढ़े आठ का वक्त होगा, किन्तु दिन पहाड़-सा निकल आया था। सूरज बिल्कुल सिर पर मालूम होता था। गर्मी इतनी थी कि दम घुटा जाता था। गर्द की हल्की-सी धुंध चारों ओर छाई हुई थी और इस कारण किरणें यद्यपि सीधी न पड़ती थीं तो भी शरीर के नंगे भागों में नोकें-सी चुभती हुई महसूस होती थीं।

मौलू ने अपनी बड़ी-सी पगड़ी को ठीक किया, जिसे उसकी पत्नी ने रात को रीठों के पानी से धोया था और चावलों की कनी को पकाकर कलफ लगाया था और जिसे दोनों सिरों से पकड़कर उसकी दोनों बेटियों ने आँगन में चक्कर लगाकर सुखाया था और जो रात-भर तह करके रखी रही थी और इस समय उसके सिर पर चमक रही थी और सिर के झटके से एक ओर को हो गई थी। फिर उसने अपनी सफेद दाढ़ी पर (जो होंठों के पास पीली-सी हो गई थी) हाथ फेरा, गठरी को बाएँ कन्धे पर करके दाएँ हाथ से तहमद को ज़रा-सा झटका दिया और चल पड़ा।

बीबाँ, उसकी पत्नी ने सामने जाते हुए ताँगे के पीछे उड़ती हुई धूल में आँखें गड़ा दीं और बोली, "अढ़ाई रुपए! इतने से तो पन्द्रह दिन का खर्च चल सकता है, और नहीं तो फ़ज्जे की दो कमीज़ें या मेरे नन्हे चिराग की कई कुर्तियाँ बन सकती हैं।" और उसने गोद के उबली-उबली, सूजी-सूजी आँखों वाले काले-स्याह बच्चे को मुहब्बत से चूम लिया।

जूते के साथ गर्द उड़कर मौलू के तहमद पर पड़ रही थी। रात उसकी पत्नी ने पगड़ी और कमीज़ के साथ उसको भी धोया था और नील भी दिया था, जो शायद रात के अँधेरे में अधिक दिया गया था, क्योंकि तहमद की सफेदी में हल्की-सी नीलाहट साफ दिखाई दे रही थी और ज्यों-ज्यों गर्द पड़ती थी, वह और भी उभरती थी—मौलू ने फिर एक झटका देकर तहमद को ऊपर खोंस लिया। "इन साले ताँगे वालों ने सड़क का सत्यानास कर दिया है, मिट्टी मैदा बन गई है।"—और उसने अपनी पत्नी और उसके पीछे आने वाली दोनों लड़कियों और सात-आठ वर्ष के बच्चे से कहा कि वे सड़क छोड़कर मेड़-मेड़ होकर चलें।

वहाँ तो सिर्फ ताँगे ही चलते थे, लेकिन जब मौलू तीन-चार मील चलकर भीलोवाल के पास पहुँचा, जहाँ मोटर लारियाँ भी तशरीफ लाती थीं और बकरियों और भेड़ों का एक रेवड़ 'मैं-मैं' 'भैं-भैं' करता हुआ कस्बे से निकला और रात-भर बाड़े में

बन्द रहने के बाद चंचल और शोख बकरियाँ (जो माएँ न बनी थीं और जिनके स्तन इतने भारी न थे उनके नीचे थैली की ज़रूरत पड़े) और जीवन की कटु वास्तविकता से अनभिज्ञ मेमने कुलाँचें भरने लगे तो मौलू को इस मैदे की यथार्थता का पता लगा—गर्द इस तरह उड़ी कि उसके लिए आँख खोलना और मुड़कर अपने बच्चों को देखना तक असम्भव हो गया।

जब तूफान कुछ थमा और बकरियों और भेड़ों की आवाज़ों को दबाती हुई चरवाहों की कर्कश गालियाँ श्रवण-शक्ति की सीमा से परे चली गईं तो मौलू सड़क को पार करके दूसरी ओर गेहूँ के कटे हुए खेत में जा खड़ा हुआ। गठरी उसने उतारकर धरती पर रख दी, तहमद और कमीज़ को अच्छी तरह झाड़कर उसने सिर से पगड़ी उतारी और उसे भली भाँति झाड़ा; कमीज़ के दामन को उलटा करके उससे मुँह पोंछा; फिर पगड़ी बाँधी और अपने बीवी-बच्चों को आवाज़ दी कि वे भी सड़क के इस किनारे आ जाएँ।

धूल जैसे दाईं ओर धरती और आकाश के मध्य जाकर लटक गई थी। एक लम्बी-सी लकीर वहाँ बनी हुई थी। ज्यों-ज्यों रेवड़ आगे बढ़ता जाता था, यह लकीर भी बढ़ती जाती थी। इस बढ़ती हुई लकीर की ओर देखकर और दिल ही दील में चरवाहों को कई अश्लील गालियाँ देकर आखिर मौलू ने कहा, "बदतमीज़ नहीं जानते कि रास्ते में शरीफ लोग जा रहे हैं, ज़रा खबरदार ही कर दें कि भई एक तरफ हो जाओ। बस उड़े चले जाते हैं, जैसे मुहिम सर करने जा रहे हों— हरामज़ादे !" और उसने अपनी मूँछों को दो बार प्यार देते हुए अपनी दाढ़ी पर हाथ फेर लिया।

'शरीफ' से मौलू का क्या अभिप्राय था—यह बात उसे स्वयं मालूम न थी। वह 'काकड़ाँ का तेली' था—गाँव के इस किनारे, जहाँ बरगद का एक महान विटप बढ़कर आधे जोहड़ को अपने अधिकार में ले चुका था, उसने एक छोटा-सा कोल्हू लगा रखा था। जोहड़ के किनारे-किनारे रूड़ियों[1] के ढेर लगे हुए थे। कभी जब वर्षा होती तो जोहड़ का पानी अपने किनारों के ऊपर से बह निकलता, मार्ग अवरुद्ध हो जाते, टाँगें, घुटनों तक कीचड़ में धँस जातीं और रूड़ी के ढेरों की दुर्गन्ध वट के साये की नमी में जैसे वहीं जमकर रह जाती—लेकिन अपने जीवन के 55 वर्ष मौलू ने इसी स्थान पर व्यतीत किए थे। गाँव से बीस मील परे क्या होता है, इसकी उसे कभी खबर न हुई थी। जीवन में शायद तीन-चार ही ऐसे अवसर आए थे, जब उसे ऐसे धुले हुए कपड़े पहनने को मिले थे। ईद पर हर साल वह अवश्य कपड़े बदला करता था। किन्तु उसका कपड़े बदलना यही होता कि नंगे बदन रहने के बदले वह उस दिन कमीज़ भी पहन लेता या बीबाँ अधेले के रीठे लेकर उन्हें मल डालती, नहीं उसकी आयु तो तेल में सने हुए काले चीकट कपड़ों में गुज़र गई थी। कपड़ों में क्या—आयु का अधिकांश भाग तो उसने

1. रूड़ी = गन्दगी।

मात्र एक तहमद में गुज़ार दिया था। जिस तरह पास रहते हुए भी जोहड़ के गन्दे पानी और उसके किनारे लगे हुए गन्दगी के ढेरों में उसके लिए कोई दुर्गन्ध न रही थी, इसी तरह तेल और पसीने से तर, गन्दे, मैले, जीर्ण-जर्जर कपड़ों के लिए भी उसकी संज्ञा मर गयी थी। और रही गर्द, तो मात्र तेल के काम से इस गाँव में आजीविका की सूरत न देखकर, उसने वहीं कोल्हू के एक ओर चाक लगा रखा था जहाँ वह घड़े, कुज्जे, लोटे, दौरियाँ, मटके बनाया करता था। वह जाति से कुम्हार था या तेली—इस बात का स्वयं उसे पता न था। अपने दादा और फिर पिता को उसने यही काम करते देखा था और जब से उसने होश सँभाला था, वह यही काम किए जा रहा था। जब उसके हाथ तेल में न होते तो मिट्टी में होते। रही शिक्षा, तो कुराने-पाक की कुछ आयतों के अतिरिक्त (जो वह गलत उच्चारण के साथ बड़ी तन्मयता से पढ़ा करता था) उसने वे सब गालियाँ सीखी थीं जो उसके दादा, फिर बाप और फिर बड़े भाई दिया करते थे। किन्तु आज इस मिट्टी और इस वातावरण के विरुद्ध, जिसमें कि वह जनमा, पला और परवान चढ़ा, जो ऐसी घृणा की भावना उसके मन में उत्पन्न हो गई और वह अर्धनग्न, जीर्ण-शीर्ण तहमदों में आवृत, अपने कपड़ों के अभाव की ओर से बेपरवाह चरवाहों को 'बदतमीज़' और 'असभ्य' समझने लगा तो इसका कारण था। पहले तो यह कि वह अपने उस छोटे भाई के लड़के की शादी में शामिल होने के लिए जा रहा था जो लाहौर रहता था और देहाती की अपेक्षा अधिक शहराती हो गया था, फिर देहातियों के लिए शहर वाले शरीफ होते हैं, और चूँकि वह स्वयं एक शरीफ आदमी के लड़के की शादी में जा रहा था, इसलिए वह भी शरीफ ही था, फिर यह कि उसने अत्यन्त साफ-सुथरे कपड़े पहन रखे थे—और शराफत तो एक आपेक्षिक-सी चीज़ है—शरीफ वह है जो शरीफ नज़र आए और 'काकड़ाँ' में रहते हुए वह जो कुछ भी हो, इस रास्ते पर जाता हुआ वह काफी शरीफ और प्रतिष्ठित मालूम होता था।

वैरीके के समीप एक खाल[1] पानी से भरी, किसी बड़े अजगर की भाँति मज़े से रींग रही थी। मौलू ने उसे पार किया, फिर गठरी रखकर हाथ बढ़ा, बच्चे को थामा और अपनी पत्नी को खाल पार करने में सहायता दी। रहमाँ पहले स्वयं छलाँग मारकर इधर आई, फिर उसने फज्जे को पार उतरने में मदद दी, किन्तु लहराँ के जूते की एक मेख उभर आई थी और उसकी दाईं एड़ी में घाव हो गया था। नीचे धरती गर्म लोहे की भाँति तप रही थी, इसलिए वह नंगे पाँव चलने का साहस न कर सकी थी और एड़ी उठाए, अपने दुपट्टे से गर्दन पर निचुड़ते हुए पसीने को पोंछती हुई चली आ रही थी और बहुत पीछे रह गई थी।

"अरी, तू अब तक पीछे ही लटकती हुई चली आ रही है; पाँव तेरे टूट गए हैं

---

1. खाल = रजबाहा।

क्या ?" और पल-भर के लिए अपनी शराफत को भूलकर मौलू ने एक अश्लील गाली अपनी लड़की को दे डाली।

"मुझसे चला नहीं जाता," लहराँ ने जैसे रोते हुए कहा।

मौलू ने गठरी उठाकर जामुन के एक पेड़ के नीचे रख दी। "ला इधर, मैं इस मेख को ठीक कर दूँ ! अभी ग्यारह-बारह मील हमें जाना है।"

बीबाँ अपने आँचल से अपने आपको हवा करती हुई वहीं वृक्ष के नीचे घास पर बैठ गई और नन्हे को दूध पिलाने लगी।

रहमाँ ने खाल के पानी से मुँह धोया और गीले हाथ फज्जे के मुँह पर फेरे। और खाल पर पहुँचकर लहराँ ने जूते अपने बाप की ओर फेंक दिए और फिर फलाँग कर इस ओर आ गई, किन्तु पाँव उसका अब भी लँगड़ा रहा था।

मौलू ने मेख को देखा—उसकी पतली-सी नोक, जिसका मुर्चा घाव की नमी के कारण साफ हो गया था, किसी नव-वय के विद्रोही की तरह सिर उठाए चमक रही थी। कहीं से ईंट का एक टुकड़ा ढूँढ़कर मौलू ने उस नोक को तोड़ दिया। फिर निरन्तर चोटों से उसे बहुत ज़्यादा अन्दर धकेल दिया और मुँह पर पानी के छींटे मारकर उसे तहमद के दामन की उलटी तरफ से पोंछता हुआ कुछ क्षण सुस्ताने के लिए अपनी पत्नी के पास आ बैठा।

"वैरोके तो बस पास ही है, इस आमों के बाग के पीछे; यहाँ से सुनते हैं अटारी दस मील है। तो मज़े से तीसरे पहर वहाँ जा पहुँचेंगे।" और फिर ताँगे वाले की बात का खयाल आ जाने से उसे हँसी आ गई, "साला अढ़ाई रुपए माँगता था। छः मील तो हम आ गए।"

"अढ़ाई रुपए," उसकी पत्नी ने कहा, "जैसे हमारे यहाँ रुपयों के खज़ाने हों। वहाँ जाएँगे तो क्या हसन खाँ के बच्चों के लिए कुछ न लेकर जाएँगे ?"

यह हसन खाँ, जो अपने जीवन के 35 वर्ष तक गाँव में सिर्फ 'हस्सू' के नाम से पुकारा जाता रहा, लाहौर में ईश्वरसिंह सरकारी ठेकेदार का मेट था। जब लोपोके की नहर बननी शुरू हुई तो न जाने किस तरह, मौलू आज तक इस बात को नहीं समझ सका, हस्सू जाकर उसके मज़दूरों में शामिल हो गया। छः आने दैनिक मज़दूरी पर। फिर ठेकेदार ईश्वरसिंह ने खुश होकर उसे पाँच रुपए महीने पर मेट बना लिया, फिर आठ कर दिए और जब उस काम को खत्म करके ठेकेदार ईश्वरसिंह लाहौर चला गया तो अपने इस विश्वसनीय मेट को भी साथ ले गया। उसी दिन से हस्सू 'हसन खाँ' बन गया था। गाँव में जब वह एक बार आया तो चौड़े पायँचों की शलवार, बोस्की की कमीज़ और सिर पर कुल्लेदार साफा उसने पहन रखा था, जिसका तुर्रा एक फूल की भाँति खिला हुआ था—मौलू चकित रह गया था और समझ न पाया था कि किस तरह उसके इस छोटे भाई ने इतना ओहदा और इतना इल्म प्राप्त कर लिया है !

इस जामुन की छाया में बैठे-बैठे, अपनी तहमद की गाँठ खोलकर मौलू ने सब पैसे निकाले। अधिकांश पर मिट्टी और तेल की काली तह जम गई थी और यद्यपि धरती से निकालकर तहमद में बाँधने से पहले उन्हें अच्छी तरह धो लिया था, तो भी

तहमद का वह हिस्सा, जिसमें पैसे बाँधे गए थे, काला हो गया था।

यद्यपि घर से वह उन्हें गिनकर लाया था और चन्द पैसों के सिवा उनमें से कुछ अधिक खर्च न हुआ था, तो भी घास पर तहमद का एक पल्ला बिछाकर उसने उन्हें दोबारा गिना—चार रुपए और कुछ आने थे। और यह रकम उसने बड़ी कठिनाई से पैसा-पैसा करके साल-भर में जमा की थी, बल्कि यों कहना चाहिए कि दो साल में जमा की थी। ज्यों ही हस्सू का लड़का आठ वर्ष का हुआ और उसकी सगाई हुई, उन्हें इस बात की चिन्ता हो गई थी कि उसका निकाह बस अब समीप ही है, इसलिए उन्हें कुछ न कुछ बचाना चाहिए और चूँकि हस्सू लाहौर चला गया था और उसने यह भी जता दिया था कि वह लड़के की शादी लाहौर ही करेगा, इसलिए दो साल से वे इस विवाह में जाने के लिए कुछ न कुछ बचाने का प्रयास करते आ रहे थे और दो साल से ही बच्चे इस विवाह में शामिल होने के खयाल से इस बात का ज़िक्र करके कि उन्हें वहाँ क्या-क्या खाने को और क्या-क्या उपहारस्वरूप मिलेगा, खुश हो रहे थे। किन्तु गत वर्ष मौलू केवल दो रुपए बचा पाया था और इस वर्ष सिर्फ दो रुपए और कुछ आने।

और इन दो वर्षों में उसने परिश्रम भी कम न किया था। जितनी सरसों वह प्राप्त कर सकता था, उसने प्राप्त की थी और जितना तेल इर्द-गिर्द के गाँवों में बेचा जा सकता था, उसने बेचा था। अपनी सप्लाई को बढ़ाने के लिए उसने सरसों में तोरिया मिलाने से भी संकोच न किया था और जब उसके ग्राहकों ने शिकायत की थी कि तेल बालों में ज़्यादा लगता है तो उसने बड़े गर्व से कहा था कि खालिस कच्ची घानी का जो हुआ, नहीं नाखालिस तेल यदि लगाओ तो यह भी पता नहीं चलता कि बालों में कोई तेल लगा है या नहीं! फिर फसल के दिनों में उसने कटाई का काम भी किया था और पीर दौले शाह और क्रीम शाह की खानकाहों पर लगने वाले मेलों में घड़ों और मटकों की दुकानें भी लगाई थीं, लेकिन इस पर भी वह गत दो वर्ष में यही कुछ बचा पाया था। और बिना सालन की रूखी रोटी के सिवा उन्हें कभी कुछ प्राप्त न हुआ था। यह ठीक है कि इस विवाह के खयाल से उसने अपनी बीवी और बेटियों को गबरून की एक-एक कमीज़ और दरेस की एक-एक सुथनी सिलवा दी थी, स्वयं भी एक तहमद और साफा खरीदा था और फज्जे को भी एक तहमद ले दी थी, लेकिन इन सबके लिए तो वह भीलो शाह का कर्ज़दार था जिससे उसने वादा किया था कि अगले वर्ष वह जितना तेल निकालेगा, उसकी दुकान में डाल देगा।

वहीं बैठे-बैठे मौलू ने हिसाब लगाना शुरू किया, "यदि हम अटारी से जाकर चढ़े तो चार-चार आने तो मोटर का किराया लगेगा, इस तरह साढ़े चार टिकटों के···"

"लेकिन साढ़े चार किस तरह ?" उसकी पत्नी ने बात काटकर कहा, "फज्जे का टिकट किस तरह लग सकता है, अभी कल का तो बच्चा है, तुम उसे ज़रा गोदी में उठा लेना!"

"ये मोटर वाले एक ही शैतान होते हैं," मौलू ने कहना शुरू किया, "अगर माँगेंगे

तो ? सुना है, तीन साल से बड़े का टिकट लगता है।"

"हाँ लगता है !" बीबाँ बोली, "वे न माँगें तो भी तुम दे देना !"

"तो खैर, एक रुपया टिकटों का सही और फिर शहर का मामला है। हसन खाँ की वहाँ शान होगी। पैदल घिसटते हुए उसके यहाँ कैसे जाया जाएगा? पड़ोसी न कहेंगे—कैसे भिखमंगे रिश्तेदार हैं इसके ! ताँगे तक पर नहीं आ सके।—तीन-चार आने ताँगे पर भी खर्च करने पड़ेंगे।"

बीबाँ को इस बात का विश्वास था और अपने बच्चों को भी उसने कई महीने पहले कह रखा था कि चचा के घर से उन्हें बहुत कुछ मिलेगा, इसलिए उसने कहा, "एक रुपए की मिठाई हस्सू के बच्चों के लिए ले जाना, जब वे हमारे बच्चों को इतना कुछ देंगे तो हम किस तरह खाली हाथ जाएँगे ?"

"खैर," मौलू हिसाब लगाकर बोला, "सवा रुपया वापसी पर खर्च आएगा तो बाकी बड़ी मुश्किल से बारह आने-एक रुपया बचेगा।"

लहराँ ने अचानक कहा, "मेरे पाँव में छेद हो गया है, जूता मेरा बिलकुल घिस गया है, मुझे जूता ले देना।"

रहमाँ बोली, "मेरी चुनरी फट गई है, मुझे एक नई चुनरी ले दो, चचा की लड़की के सामने क्या मैं यह फटी चुनरी पहनूँगी ?"

मौलू की कमीज़ का दामन पकड़ते हुए फज्जे ने कहा, "अब्बा, हमें बूट ले देना !"

"चलो बैठो !" बीबाँ ने एक झिड़की दी, "सात-आठ दिन वहाँ रहना है ! तो क्या अपने पास एक कौड़ी भी न रखेंगे ! फिर लम्बा रास्ता, शरबत-पानी की भी ज़रूरत पड़ जाती है।"

लोपोके के मोड़ पर उन्हें एक ताँगा जाता हुआ मिला। लहराँ के जूते की मेख फिर बाहर निकल आई थी, लेकिन उस घायल दिल की भाँति जिसमें कुन्द-सा मज़ाक भी छेद कर देता है, वह कुंठित, मुड़ी हुई मेख लहराँ की घायल एड़ी को और भी घायल कर रही थी और वह लँगड़ा-लँगड़ाकर चल रही थी और काफी पीछे रह गई थी और फज्जा भी चिल्लाने लगा था कि उसे उठा लिया जाय और धूप की शिद्दत से बीबाँ की गोद का बच्चा भी बेहाल होने लगा था।

मौलू ने बेपरवाही से ताँगे की ओर देखते और जैसे ईंट फेंकते हुए पूछा, "क्यों भई ?"

"कहाँ जाना है ?" ताँगा बिना रोके ताँगे वाले ने पूछा।

"अटारी !"

"पाँच-पाँच आने !"

"पाँच-पाँच आने ?"

"तुम्हें क्या देना है ?"

लेकिन मौलू ने कुछ उत्तर न दिया। तहमद को फिर ऊपर खोंस, पगड़ी के शमले

से गर्दन और मुँह का पसीना पोंछ, गठरी के बोझ से धीरे-धीरे दबने वाली गर्दन को उठाकर वह चल पड़ा।

लहराँ और फज्जे ने एक बार कहा, "अब्बा, ताँगा..."

कड़ककर मौलू ने उन्हें चुप करा दिया। बीबाँ ने भी बच्चे को कन्धे से लगागर झुलाते हुए होंठों का गोला बनाकर उसमें ज़बान हिलाते हुए ओ...लो...लो...करना आरम्भ कर दिया और जब इस पर भी बच्चा न माना तो कमीज़ का बटन खोलकर उसने अपनी छाती निकाल उसके मुँह में दे दी।

सड़क बिलकुल कच्ची थी। सड़क तो उसे कहा भी न जा सकता था। किसी ज़माने में वहाँ ज़रूर सड़क रही होगी, किन्तु अब तो उसकी विशालता को देखकर उस पर किसी ऐसे दरिया का धोखा होता था, जिसके दोनों किनारे फैलते-फैलते आसपास की ऊसर धरती में जा मिले हों—हाँ, दोनों ओर पराँह के निरर्थक टेढ़े-मेढ़े पेड़—जिनके तने वर्षों से वर्षातप के कारण खोखले हो चुके थे और जो सड़क की सुन्दरता में वृद्धि करने की अपेक्षा उसकी कुरूपता ही बढ़ाते थे; जिनकी लकड़ी जलाने तक के काम न आती थी; जिनके पत्तों को बकरियाँ तक न खाती थीं और जिनकी शाखाओं पर बये तक का घोंसला न था—इस सड़क के अस्तित्व की गवाही देते थे। और कहीं कोई बबूल का काँटेदार वृक्ष अपनी लम्बी-लम्बी शाखाओं को सड़क पर झुकाए हुए खड़ा था कि यदि गर्मी के ताप से जलता हुआ कोई व्यक्ति छाया में आने का प्रयास करे तो उसकी पगड़ी उतर जाय अथवा उसका चेहरा ज़ख्मी हो जाए।

ईंट तो दूर, किसी कंकर तक का निशान वहाँ न मिलता था, इसलिए किसी विटप के तने पर रखकर किसी ढेले से गाड़ने के बावजूद जब मेख बार-बार बाहर निकल आती थी और एड़ी का घाव बढ़ता जाता था, और चलना उसके लिए प्रतिक्षण दूभर हुआ जा रहा था, तो आखिर तंग आकर लहराँ ने जूते हाथ में उठा लिए। धूल धधकती हुई राख की भाँति जल रही थी और प्रायः जब गर्द में टखनों तक पाँवों धँस जाते तो समस्त शरीर में जलन की एक लहर दौड़ जाती थी। किन्तु मेख की चुभन से टीस की जो लहर दौड़ती थी, वह शायद जलन की इस लहर से अधिक कष्टदायक थी, इसलिए वह चली जा रही थी, किन्तु इस पर भी वह सबसे पीछे थी।

इतनी उमर बीत गई थी, पर मौलू कभी इस सड़क पर न आया था। यदि उसे मालूम होता कि यह सड़क इतनी ऊबड़-खाबड़, वीरान और छायारहित है तो वह कभी इस ओर मुँह न करता—विशेषकर उस समय जब उसके साथ बच्चे थे—उसके कोल्हू पर तो वट की घनी छाया थी और निकटवर्ती देहात में कभी-कभी तेल लेकर जाने अथवा मिट्टी के घड़े-मटके लेकर भीलोवाल या वैरोके तक आने के अतिरिक्त उसने कभी इस ओर का सफर न किया था। उसकी दुनिया बरगद के एक घने पेड़ की छाया में बसती थी, जहाँ तपती-जलती हवाएँ शीतल हो जाती थीं और गर्म धूप भी ठंडक

पहुँचाती थी और कभी जब वह खुदा के सामने नत-मस्तक होता और कुरान की आयतों को अपने गलत उच्चारण से पढ़ता तो खुदा का जो अस्तित्व उसके सामने आता, वह कुछ उस बड़े घने वट-वृक्ष का-सा होता—बड़ी-बड़ी शाखाओं वाला, सायेदार, अगनित घोंसलों को अपनी शाखाओं में छिपाए हुए—लेकिन यह तपती वीरान दुनिया, हरियाली का एक तिनका भी नहीं और इस मरु में किसी जलते हुए तीर की भाँति जलती-जलाती, तपती-तपाती यह सड़क! यदि उसे मालूम होता तो कभी बच्चों को यों साथ न लाता—कभी न लाता!'

किन्तु इस खयाल को उसने तत्काल अपने दिल से निकाल दिया और वह फिर अकड़कर चलने लगा। तहमद को झटका देने अथवा कमीज़ को झाड़ने का खयाल वह कब का भूल चुका था—कोई साइकिल सवार या भूला-भटका राही भी गुज़रता तो उन पर मिट्टी की तह छा जाती और लू, जो कभी इधर से उधर और कभी उधर से इधर चलने लगती, शरीर में प्रवेश करके नसों तक को झुलसा रही थी और कभी-कभार कोई बगूला मिट्टी बरसाता हुआ निकल जाता था। तहमद का नीलाहट लिए सफेद रंग अब मटियाला हो गया था। पगड़ी की वह दमक न रही थी और कपड़ों की उलटी तरफ से चेहरे या गर्दन का पसीना पोंछने के बदले अब वह सीधी तरफ को ही काम में लाए जा रहा था।

उससे कुछ अंतर पर उसकी पत्नी चली जा रही थी। उसके समस्त यत्न बच्चे को पुचकारने में लगे हुए थे, फिर रहमाँ थी—जिसे शायद उसके पड़ोसी ग्वाले नूरे का खयाल इस चिलचिलाती धूप की तपन को महसूस न होने देता था और शायद इस बरसती हुई आग में भी वह स्वप्न देखती चली जा रही थी—उसकी अंगुली थामे फज्जा चल रहा था, जिसे कभी वह उठा लेती थी और कभी कमर, कन्धा या बाँह थक जाने पर फिर उतार देती थी—फूल-सा चेहरा उसका कुम्हला गया था, होंठ सूख गए थे; गन्दे-मैले हाथों से बार-बार मुँह का पसीना पोंछने के कारण उसके चेहरे पर कई दाग लग गए थे और चाल उसकी उत्तरोत्तर धीमी होती जा रही थी।

और इन सबके पीछे पूर्ववत् कभी जूता पहनती और कभी उतारती हुई लहराँ लँगड़ाती-लँगड़ाती चली जा रही थी।

नहर से उतरकर मौलू ने देखा—दाईं ओर एक बरगद का घना पेड़ है—मादा बरगद का, जिसका तना बहुत ऊँचा नहीं उठता, मोटी-मोटी, लम्बी-लम्बी सिर को छूती हुई डालियाँ छतरी की तरह फैलती चली जाती हैं—उसकी एक शाखा पर दो मोर बैठे हैं, निश्चिंत और मस्त! उनके लम्बे-लम्बे, चमकीले पंख धरती को छू रहे हैं और दूर किसी कुएँ की गाधी पर बैठा हुआ कोई जाट 'हीर वारिस शाह'[1] अलाप रहा है। उसकी सुरीली, बारीक, लेकिन ऊँची आवाज़ इस सूनी, वीरान, निस्तब्ध दुपहरी में गूँजती, लहराती हुई उस तक आ रही है :

---

1. पंजाबी का अमर काव्य।

'घर आ ननान ने गल्ल कीती, भाबी इक जोगी नवाँ आया नीं।
कन्नीं ओसदे दरशनी मुन्द्राँ ने, गले हैकला अजब सुहाया नीं।'[1]

अतीत के किसी दूरस्थ प्रदेश से आने वाली स्मृति की तरह तरुण यौवन के वे दिन मौलू की आँखों के सामने घूम गए, जब वह अपने वटं की शाखा पर बैठकर अथवा किसी आम या जामुन के तने से पीठ लगाए हीर वारिस शाह गाया करता था और उसके जी में आई कि वह पूरे गले से तान लगाए :

'फिरे ढूँढदा विच्च हवेलियाँ दे, कोई ओस ने लाल गँवाया नीं!
हीरे किसे रजवंस दा ओह पुत्तर, रूप तुद्ध थीं दून सवाया नीं!'[2]

किन्तु यह तान उसके हृदय में ही रह गई। अपनी लम्बी दाढ़ी, अपने शरीफ लिबास और अपने पीछे चले आने वाले बीवी-बच्चों का उसे खयाल हो आया और उसके हृदय से बरबस एक दीर्घ निःश्वास निकल गया।

तभी फज्जे ने रोते हुए सूखे गले से कहा, "अब्बा, मुझे प्यास लगी है, अब्बा, मुझे उठा लो!"

और मौलू ने मुड़कर देखा—लहराँ बेचारी थककर पराँह की एक टेढ़ी-सी जड़ पर बैठ गई थी।

"मर गई वहीं तू!" कड़ककर मौलू ने कहा।

लहराँ उठी और लँगड़ाती-लँगड़ाती चलने लगी। मौलू ने तब मुड़कर अपने बेटे को डाँटा कि ज़रा दम ले, सामने 'चोगावाँ' नज़र आ रहा है। वहीं चलकर लस्सी-पानी पिएँगे।

और चोगावाँ तक वे दोनों किसी न किसी तरह चलते आए थे। लस्सी-पानी से अधिक उनके सन्तोष का कारण उनका यह खयाल था कि अब्बा वहाँ से अवश्य ताँगा लेंगे। किन्तु जब कुछ सुस्ताने और सूखी रोटी को तेल के पकौड़ों के साथ (जो उनके अब्बा ने अड्डे से लिए थे) पानी की सहायता से पेट में पहुँचाने के बाद उन्हें फिर मार्च की आज्ञा मिली तो चल तो वे पड़े, लेकिन मार्च नहीं कर सके। चोगावाँ से 'वनीके' तक इस मार्च में कई हाल्टिंग स्टेशन आए, जबकि वे एक बीमार थके हुए घोड़े की तरह अड़ गए और झिड़कियाँ, गालियाँ या एक-दो चाँटे खाकर फिर चल पड़े, किन्तु वनीके के मोड़ पर जो वे एक बार रुके तो फिर नहीं बढ़े। थप्पड़ खाने पर भी फज्जा टस से मस न हुआ और गालियाँ खाकर भी लहराँ बैठी दुपट्टे से आँसू पोंछती रही।

ताँगे वाले से मौलू ने बिलकुल ही न पूछा हो, यह बात नहीं। पूछा था, किन्तु बिना सवार होने के खयाल से। और यह जानकर कि लोपोके से चोगावाँ तक वह गर्द

---

1. घर आकर ननद ने कहा कि ए भाभी, एक नया जोगी आया है। उसके कानों में दर्शनीय बालियाँ हैं और गले में हैकल शोभा दे रही है।
2. हवेलियों में वह ढूँढ़ता फिर रहा है जैसे कि उसने कोई लाल खो दिया हो। ऐ हीर, वह तो किसी राजा का बेटा दीखता है, उसका रूप तुझसे भी सवाया है।

का दरिया पार करने के बावजूद अभी तक किराए में मात्र एक आने की कमी हुई है और यह जानकर कि आगे सड़क पक्की है और कहीं-कहीं शीशम के वृक्ष भी हैं, वह चल पड़ा था।

जब थप्पड़ खाकर फज्जा रोने लगा, लेकिन उठा नहीं तब बीबाँ ने उसे प्यार देकर उठाना चाहा और नन्हे को रहमाँ के हवाले करके उसे गोद में ले लिया। मस्तक पर हाथ फेरते ही वह सहमकर पुकार उठी :

"देखो तुम इसे पीट रहे हो, इसका पिण्डा तो भट्ठी बना हुआ है !"

और तब ज्वर के वेग से तपे हुए अपने लड़के के चेहरे को देखकर मौलू पिघल उठा और उसने अनिच्छापूर्वक एक जाते हुए ताँगे को रोका और अटारी का किराया पूछा।

"चार-चार आने," ताँगे वाले ने उत्तर दिया।

"चार-चार आने, लेकिन इतना तो चोगावाँ से माँगते थे !"

"तुम क्या देते हो ?"

"एक-एक आना ले लो, तीन-साढ़े तीन मील हम चल भी तो आए हैं !"

ताँगे वाले का ताँगा तो भरा हुआ था, इसलिए उसे सवारियों की उतनी ज़्यादा परवाह न थी। "तो वहीं से जाकर चढ़ जाओ," उसने कहा और हण्टर घुमाया।

"छै-छै पैसे ले लो।"

"ओ तेरी माँ मर जाए !" हण्टर घोड़े की पीठ पर पड़ा और चल पड़ा।

"दो आने।"

....

"अढ़ाई आने !"—उसने अपने कंठ की पूरी आवाज़ के साथ कहा।

ताँगा काफी दूर जाकर रुक गया। सवारियाँ तो पूरी थीं, किन्तु 'भागते भूत की लँगोटी ही सही' के अनुसार ताँगे वाले ने ये दस-बारह आने छोड़ने उचित न समझे।

रहमाँ से बच्चे को लेते हुए चिन्तातुर स्वर में बीबाँ ने जैसे अपने आपसे कहा, 'इसका जिस्म भी गर्म हो रहा है, अल्लाह खैर करे !' और वह ताँगे की ओर बढ़ी।

यद्यपि जहाँ दो की जगह थी, वहाँ चार बैठे और साँस लेना तक मुश्किल हो गया तो भी सबने एक तरह से सुख की साँस ली।

जब पलक झपकते ही (कम-से-कम मौलू को ऐसा ही मालूम हुआ) अटारी का मोड़ आ गया और ताँगे वाले ने कहा कि अगर जल्दी चढ़ना चाहते हो तो यहीं उतर जाओ, क्योंकि यहाँ से मोटर जल्दी मिलती है तो मौलू के दिल को धक्का लगा।

"अड्डा आ गया ?" उसने पूछा।

"अड्डा तो आगे है, लेकिन यहाँ से जल्दी मोटर मिल जाएगी। अड्डे पर बहुत देर बैठना पड़ेगा, वहाँ और लोग भी होते हैं और आजकल ट्रैफिक पुलिस भी बड़ी सख्त हो गई है।"

ट्रैफिक पुलिस क्या बला है, यह बात तो मौलू की समझ में बिलकुल नहीं आई। उसने भ्रू-भंग करके ताँगे वाले की ओर देखते हुए कहा, "यह चालाकियाँ मैं सब समझता हूँ।"

किन्तु जब ताँगे में बैठी हुई दो सवारियाँ वहीं उतर पड़ीं और जब दूसरों ने भी कहा कि अगर लारी जल्दी पकड़नी है तो यहीं उतर पड़ो तो वह भी उतरा, किन्तु सड़क पर पाँव रखते ही वह गरजा, "बस यहीं तक लाने के बारह आने तुम माँगते हो!"

ताँगे वाले ने बेपरवाही से कहा, "तुम्हारी मर्ज़ी है, तुम अड्डे तक चले चलो!"

मौलू का जी चाह रहा था, इस पाजी ताँगे वाले को उतारकर सड़क पर पटक दे। उसने चीखकर कहा, "तुम लुटेरे हो!"

ताँगे वाले ने हण्टर उठाया, "ज़बान सँभालकर बात करो मियाँ!"

तभी बीबाँ ताँगे से उतरकर दोनों के मध्य आ खड़ी हुई, "तैश में न आओ भाई, हम पैसे मारकर न ले जाएँगे, आदमी-आदमी तो देख लिया करो तुम!"

मौलू कोई बड़ी अश्लील गाली देने लगा था, पर यह सुनकर गाली देने के बदले उसने वही काले स्याह, अड़तालीस पैसे, ताँगे वाले के हाथ पर गिन दिए और शहीदी भाव से बच्चों को उतारने लगा।

'बारह आने तो इसे दे दिए, अब वहाँ किस तरह काम चलेगा,' जाते हुए ताँगे की ओर देखते हुए बीबाँ ने जैसे अपने आपसे कहा।

मौलू चीखकर कुछ कहने ही लगा था कि उसकी दृष्टि अपने नन्हे बच्चे की ओर चली गई जिसका स्याह चेहरा ज्वर के वेग से और भी स्याह हो रहा था। उसने उसके माथे पर हाथ रखा, कुर्ती उठाकर पेट को देखा, "जिसम तो इसका जल रहा है।" उसने कहा और फिर एक आती हुई मोटर से बचाने के लिए अपने बीवी-बच्चों को एक तरफ करके वह उन्हें किनारे पर लगे हुए शीशम के साये में ले चला।

"अरे मौलू तुम किधर?" आश्चर्य से वृक्ष के नीचे बैठे हुए एक व्यक्ति ने पूछा।

"अरे भाई, हसन के लड़के की शादी में लाहौर जा रहा था," मौलू ने निराशा-भरी आवाज़ में कहना शुरू किया, "रास्ते में लड़कों को बुखार ने आ दबाया।"

"कहाँ जा रहे हो वहाँ लाहौर में?"

'मुज़ंग में हसन रहता है, वहीं जाना होगा। न हुआ भाई, ताँगा कर लेंगे, तीन-चार आनों की बात है, सो भाई दे देंगे!"

"तीन-चार आने!" वह हँसा, "तुम लाहौर कभी गए नहीं, एक रुपए से कम में वहाँ ताँगा न जाएगा।"

मौलू ने बड़ी निराश दृष्टि से अपनी पत्नी की ओर देखा, जो शायद कह रही थी कि एक रुपए की मिठाई हसन के बच्चों के लिए भी लेनी है और फिर वापस आने के लिए भी पैसे चाहिए और बीबाँ की निगाहें शायद कह रही थीं कि मुए ताँगे वाले ने यों ही हमारे बारह आने ठग लिए।

"तुम किधर आए थे नवाब ?" मौलू ने पूछा।

"भीलो शाह की बोरियाँ स्टेशन पर छोड़कर आ रहा हूँ।"

"तो अब वापस जा रहे हो ?"

"चला ही जा रहा हूँ, यों ही ज़रा दम लेने के लिए रुक गया था !"

तब फिर मौलू ने बीबाँ की ओर और बीबाँ ने मौलू की ओर देखा और मौलू ने कहा, "क्या कहूँ यार, बच्चों को बुखार ने आ दबाया है, हस्सू ने तो बहुतेरा लिखा था कि बीवी-बच्चों के साथ आना, लेकिन यहाँ तक आते-आते बच्चे बीमार हो गए, लहराँ का पाँव ज़ख्मी हो गया है और फज्जे और चिराग का पिण्डा गर्म तवा बना हुआ है, सोचता हूँ, वहाँ कहीं तकलीफ बढ़ न जाय। शादी का मामला है, खाने-पीने में परहेज़ रहता नहीं, और फिर वहाँ वह बात थोड़े ही है जो अपने घर में है। डॉक्टर..."

"ये डॉक्टर साले तो अच्छे-भले को बीमार कर देते हैं।" नवाब ने कहा।

"अरे बाबा, उन तक हमारी पहुँच कहाँ ?" और फिर एक बार पत्नी की ओर देखकर उसने नवाब से कहा, "तुम एक मेहरबानी करो नवाब, इन सबको ले जाओ। मुझे तो जाना ही होगा, कल बारात चढ़ेगी !" और फिर उसके उत्तर की प्रतीक्षा किए बिना उसने बीवी-बच्चों को बैलगाड़ी पर चढ़ने का आदेश दिया।

नवाब गाड़ी पर आ बैठा।

"रास्ते में भीलोवाल के निरंजनदास हकीम से कुछ दारू लेती जाना," उसने गाड़ी के पीछे चलते हुए अपनी पत्नी से कहा।

तभी दूर सड़क पर अमृतसर की ओर से एक लारी आती हुई दिखाई दी।

मौलू ने जल्दी-जल्दी अपने बच्चों का प्यार लिया।

फज्जे के जलते हुए मस्तक को चूमा, "हम तुम्हारे लिए बूट लाएँगे।"

लहराँ के सिर पर हाथ फेरा, "तुम्हारे लिए जूता लाएँगे !"

रहमाँ को डाँटा कि बच्चों का खयाल रखना और माँ से लड़ना नहीं।

फिर वह गठरी उठाए भागता हुआ-सा सड़क पर आ खड़ा हुआ और उसने आती हुई लारी को रोकने के लिए हाथ बढ़ा दिया।

उबाल

जब दूध उबल उबलकर कोयलों पर गिरने लगा और 'शाँ' 'शाँ' की आवाज़ के साथ एक तीखी-सी गन्ध उठी तो चन्दन ने हड़बड़ाकर पतीली की ओर हाथ बढ़ाया— कोयलों के ताप से लाल-सुर्ख हो रही थी। बेबसी की एक दृष्टि चन्दन ने इधर-उधर डाली—कोई कपड़ा पास न था! उसने चाहा—पानी का छींटा ही दे दे, किन्तु लोटे के पानी में अभी-अभी उसने आटे वाले हाथ धोए थे—दूध उबल रहा था और सड़ी हुई झाग की गन्ध कमरे में फैलने लगी थी और अन्दर कमरे में उसके मालिक और मालकिन धीरे-धीरे बातें कर रहे थे—विवशता के उस क्षण में चन्दन के बढ़े हुए हाथ और बढ़ गए और निमिष-मात्र में तपती-जलती पतीली खट से फर्श पर आ गई। चन्दन की अंगुलियों की पोरें जल गईं। उबलता हुआ दूध उसके हाथों पर गिर गया और जलन के कारण उसके होंठों से अनायास एक 'सी' निकल गई।

पतीली को खट से फर्श पर रखते हुए थोड़ा-सा दूध फर्श पर भी गिर गया था। उसी आटे के पानी से उसने उसे धो डाला और अंगुलियों की जलन को जैसे झाड़कर उतारता हुआ वह स्नान-गृह की ओर भागा।

पानी की धार के नीचे हाथ रखे-रखे उसने सिर को हल्का-सा झटका दिया और मुस्कराया—वास्तव में जब भी उससे कोई मूर्खता बन आती थी, वह इसी प्रकार सिर हिलाकर होंठों के बाएँ कोने से मुस्कराया करता था और होंठ कटे होने के कारण उसके दाँत दिखाई देने लगते थे।

बात यह हुई थी कि दूध को अँगीठी पर रखकर वह अपने मालिक और मालकिन की बातें सुनने लगा था। यद्यपि दिन काफी चढ़ आया था और चन्दन ने दोपहर के खाने के लिए आटा भी गूँथ लिया था, लेकिन वे अभी तक बिस्तर ही पर लेटे बातों में निमग्न थे और कुछ ही देर पहले उसके मालिक न चन्दन को चाय बनाने का आदेश दिया था।

उसने दूध की पतीली को अँगीठी पर रख दिया था और वह उनकी बातें सुनने लगा था। जब से उसके मालिक की शादी हुई थी, वह सुबह उठने के मामले में सुस्त हो गया था। इससे पहले वह प्रायः सैर को भी जाता, पर अपनी इस नव-परिणीता पत्नी के आने पर वह उसके साथ दिन चढ़े तक सोया रहता। जब जागता तो वहीं लेटे-लेटे चन्दन को चाय बनाने का आदेश दे देता और फिर वे दोनों, पति-पत्नी धीरे-धीरे बातें किया करते—मीठी, मद-भरी बातें!

चन्दन को इन बातों में रस आने लगा था। वे अन्दर बिस्तर पर लेटे धीरे-धीरे

बातें कर रहे होते और वह बाहर बैठा उन्हें सुनने का प्रयास किया करता।

आँच की तेज़ी के कारण दूध पतीली में बल खाता हुआ ऊपर उठ रहा था और चन्दन उस ओर से बेखबर उनकी बातें सुनने में निमग्न था।

"मैं विवश हो जाता हूँ, तुम्हारे गाल ही ऐसे हैं..."

"आपके हाथों का अपराध नहीं क्या..."

"इतने अच्छे हैं तुम्हारे गाल कि..."

"जलने लगे आपकी चपतों से..."

"लो मैं इन्हें ठण्डा कर देता हूँ।"

और चन्दन को ऐसा लगा जैसे कोई सुकोमल फूल रेशम के नर्म-नर्म फर्श पर जा पड़ा हो। कल्पना ही कल्पना में उसने देखा कि उसके मालिक ने अपने ओंठ अपनी पत्नी के गाल से लगा दिए हैं। वहीं बैठे-बैठे उसका शरीर गर्म होने लगा, उसके अंग तन गए और कल्पना ही कल्पना में अपने मालिक का स्थान उसने स्वयं ले लिया।

हाथ धोकर उसने सिर को फिर झटका दिया और ओंठों के बाएँ कोने से मुस्कराता हुआ वह अन्दर गोदाम में गया। उसने ज़रा-सा सरसों का तेल लेकर अपने हाथों की काली, मैली, जलती हुई त्वचा पर उस जगह लगाया, जहाँ जलन हो रही थी। फिर जाकर वह रसोईघर में बैठ गया और उसने चाय की केतली अँगीठी पर रख दी।

किन्तु हाथ जलाने और अपनी इस मूर्खता पर दो बार सिर हिलाकर मुस्कराने पर भी उसके कान फिर कमरे की ओर जा लगे, उसकी कल्पना अपनी समस्त तन्मयता के साथ उसके श्रवणों की सहायता करने लगी और उसकी आँखों के सम्मुख फिर कई चित्र बनने और मिटने लगे।

"चन्दन!" उसके मालिक ने चीखकर आवाज़ दी और फिर कहा, "वहीं मर गए क्या?"

मालिक की आवाज़ सुनकर वह चौंका। जल्द-जल्द चाय और तोस बनाकर अन्दर ले गया।

उसके मालिक-मालकिन पूर्ववत् बिस्तर पर पड़े थे। वे दोनों आलिंगनबद्ध तो न थे, फिर भी दोनों एक-दूसरे से सटे, तकिए के सहारे लेटे हुए थे। लिहाफ दोनों के सीने तक था और मालिक की बाँह अभी तक मालकिन की गर्दन के नीचे थी।

"इधर रख दो!"

चन्दन ने ट्रे तिपाई पर रख दी।

एक बार देखकर मालिक ने कहा, "तुम्हें हो क्या गया है? दूध का जग कहाँ है?"

"जी, अभी लाया!" और सिर को एक बार झटका देकर ओंठों के बाएँ कोने से मुस्कराता हुआ वह रसोईघर की ओर गया।

दूसरे क्षण उसने दूध का बर्तन लाकर रख दिया, पर उसे फिर गालियाँ सुन

पड़ीं, क्योंकि दोबारा देखने पर मालिक को मालूम हुआ कि छलनी नहीं है।

चन्दन ने छलनी लाकर रख दी और क्षण-भर के लिए वहीं खड़ा रहा। उसकी झुकी हुई दृष्टि अपनी मालकिन के चेहरे पर जा पड़ी—सुन्दर, सुवासित, खुले केशों की लटें उसके गोरे गुलगोथने चेहरे पर बिखरी हुई थीं, ओंठ सूखे होने के बावजूद गीले-गीले थे, मुस्कराती आँखों में तन्द्रा की बारीक-सी रेखा थी और चेहरे पर हल्की-सी थकान की छाया। उसके मालिक ने बड़े प्यार से कहा, "चाय बना दो न जान!"

पर 'जान' ने रूठते हुए करवट बदल ली।

"मैं कहता हूँ, चाय न पियोगी?" उसे मनाते हुए मालिक ने कहा।

"मुझे नहीं पीनी चाय!" मालकिन ने गाल को मसलते हुए उत्तर दिया, जिस पर अभी-अभी प्यार की हल्की-सी चपत उसके मालिक ने लगाई थी।

गर्दन के नीचे की बाँह उठी और मालकिन अपने मालिक के आलिंगन में भिच गई।

"क्या करते हो, शर्म नहीं आती?"

चन्दन का दिल धक्-धक् करने लगा और उसके मालिक का ठहाका कमरे में गूँज उठा।

"उठो, बना दो न चाय!" मालिक ने बड़ी नर्मी से बाँह को ढीला छोड़ते हुए कहा, "तुम्हारे गाल ही ऐसे प्यारे हैं कि अनायास उन पर चपतें लगाने को जी चाहता है।"

तड़पकर मालकिन ने फिर करवट बदल ली।

"चन्दन, तुम बनाओ चाय।"

लगभग काँपते हुए हाथों से चन्दन ने चाय की प्याली बनाई।

प्याली उठाकर अपनी 'जान' को बगल में भींचते हुए उसके मालिक ने प्याली उसके ओंठों से लगा दी।

यह 'जान' का शब्द था या उसके मालिक का उसके सामने अपनी पत्नी को आलिंगन में लेना कि जब दोपहर को काम-काज से निबटकर चन्दन अपनी कोठरी में जा लेटा तो उसकी आँखों में 'ज़ोहरा जान' का चित्र घूम गया और उसने अनायास सरसों के तेल और मिट्टी में सने बे-गिलाफ, मैले, जीर्ण-शीर्ण तकिए को अपने आलिंगन में भींच लिया।

अचानक उबलकर ऊपर आ जाने वाले दूध की तरह न जाने ज़ोहरा का यह चित्र किस तरह उसके बचपन की गहरी, दबी, गुफाओं से निकलकर उसके सामने आ गया—वही नाटा-सा कद, भरा-भरा गदराया शरीर, बड़ी-बड़ी चंचल आँखें, पान की लाली से रँगे ओंठ, भारी कूल्हे, वही छातियों का उभार और वही स्वर्णस्मिति; जिसके स्रोत का पता ही न चलता था कि आँखों में आरम्भ होती है या ओंठों पर।

वह उस समय बहुत छोटा था और अनाथ हो जाने के कारण मौसी के पास रहा

करता था। उसकी यह मौसी एक सेठ के बच्चों की धाय थी। यह सेठ चावड़ी बाज़ार में ग्रामोफोन और दूसरे बाजों की दुकान करता था। इस दुकान के सामने ज़ोहरा का चौबारा था और सेठ की दुकान के बाजे चाँदी के सिक्कों में परिणत होकर धीरे-धीरे वहाँ पहुँचा करते थे।

चन्दन अपने मौसेरे भाई और सेठ जी के बड़े लड़के के साथ कभी-कभी ज़ोहरा के चौबारे पर चला जाता था।

ज़ोहरा सेठ जी के लड़के को प्यार किया करती, मिठाई आदि देती और इस मिठाई का कुछ जूठा हिस्सा उन दोनों भाइयों को भी मिल जाया करता था। कई बार वह दूसरे बच्चों के साथ चौबारे के बाहर आँगन में खेल रहा होता कि सेठ जी आ जाते। ज़ोहरा के पास जा बैठते, उसे आलिंगन में ले लेते या उसकी सुकोमल जाँघ पर सिर रखकर लेट जाते।

उसकी यह मालकिन भी तो ज़ोहरा से मिलती-जुलती थी—उसी जैसा नाटा कद, उसी जैसे भरे गदराए कूल्हे, बादलों-सी उमड़ती हुई छातियाँ, गोल-गोल रस-भरे गाल, बड़ी-बड़ी मुस्कराती आँखें और लाल ओंठ—कौन कह सकता है कि उस एक क्षण में उसे अपने मालिक के आलिंगन में बँधे देखकर ही उसे ज़ोहरा का ध्यान न हो आया था।

कल्पना ही कल्पना में चन्दन ज़ोहरा के चौबारे पर पहुँचकर सेठ बना उसकी जाँघ पर सिर रखे लेट गया और ज़ोहरा प्यार से उसके बालों पर हाथ फेरने लगी।····वह भूल गया कि उसके टखनों तक मैल जमी हुई है, खुश्की के कारण उसकी टाँगों की त्वचा घुटनों तक पपड़ी बन गई है; उसकी नीली निक्कर (जो उसके मालिक ने उसे कभी दी थी) मैल से काली हो गई है; उसके स्याह माथे पर चोट का एक अत्यन्त घिनावना दाग है; उसका निचला ओंठ कटा हुआ है और उसके सिर के बाल छोटे-छोटे और रूखे हैं—वह मस्त लेटा रहा और ज़ोहरा उसके बालों पर हाथ फेरती रही। वहीं उसकी जाँघ पर लेटे-लेटे उसने करवट बदली और कहना चाहा, 'ज़ोहरा कितनी अच्छी हो तुम···!' पर उसकी कमर में कोई तीखी-सी चीज़ चुभ गई और तब उसने जाना कि वह नंगे फर्श पर लेटा हुआ है, वह चीज़ जिस पर उसका सिर रखा है, ज़ोहरा की जाँघ नहीं, बल्कि वही सड़ा-गला, मैला तकिया है।

चन्दन ने सिर को झटका दिया, किन्तु वह मुस्कराया नहीं। उठकर, दीवार से पीठ लगाकर, बैठ गया। वहीं बैठे-बैठे पिछले कई वर्ष उसकी आँखों के सामने उड़ते हुए-से गुज़र गए।

सेठ जी तो अपनी सब जायदाद चावड़ी बाज़ार के 'हुस्न' की भेंट करके अपने नाना के गाँव चले गए थे, जो कहीं मध्य-पंजाब में अपनी कुरूपता और अपढ़ता की गोद में सोया पड़ा था। चन्दन की मौसी रियासत अलवर में अपने गाँव चली गई और चन्दन इस अल्प वयस ही में तीन रुपए मासिक पर उन सेठ के एक मित्र के यहाँ नौकर

हो गया था…

इसके बाद उसका जीवन उस कम्बल की तरह था जिसे इधर से रफ़ू किया जाय तो उधर से फट जाय, उधर से सिया जाय तो इधर से उधड़ जाय।

अपने इस मालिक के यहाँ पहुँचकर उसने सुख की साँस ली थी और उसने यह महसूस किया था कि ऐसा हँसमुख, उदार और खुले स्वभाव का मालिक उसे गत बारह वर्ष की नौकरी में नहीं मिला। किन्तु उसके मालिक का यही खुलापन उसके लिए मुसीबत बन गया। उसका मालिक उसके सामने ही अपनी पत्नी से प्यार करने लगता, उसे आलिंगन में ले लेता और प्रायः चूम लेता। जैसे चन्दन हाड़-मांस का इन्सान न हो, मिट्टी का लौंदा हो।

चन्दन ने सोचा—इस विवाह से पहले वह कितने सुख-शान्ति से रहता था। अंगों में यह गर्मी-गर्मी-सी, नसों में यह तनाव-तनाव-सा, यह अशान्ति और अनिद्रा-सी उसे पहले कभी महसूस न हुई थी। वह सोता था तो गत-आगत का होश उसे न रहता, किन्तु जब से उसके इस मालिक ने विवाह किया और उसकी नई मालकिन आई, उसकी नींद उड़-सी गई थी। उसे विचित्र प्रकार के सपने आते थे। रात उसने कासनी को देखा था। कासनी उसके पहले मालिक की लड़की थी। कच्ची नाशपातियों-सी उसकी छातियाँ थीं, टखनों से ऊँचा लहँगा और बण्डी पहने वह नंगे सिर घूमा करती थी। यही लड़की स्वप्न में उसके साथ आ लेटी थी। कैसे? कहाँ? उसे कुछ याद नहीं! पर वह जाग उठा था। उसका शरीर गर्म था, उसकी नसें तनी हुई थीं और उसे पसीना आ गया था—फिर वह सो न सका।

कुछ भी समझ में न आने से अपनी मूर्खता पर उसने सिर हिलाया, पर वह मुस्कराया नहीं। उसका मालिक दफ्तर गया हुआ था। मालकिन अन्दर कमरे में गहरी नींद सोई हुई थी। वह उठा और पड़ोसी राय साहब के नौकर जेठू की कोठरी की ओर चल पड़ा, जहाँ दोपहर के समय इर्द-गिर्द के सब नौकरों की महफिल जमा करती थी।

चैत सुदी पूर्णमासी का चाँद गुलमोहर के पीछे से धीरे-धीरे ऊपर उठ रहा था। कोठी की फसील से लगी नववय की कीकरी के पत्ते तरल-रजत के परस से चमक उठे थे। चन्दन धीरे-धीरे अपनी कोठरी से निकला—सामने कोठी के पोर्च पर फैली हुई बिगिन-बेलिया के लाल गुलनारी फूल चाँदनी में हल्के स्याही-मायल दिखाई दे रहे थे। एक ओर जैकारेंडा का पुराना पेड़ (जिसका तना पारसाल मध्य से काट दिया गया था) अपनी कुछेक शाखाओं के सिरों पर पत्तों और फूलों के गुच्छे लिए मस्ती से झूम रहा था। दूर से ये गुच्छे नन्हे-नन्हे बादलों के टुकड़ों-से दिखाई देते थे। ककरौंदे और खट्टे के फूलों की मादक सुगन्ध वायुमण्डल के कण-कण में बस गई थी। यद्यपि अभी तक वे सब अन्दर कमरे में सोते थे, पर नवऋतु के आगमन से सर्दी अधिन न रही थी। चन्दन अनमना-सा गोंदनी के एक छोटे-से पेड़ के पास जा खड़ा हुआ। अपने ध्यान में

खड़े-खड़े उसने दो-चार नन्ही-नन्ही गोंदनियाँ तोड़कर मुँह में डाल लीं। पूरी तरह पकी न थीं। उसके मुँह का स्वाद बिगड़ गया। क्षण भर तक वह असमंजस की दशा में वहीं खड़ा रहा। फिर वह बरामदे में गया और उसने बड़ी सावधानी से बैठक का दरवाज़ा खोला।

सोने का कमरा बैठक के साथ ही था और बैठक साधारणतः खुली रहती थी। उसका एक दरवाज़ा वह स्वयं बाहर से बन्द कर लिया करता था और दूसरा मालिक अन्दर से बन्द कर लेते थे। उसने धीरे से दरवाज़ा खोला। मालिक के सोने के कमरे में हल्की रोशनी थी, उसका प्रतिबिम्ब दरवाज़े के शीशों पर पड़ रहा था। ऐसा लगता था जैसे किसी ने गँदले प्रकाश की कूची दरवाज़े के शीशों पर फेर दी हो। धीरे-धीरे दरी पर पाँव रखता चन्दन बढ़ा और जाकर दरवाज़े के साथ पंजों के बल खड़ा हो गया।

अन्दर छत में लाल रंग का बल्ब जल रहा था, उसके धीमे प्रकाश में वह आँखें फाड़-फाड़कर देखने लगा। किन्तु दूसरे ही क्षण वह वापस मुड़ा। उसका शरीर गर्म होने लगा था, अंगों में तनाव आ गया था, कंठ और ओंठ सूखने लगे थे और उसकी नसों में जैसे दूध उबलने लगा था।

उसी तरह पंजों के बल भागता-सा वह बाहर आया। धीरे से उसने दरवाज़ा लगाया और बाहर चाँदनी में आ खड़ा हुआ। सामने जैकारेंडे का तना खड़ा था। उसके जी में आई कि अपने युवा वक्ष की चोट से उस तने को गिरा दे।

कोठी के सामने लॉन में फुहारे के गिर्द लाल-पीले फूलों के अनगिनत पौधे लहरा रहे थे, जिनके चौड़े-चौड़े पत्तों पर पानी की बूँदें फिसल-फिसल पड़ती थीं। ककरौंदे की सुगन्ध और भी तीखी होकर वायुमंडल में बस गई। चन्दन ने जाकर फुहारे की टोंटी घुमा दी। फर्र-फर्र मीठी फुहार उस पर पड़ने लगी।

वह जेठू के यहाँ क्यों गया? वह सोचने लगा—दोपहर के समय इर्द-गिर्द की कोठियों के नौकर जेठू की कोठरी में इकट्ठे होते थे। कभी ताश खेलते, कभी चौसर की बाज़ी लगाते, कभी अपने-अपने मालिकों और मालकिनों की नकलें उतारते। कभी जेठू अपने चचा से तवे वाला बाजा माँग लाता, जो उसने एक कबाड़ी की क्लीयरिंग सेल में खरीदा था। उसकी आवाज़ ऐसे थी जैसे अतिसार का रोगी बच्चा रिरिया रहा हो। किन्तु इस पर भी सब बड़े मज़े से उस पर 'गोरी तेरे गोरे गाल पै' या 'तोसे लागी नजरिया रे' सुना करते। हाल ही में जेठू चारली का एक नया रिकॉर्ड ले आया था और दोपहर भर उसकी कोठरी में :

> 'तेरी नज़र ने मारा !
> एक दो तीन चार पाँच छः सात आठ नौ दस ग्यारह
> तेरी नज़र ने मारा !'

होता रहता था—लेकिन चन्दन कभी उधर न गया था। उसके पास समय ही न था। प्रातः ही उसका मालिक उसे जगा दिया करता था। वह उसके मालिश करता, उसके लिए

नहाने का पानी तैयार करता, चाय बनाता, उसके दफ्तर चले जाने के बाद खाना तैयार करता, दफ्तर ले जाता, आकर नहाता, खाता और सो जाता—ऐसी गहरी नींद कि प्रायः दिन छिपे तक सोया रहता और कई बार उसके मालिक को दफ्तर से आकर उसे ठोकर मारकर जगाना पड़ता। किन्तु आज अपनी अनिद्रा से हारकर जब वह दोपहर को जेठू की कोठरी में गया तो उसने ऐसी बातें सुनीं कि उसकी रही-सही नींद भी हराम हो गई।

फुहार के पहले परस से उसके शरीर में झुरझुरी-सी उठी। वह डरा, कहीं उसे ज्वर तो नहीं हो गया? ऋतु बदल रही है और वह पानी के नीचे खड़ा भीग रहा है। यदि उसे निमोनिया हो गया तो! उसने सिर को एक बार झटका दिया, पर वह मुस्कराया नहीं और फुहारे को खुला ही छोड़कर अपनी कोठरी में जाकर लेट गया।

शीघ्र ही उसकी आँख खुल गई। उसका सिर भारी था। तन जल-सा रहा था और आँखें कुछ कड़वी, उबली-उबली-सी हो रही थीं—उसने फिर एक स्वप्न देखा था—कच्ची नाशपातियों के गुच्छे उसके इर्द-गिर्द घूम रहे हैं। वह एक सूने वीरान मकान में खड़ा उन्हें पकड़ने का प्रयास कर रहा है, पास ही पानी का एक नल चल रहा है और उसके पास एक बच्चा खड़ा चिल्ला-चिल्लाकर कह रहा है, 'मेरे खिलौने मत तोड़ो', 'मेरे खिलौने मत तोड़ो', वह सिर उठाकर देखता है। वह बच्चा कासनी बन जाता है और चन्दन सुनता है उसका आर्त्त स्वर—'मेरी नाशपातियाँ मत तोड़ो, मेरी नाशपातियाँ...'

चन्दन उन्मादी की भाँति उठा। जेठू की बातें उसके कानों में गूँज गईं। उसने कुर्ता पहना। एक पुराने, मैले मिट्टी के बर्तन में से पुराना-सा बटुआ निकालकर जेब में रखा। कोठरी की कुण्डी लगाई और धीरे-धीरे कोठी से बाहर निकल गया।

चाँदनी एक रजत वितान-सी परेड-ग्राउण्ड पर फैली हुई थी और सड़कों के नीम जैसे इस वितान को थामे खड़े थे। उनके पत्तों से बिजली के बल्ब टिमटिमा उठते थे और दूर से देखने पर ऐसा लगता था, जैसे उनके परे कोई धीमा-सा अलाव जल रहा है।

चन्दन 'क्वीन मेरी रोड' पर हो लिया। दाईं ओर की कोठी से ककरौंदे, खट्टे और मौलश्री की मिली-जुली सुगन्धि का एक झोंका आया और सड़क पर पेड़ों के नीचे बिछे प्रकाश और छाया के जाल हिल उठे।

तीस हज़ारी के चौरस्ते पर वह रुका कि शायद कोई ट्राम आती हुई मिल जाय, किन्तु शायद ग्यारह कभी के बज चुके थे। सड़क बिलकुल सुनसान थी। गन्दगी की एक गाड़ी दुर्गन्ध फैलाती हुई उसके पास से गुज़र गई। चन्दन का दिमाग भन्ना गया। भागकर वह मिठाई के पुल पर हो लिया। जिस चबूतरे पर सिपाही खड़ा रहता था, वह टूटा हुआ था। शायद किसी मोटर-ड्राइवर ने सिपाही की कर्कशता का बदला उस निरीह चबूतरे से लिया था। पुल पर बिलकुल सन्नाटा था। ऊपर चाँद चमक रहा था और पुल के नीचे अँधेरे और गहराई में रेल की लाइनें और सामने कुछ दूर लाल-हरे सिगनल चुपचाप टिमटिमा रहे थे। चन्दन पुल की दीवार के साथ सिर लगाए क्षण-भर तक

चुपचाप विमुग्ध-सा इन नागिनों-सी लाइनों और टिमटिमाते हुए सिगनलों को देखता रहा। फिर वह आगे चल पड़ा।

सड़क बिलकुल सुनसान थी, दोनों ओर की दुकानें बन्द थीं और फुटपाथ पर मैले-कुचैले गर्हित लिहाफ लिए कहीं-कहीं दुकानदार सोए हुए थे—मैल से सनी काली धोतियों में उनके गौर अंग पूर्णमासी के चाँद की जगमगाती ज्योत्स्ना में और भी चमक रहे थे। तेलीवाड़ा के सामने सड़क के बाईं ओर फुटपाथ पर एक टूटा हुआ ताँगा पड़ा था और दो-तीन कूड़े की खाली गाड़ियाँ खड़ी थीं। इसके बाद दूर तक सफेद-सी दीवार चली गई थी, जिसके पीछे कभी किसी रेलगाड़ी के तेज़-तेज़ गुज़रने की आवाज़ आ जाती थी। दाईं ओर दुकानों के बाहर कहीं बाँसों के गट्ठे पड़े थे, कहीं चारपाइयाँ और कहीं लकड़ी की खाली पेटियाँ। चन्दन चुपचाप अपने ध्यान में मग्न कुतुब रोड के चौरस्ते पर आ गया।

सदर बाज़ार बिलकुल बन्द हो गया था। केवल कोने के हलवाई की दुकान खुली थी। चन्दन की भड़की हुई तबीयत यहाँ तक आते-आते लगभग शान्त हो गई थी। उसके मन में केवल उत्सुकता की भावना शेष थी। और इसी के अधीन उसने हलवाई की दुकान से आध सेर गर्म-गर्म दूध पिया।

और जैसे नई उमंग पाकर वह आगे बढ़ा।

दोनों ओर की दुकानें बन्द थीं। बाईं ओर के 'माशा अल्लाह होटल' में, जहाँ संध्या के समय इतनी भीड़ होती है कि एक-एक कुर्सी पर दो-दो व्यक्ति बैठे होते हैं, इस समय निस्तब्धता छाई हुई थी और एक मैले-से बेंच पर होटल का एक नौकर बैठा खाना खा रहा था। दाएँ-बाएँ कहीं-कहीं किसी पनवाड़ी या हजाम की दुकान खुली थी। एक हेयर कटिंग सैलून में (जिसके तख्ते पर दिन को रँगरेज़ बैठा करता था) इस समय एक श्रमिक, जिसे शायद दिन में अवकाश न मिलता था, बैठा सिर पर उस्तरा फिरवा रहा था।

काठ बाज़ार के सिरे पर चन्दन क्षण-भर के लिए रुका। ताँगों के अड्डे पर एक-दो ताँगे वाले अभी तक घूम रहे थे। ताँगा-शेड के ऐन ऊपर चाँद चमक रहा था। धुएँ और गर्द ने चाँदनी को मैला कर दिया था। वह काठ बाज़ार में दाखिल हुआ और चकित-सा एक चौबारे की ओर देखने लगा, जिसमें गैस की रोशनी के सम्मुख एक 'सुन्दर' वारांगना बैठी थी। चन्दन की भरी हुई उमंग फिर जागी, किन्तु नीचे चौक में अभी तक काफी भीड़ थी। इतने उज्ज्वल प्रकाश और इतने लोगों के सामने उसके लिए मामले की बात करना सर्वथा असम्भव था। उसने नीचे की कोठरियों की ओर देखा। हरेक कोठरी के आगे एक-एक गन्दा, मैला-सा पर्दा लटक रहा था और उसके बाहर एक-एक लैम्प, जिसके सामने एक-एक स्त्री खड़ी या बैठी थी।

कभी-कभी किसी कोठरी का दरवाज़ा बन्द हो जाता और किसी व्यक्ति के पीछे लैम्प उठाए हुए उस कोठरी की मालकिन उस मैले, गन्दे पर्दे के पीछे चली जाती—

पल-भर के लिए अपनी उभरी हुई उमंग चन्दन को फिर डूबती हुई लगी और वह ज़रा आगे बढ़कर (मानो सहारे के लिए) एक कुर्सी पर बैठ गया, जो ऐन चौक में बिछी हुई थी और जिसके पास एक मेज़ पर रंग-बिरंगी बोतलें रखे एक चम्पी करने वाला हजाम लड़का खड़ा था।

"चम्पी कराओगे ?"

चन्दन ने अनजाने 'हाँ' कर दी। पास ही एक और वैसी ही दुकान सजी थी और उसके परे एक लम्बे बरामदे में अपनी-अपनी कोठरियों के सामने रूप (यद्यपि रूप उनमें से एक के पास भी था, यह कहना मुश्किल है) तथा सतीत्व का व्यापार करने वाली कई वारांगनाएँ खड़ी अपने-अपने ग्राहकों को बुला रही थीं। खड़े-खड़े थक जाने के डर से या अपने वक्ष का उभार दिखाने के लिए उन्होंने छत से रस्सियाँ लटका रखी थीं, जिनके सहारे वे खड़ी हो जाती थीं।

चन्दन ने सिर में तेल गिरने से एक लिजलिजी-सी सरसराहट हुई और हजाम लड़का चम्पी करने लगा। चम्पी करने के बाद चन्दन के मस्तक और गर्दन को उसने एक अत्यन्त गन्दे तौलिए से पोंछकर बाल बना दिए।

चन्दन जब वहाँ से उठा तो उसे नाक में सस्ते खुशबूदार तेल की तीखी गन्ध आ रही थी और उसकी उमंग फिर जैसे जग उठी थी। चौक छोड़ वह एक गली में हो गया। यहाँ लोग कम थे और रोशनी भी उतनी तेज़ न थी। वह एक बार गली के दूसरे सिरे तक जाकर मुड़ आया। उसे समझ न आती थी कि वह कैसे बातचीत शुरू करे। वह तो उनसे आँखें भी न मिला पाता था। ध्यान-मात्र ही से उसका दिल धक्-धक् करने लग जाता था। उसने सोचा, वापस चला जाए। उसे जेठू के साथ आना चाहिए था और उसके मन में आई कि गली को पार करके वह दूसरे रास्ते से निकल जाय। किन्तु इतनी दूर आकर वह जाना भी न चाहता था। उसी समय एक कोठरी के आगे कुछ अँधेरे में बैठी हुई एक मोटी थुलथुल-पिलपिल स्त्री ने उसकी मुश्किल आसान कर दी। उसके पास दो छोटी-छोटी लड़कियाँ फर्श पर ही दरी बिछाए लेटी हुई थीं—बिलकुल कासनी ही की वयस की—"आओ आओ, इधर आओ !" प्यार से उसने कहा।

चन्दन बढ़ा।

बड़े धीमे भेद-भरे स्वर में उसने कहा, "आओ, सोचते क्या हो ? बारह आने..."

इशारा उसी कोठरी के बाहर बैठी हुई स्त्री की ओर था, जो केवल एक काली बनियान और काली साड़ी पहने लोहे की कुर्सी पर बैठी थी; जिसकी बगलों में बाल तक दिखाई देते थे और जिसकी छातियाँ ढली हुई ककड़ी की भाँति लटक रही थीं।

चन्दन ने उसके पास धरती पर अधलेटी-अधबैठी लड़की की ओर आकांक्षा-भरी दृष्टि से देखा। उसकी नाक में छोटी-सी नथ भी थी और उसने जेठू से सुना था कि इन लोगों में यह नथ कौमार्य का चिह्न होती है।

समझकर मोटी स्त्री ने कहा, "यह तो अभी बहुत छोटी है, यह अभी यह सब क्या

जाने ?"

चन्दन के मस्तिष्क में कच्ची नाशपातियाँ घूम गईं, फिर कासनी और फिर कच्ची नाशपातियाँ।

और मोटी स्त्री ने कहा, "दो रुपए लगेंगे।"

चन्दन चुप रहा। वह कहना चाहता था, "दो रुपए बहुत हैं।"

तभी मोटी स्त्री ने कहा, "अच्छा तो डेढ़ सही। अभी तो नथ भी नहीं उतरी।"

चन्दन की नसों में दूध उबलने लगा। उसका शरीर गर्म होने लगा। दूसरे क्षण वह गन्दे, मैले पर्दे के अन्दर चला गया और उसके पीछे-पीछे लैम्प और उस लड़की को लिए हुए वह मोटी स्त्री !

एक सप्ताह बाद सिर पर अपना बोरिया-बिस्तर उठाए चन्दन पोर्च में खड़ा था और अन्दर कमरे में उसके मालिक अपनी पत्नी को आदेश दे रहे थे—मैं अभी डॉक्टर भेजता हूँ। सब मकान को 'डिसइन्फेक्ट' (शुद्ध) करवा लेना। सब जगह तो जाता रहा है कमबख्त !

और चन्दन बेबसी की दशा में खड़ा सोच रहा था, 'पर लड़की की आयु तो तेरह वर्ष की भी न होगी और उसकी तो अभी नथ भी न उतरी थी।'

मि० घटपाण्डे

"आप ज़रा भी चिन्ता न करें," मिस्टर घटपाण्डे ने कपड़े बदलकर बिस्तर पर बैठते हुए कहा, "दस-पन्द्रह बरस पहले यक्ष्मा को मौत का सन्देशवाहक समझा जाता था, लेकिन अब विज्ञान ने बड़ी उन्नति कर ली है। बुरे से बुरे केस भी ठीक हो जाते हैं।"

खाँसते और खून थूकते हुए अत्यन्त क्षीण स्वर में मैंने कहा कि मैं तो डूबती हुई किश्ती हूँ। मेरे सम्बन्धी फजूल ही यक्ष्मा के इस गहन सागर से मुझे उबारने का प्रयास कर रहे हैं। मेरे भाग्य में तो क्षण-क्षण इसमें डूबते जाना ही लिखा है।

"गलत," मिस्टर घटपाण्डे ने मेरी बात काटकर जोश से कहा, "आपको इस बीमारी के बारे में पूरा ज्ञान नहीं। जिस डॉक्टर ने मुझे यहाँ भेजा है, वह पूना का सबसे बड़ा टी० बी० स्पेशलिस्ट है। क्या आपको मालूम है कि उसका फेफड़ा लोहे का है—जी हाँ, लोहे का! अमरीका से ऑपरेशन कराके वह आया है। और फिर इस बीमारी में इलाज इतना ज़रूरी नहीं, जितना आत्मविश्वास! किसी दूसरे की बात पर कान न दीजिए और अपने में विश्वास रखिए! मुझे जब इस बीमारी का पता चला, मेरा वज़न केवल 86 पाउण्ड था। एक महीने के आराम ही से मुझे 25 पाउण्ड वज़न मिला है—जी हाँ, 25 पाउण्ड! सेडी[1] नार्मल हो गया और ज्वर बिलकुल उतर गया। मैं तो यहाँ न आता, पर पूना में गर्मी हो गई थी, मैंने कहा—चलो इस बहाने पंचगनी की सैर ही हो जाएगी। महात्मा गांधी वर्धा से यहाँ आते थे तो हम स्वास्थ्य की इस गंगा के निकट रहते हुए भी, क्यों न इसमें एक डुबकी लगाएँ।"

मैं उत्तर देना चाहता था, पर मुझे फिर खाँसी आ गई और बलगम के साथ रक्त का लोथड़ा गिरा। मिस्टर घटपाण्डे अपने जोश में कहते गए :

"मैं सच कहता हूँ, जब डॉक्टरों ने मेरे बाएँ फेफड़े में इन्फिलट्रेशन[2] का सन्देह प्रकट किया तो मेरे घरवालों के होश उड़ गए। उन्होंने समझ लिया कि बस अब यह खत्म हुआ! परन्तु एक बड़े आदमी का कथन है कि बीमारी को अपने ऊपर अधिकार न पाने दो, अपने में प्रबल आत्मविश्वास रखो। मैं सच कहता हूँ, जब मेरे घरवाले हताश हो गए थे, डॉक्टरों के परामर्शानुसार मैंने इस बीमारी से जूझने को कमर कस ली। इस रोग पर विजय पाने के लिए साधारणतः चार बातें ज़रूरी समझी जाती हैं—आराम, पौष्टिक भोजन, स्वच्छ वायु और बेफिक्री! परन्तु गत मास के अपने अनुभव को दृष्टि में

1. सेडी = सेडीमेण्ट, रक्त में बीमारी का कितना प्रभाव है, इसका पता सेडीमेण्ट से चलता है। नार्मल सेडी का अर्थ है कि खून में बीमारी का प्रभाव अब नहीं रहा।
2. इन्फिलट्रेशन = फेफड़े में तपेदिक के कीड़ों का धीरे-धीरे अधिकार जमाना आरम्भ करना।

रखकर मैं कह सकता हूँ कि एक पाँचवीं चीज़ भी है जिसकी आवश्यकता इस रोग में सर्वाधिक है। नव-प्राप्त स्वतन्त्रता की सुरक्षा के प्रश्न पर मार्शल स्टालिन ने एक बार कहा था, 'साथियो, मैं देश की सुरक्षा के लिए तीन बातें परमावश्यक समझता हूँ। पहली —सैनिक-शक्ति, दूसरी—सैनिक-शक्ति और तीसरी—सैनिक शक्ति !' यदि टी० बी० के सम्बन्ध में कोई मुझसे पूछे तो मार्शल स्टालिन की भाँति मैं भी कहूँगा—टी० बी० को जीतने के लिए तीन चीज़ों की आवश्यकता है। पहली—इच्छा-शक्ति, दूसरी—इच्छा- शक्ति और तीसरी—इच्छा-शक्ति ! इच्छा-शक्ति वह संजीवनी है...."

परन्तु इच्छा-शक्ति की संजीवनी के सम्बन्ध में अपने विचार प्रकट करने का अवसर मि० घटपाण्डे को नहीं मिला, क्योंकि सिस्टर ब्लैक ने उनकी वक्तृता बीच ही में भंग कर दी और यह भी नहीं देखा कि कोई बेचारा उसके एक-एक शब्द को अमृत की तरह पी रहा है।

"मिस्टर," वह अन्दर से नई ब्यायी शृगाली की तरह झपटी, "यह रेस्ट-टाइम[1] है, रेस्ट लेने को माँगता है। दूसरे को डिस्टर्ब करने को नहीं माँगता।"

मिस्टर घटपाण्डे सोडे की फेन सरीखे बैठ गए, बल्कि पूर्णतः लेट गए। तब सिस्टर मेरी ओर मुड़ी :

"तुम्हारा केस बहुत ऐक्यूट[2] है मिस्टर ! तुमको बोलने को नहीं माँगता, उठने को नहीं माँगता, बैठने को नहीं माँगता। सब दिन रेस्ट लेने को माँगता है। कोई चीज़ माँगना होए तो यह बेल बजाने को माँगता है।"

यह कहते हुए सिस्टर ने एक छोटी-सी टुनटुनी घण्टी—जैसी कि चूरणवालों के पास होती है—मेरी तिपाई पर रख दी और खट-खट करती अन्दर चली गई।

मैंने कुछ साहस करके आँख उठाकर देखा—मिस्टर घटपाण्डे आँखें बन्द किए पड़े थे। पन्द्रह मिनट बात उनके नासिका-रन्ध्र धीमे-धीमे खर्राटों के स्वर में उनकी उस प्रबल इच्छा-शक्ति की सूचना देने लगे, जिससे काम लेकर वे सिस्टर की उस डाँट को मन में स्थान दिए बिना गहरी नींद सो गए थे।

हम दोनों आज ही सेनेटोरियम में आए थे। मैं दो घंटे पहले आया था और घटपाण्डे दो घण्टे पीछे। सेनेटोरियम का नियम था कि नए आने वाले रोगियों को पहले ऐक्यूट-वार्ड[3] में रखा जाता था। यदि आठ-दस दिन उन्हें ज्वर न आए अथवा उनका ज्वर उतर जाय तो उन्हें दूसरे वार्डों में भेज देते थे। इसी प्रकार दूसरे वार्ड में यदि किसी रोगी को ज्वर आने लगे तो उसे ऐक्यूट-वार्ड में भेज दिया जाता था। गर्मी का ज़ोर हो गया था और रोगी धड़ाधड़ आ रहे थे, इसलिए वार्ड भर गया था और हमें बरामदे में

1. रेस्ट टाइम = आराम का समय—सेनेटोरियम में कुछ समय अनिवार्य रूप से आराम लेना पड़ता है।
2. ऐक्यूट (Acute) = पुराना, नाज़ुक
3. ऐक्यूट-वार्ड (Acute Ward)—उन रोगियों का वार्ड जिनकी दशा चिन्ताजनक हो अथवा जिनका रोग पुराना हो।

स्थान मिला था। बरामदे में से होकर डॉक्टर और नर्स आदि अन्दर आते-जाते थे, परन्तु जगह की तंगी के कारण यहाँ भी दो बेड रख दिए गए थे। दीवार के साथ जहाँ बेड लगे थे, दो झरोखे थे, जिनमें खुलने और बन्द होने वाले शीशे लगे थे। मुझे पहले मिस्टर घटपाण्डे वाला बेड मिला था। जब मुझे उस पर लिटा दिया गया, भंगी ने स्पीटून[1] और नाबदान रख दिया, सिस्टर ने मुझे पूरा आराम करने का आदेश दे दिया और मेरे घरवाले मुझे हर तरह से तसल्ली देकर चले गए तो रतजगे और यात्रा से थकी हुई मेरी आँखें, ज्वर और खाँसी के बावजूद झप चलीं। परन्तु अभी आँखें बन्द भी न हुई थीं कि वातायन के उस ओर वाले रोगी की खाँसी के अतीव करुण स्वर से मेरी नींद खुल गई। अन्दर वाला वह रोगी (जैसा कि मुझे बाद में ज्ञात हुआ) बोहरा था। पाँच वर्ष से सेनेटोरियम में पड़ा था और अब उसकी दशा बड़ी शोचनीय थी। उसे खाँसने में बड़ा कष्ट होता था। बलगम कदाचित् उसके कण्ठ से निकलती ही न थी। बड़े प्रयास से वह उसे निकाल पाता था। सोखे के मारे हुए किसी रिरियाते बच्चे की-सी उसकी खाँसी थी। सहसा मेरी नींद उड़ गई। यद्यपि मेरी अपनी दशा अत्यन्त शोचनीय थी, पर उसकी दशा कदाचित् मुझसे भी खराब थी। बार-बार एक कँपकँपी-सी मेरे शरीर में दौड़ जाती थी। 'इस करुणाजनक खाँसी की उपस्थिति में कैसे सो सकूँगा'—मैंने सोचा और स्वरक्षा की सहज भावना से विवश हो मैंने वार्ड-ब्वाय से कहकर बिस्तर बदलवा लिया। सिस्टर आई, उसने मुझे इस बिस्तर पर लेटे देखा और घूरा तो वार्ड-ब्वाय ने कह दिया कि साहब की आँखें खराब हैं, वहाँ रोशनी सीधी आँखों में पड़ती थी। सिस्टर के जाने पर मैंने कृतज्ञता के रूप में चार आने पान-तम्बाकू के लिए वार्ड-ब्वाय के हाथ पर रखे और उसे सदा प्रसन्न रखने का वादा किया।

यद्यपि सूरज काफी चढ़ आया था और सब लोग खुले गले की कमीज़ें पहने घूम रहे थे, किन्तु अशक्ति के कारण मुझे सर्दी लगने लगी थी और कंठ तक कम्बल ओढ़कर मैं सो गया था। नहीं जानता कितनी देर तक सोया रहा, परन्तु मेरी नींद सिस्टर के कर्कश स्वर से खुल गई। देखा, आगे-आगे सिस्टर और पीछे-पीछे एक हृष्ट-पुष्ट युवक तथा सिर पर बिस्तर और सूटकेस उठाए एक कुली चला आ रहा है। बरामदे की सीढ़ियों से दस कदम दूर ही से सिस्टर ने वार्ड-ब्वाय को आवाज़ दी, "गन्नू!" और इधर वह बरामदे में दाखिल हुई, उधर गन्नू अन्दर से भागता हुआ वहाँ पहुँच गया। मिनटों में फिर बिस्तर बिछ गया। मेरी उत्सुक आँखें बाहर की ओर उठ गईं। खयाल था कि रोगी धीरे-धीरे मेरी भाँति स्ट्रेचर पर आता होगा। स्ट्रेचर तो न आई, कुछ क्षण बाद अच्छे से सूट में आवृत एक कृशकाय बुज़ुर्ग धीरे-धीरे आए। मैंने समझा, यही रोगी है और सिस्टर के साथ आने वाला युवक उनका लड़का है और उनको छोड़ने आया है। उनके साथ दो और आदमी थे। सिस्टर के पास आकर उन बुज़ुर्ग ने अंग्रेज़ी में कहा कि वे आर० एम० ओ० से मिल आए हैं और सब ठीक कर आए हैं।

---

1. स्पीटून (Spittoon) = पीकदान।

सिस्टर ने उनसे कहा कि अब रेस्ट टाइम है, आप जायँ, थके होंगे, आराम करें। साँझ को साढ़े छः बचे तक आप आ सकते हैं। उन्होंने कहा कि वे दूसरी बस ही से वापस पूना जा रहे हैं। इतवार को फिर आएँगे। उस युवक से उन्होंने कहा कि किसी प्रकार की चिन्ता न करे, कोई कष्ट हो तो सिस्टर अथवा आर० एम० ओ० से कहे, किसी चीज़ की आवश्यकता हो तो लिखे, वे इतवार को पूना से लेते आएँगे।

तब मुझे ज्ञात हुआ कि वह युवक रोगी को छोड़ने नहीं आया, स्वयं रोगी है और वे वृद्ध रोगी नहीं, रोगी के पिता हैं। युवक का नाम विनायकराव रामराव घटपाण्डे था, जैसा कि अपने पिता और सिस्टर के जाते ही कपड़े बदलते-बदलते उसने मुझे बताया।

घटपाण्डे के बराबर, वातायन के उस ओर, वह रोगी उसी प्रकार अत्यन्त दयनीय दशा में खाँस रहा था। मुझ तक उसकी क्षीण ध्वनि मुश्किल से पहुँचती थी, उनके बेड पर तो वह कराहती हुई-सी खाँसी, अपनी समस्त करुणा के साथ, चोटें मार रही होगी, परन्तु उस ओर से निश्चिन्त मिस्टर विनायक रामराव घटपाण्डे बड़े आराम से सो रहे थे। मुझे उनकी इस निश्चिन्तता के प्रति बड़ी ईर्ष्या हुई। मेरी दशा तो उनसे बड़ी भिन्न थी। मुझे अव्वल तो नींद ही न आती थी। आती भी तो बड़े भयानक स्वप्न आते। यक्ष्मा से मरना मुझे धीरे-धीरे, पग-पग, किसी तिमिराच्छन्न महागर्त में उतरने-सा लगता। एक दिन मेरे पाँव उस महागर्त के तल को छू लेंगे। इस परस की अनुभूति के साथ ही सदैव मेरी नींद उड़ जाती। एक दिन मैं इस दुनिया में नहीं रहूँगा—यह विचार किसी अदृश्य छुरे-सा हृदय में धँस जाता। सदैव एक लम्बी साँस लेकर मैं करवट बदल लेता। कदाचित् इस बात का आभास पाने के लिए कि मैं जीवित हूँ।

मिस्टर घटपाण्डे धीमे-धीमे खर्राटे ले रहे थे। मैंने धीरे से करवट ली, क्योंकि अभी-अभी मृत्यु के विचार के साथ ही एक अज्ञात छुरा मेरे हृदय में दूर तक धँसता चला गया था। सामने कॉटेज के ऊपर, लम्बे-लम्बे सिलवर-ओक के पेड़ों के पीछे, बादल झाँक रहे थे; मन्द-मन्द बयार चलने लगी थी; न जाने किधर से बुलबुलों की एक टोली फर्र से आई। कई जोड़े सामने बिजली के तार पर बिगन बेलिया की लम्बी-लम्बी शाखाओं और मेहँदी की बाड़ पर बैठ गए। इतनी ढेर-सी बुलबुलें! मैं देखने लगा कि उनमें से कोई जोड़ा लड़ता है या नहीं। बुलबुलों का गाना तो सभी को पसन्द है, पर मुझे दो बुलबुलों का आपस में लड़ना बहुत भाता है। साधारण चिड़ियाँ जब लड़ती हैं तो लड़ते-लड़ते नीचे गिर जाती हैं। परन्तु एक-दूसरे पर अपनी नन्ही-नन्ही चोंचों से प्रहार करती हुई बुलबुलें सीधी ऊपर को उठती चली जाती हैं। उनका यह लड़ना बड़ा सुन्दर लगता है। मैं बड़ी देर तक उन्हें देखता रहा, पर न तो वे लड़ीं, न चहकीं और एक-एक करके उड़ गईं।

मुझे एक विचित्र एकाकीपन-सा प्रतीत हुआ। घर की याद आ गई। मरना जब अनिवार्य है तो किसी अस्पताल अथवा सेनेटोरियम के रूखे, स्नेहहीन वार्ड की अपेक्षा

घर कहीं अधिक अच्छा है। मैं तो माँ की गोद में मरना चाहता था। मुझे इस दशा में उन्होंने क्यों घर से निकाल दिया। भाई-बहन और पिता के विरुद्ध क्रोध का बवण्डर-सा हृदय में उठ आया। माँ की स्नेहमयी स्मृति आते ही नन्हे बच्चे की भाँति मेरी आँखें सजल हो गईं। तभी मिस्टर घटपाण्डे ने ज़ोर से खर्राटा लिया और उनकी वक्तृता मेरे कानों में गूँज उठी और उनका कथन याद आ गया कि बीमारी का सबसे बड़ा इलाज है, उसे अपने ऊपर अधिकार न पाने दिया जाय। अपने-आपको कई तरह से तसल्ली देते और अपनी मृतप्राय इच्छा-शक्ति को जगाने का प्रयास करते न जाने कब मेरी आँखें झप गईं।

"कहिए, सोते ही रहिएगा ! चाय ठण्डी हो रही है," मिस्टर घटपाण्डे की आवाज़ से मैं जागा।

वार्ड-ब्वाय प्याला तिपाई पर रख गया था, पर मुझे तो सीधा बैठने की मनाही थी। मैंने वह टुनटुनी घण्टी बजाई। वार्ड-ब्वाय ने आकर मेरे सिर की ओर पलंग को तनिक ऊपर उठा दिया। मैंने प्याला उठा लिया। मिस्टर घटपाण्डे सामने बैठे थे। बोले, "कहिए, कैसे हैं ?"

बोलने की मुझे बिलकुल आज्ञा न थी, इसलिए मैंने हाथ के इशारे से समझाया कि अच्छा हूँ। वे बोले :

"मैं तो सो गया था। कदाचित् आपको ज्ञात नहीं—टी० बी० में जितनी भी नींद आए, अच्छा है। नींद बेफिक्री का चिह्न है और बेफिक्री टी० बी० के घावों पर शीतल, स्वास्थ्यकर लेप का काम करती है। मैं तो खूब सोता हूँ और चिन्ता को पास फटकने नहीं देता। समाचार-पत्र तक नहीं पढ़ता। लड़ाई-झगड़े और बेकारी-बीमारी के अतिरिक्त इन समाचार-पत्रों में होता ही क्या है। मन खिन्न और अशान्त हो जाता है। मैं समाचार-पत्र उठाकर नहीं देखता और बात किसी की सुनता नहीं। अब मैं आपसे क्या कहूँ—दोस्त-मित्र और सगे-सम्बन्धी बीमारी का हाल सुनकर प्रकट सान्त्वना देते हैं, परन्तु अपनी बातों और भाव-भंगियों से ऐसा डराते हैं कि जैसे न जाने क्या होने को है। मैं अपने दिल में सोचा करता हूँ कि भाई टी० बी० तो हो गई, अब क्या होने को शेष है। विचार आते हैं—बड़े दुखद भी, पर अपनी इच्छा-शक्ति से काम लेकर मैं सबको भगा देता हूँ और बेहोश होकर सो जाता हूँ...."

मिस्टर घटपाण्डे चाय को समाप्त कर चुके थे। दो तकिए उन्होंने अपनी पीठ के पीछे रख लिए थे और मज़े से टाँगें पसारकर बैठ गए थे। मुझे भी इस तरह लेटे हुए खाँसी कम आती थी। मैं दत्तचित्त होकर उनकी बातें सुन रहा था। कदाचित् वे इच्छा-शक्ति के सम्बन्ध में अपने विचार, जो वे सिस्टर के कारण प्रकट न कर पाए थे, सविस्तर प्रकट करने वाले थे, पर उस समय अन्दर से एक रोगी—"कहिए साहब, आप आज ही आए हैं ?"—कहते हुए और एक ही दृष्टि से हम दोनों का अभिवादन करते

हुए अभिनेताओं की-सी अदा से निकले और मेरे बिस्तर से लटका हुआ मेरा चार्ट देखने लगे।

यद्यपि वे चल-फिर रहे थे, उनके ओंठों पर मुस्कराहट भी थी, पर उनकी आकृति पर जैसे यक्ष्मा ने अपनी मैत्री के चिह्न अंकित कर रखे थे—छः हाथ को छूता हुआ कद; पतला-दुबला शरीर, चौड़ी पर अन्दर को धँसी हुई छाती; गोरा पर यक्ष्मा के कारण पीला, बल्कि कालिमा का सम्मिश्रण लिए हुए वर्ण और कल्ले धँस जाने के कारण बाहर को निकली हुई यथार्थ से अधिक लम्बी दिखने वाली नाक !—इस नाक के अतिरिक्त उनके मुख पर और कुछ दिखाई न देता था।

मेरे चार्ट को देखकर उन्होंने ऐसे मुँह बनाया मानो जैसा वे चाहते थे, वैसा ही है और एक बार ओंठों से 'वाईलेट्रल !'[1] कहकर सन्तोष से मुँह मरोड़कर वे मिस्टर घटपाण्डे के बेड की ओर बढ़े।

परन्तु घटपाण्डे का चार्ट खाली था। मैं तो प्रातः आया था, डॉक्टर ने मेरा निरीक्षण करके चार्ट भी भर दिया था और मुझे कैलशियम ग्लूकोनेट तथा कांगोरेड का इंजेक्शन भी दे दिया था। मिस्टर घटपाण्डे जब आए तो डॉक्टर जा चुका था। उनका निरीक्षण शाम को होने वाला था।

खाली चार्ट देखकर उन महाशय ने प्रश्न-सूचक दृष्टि से मिस्टर घटपाण्डे की ओर देखा।

"मुझे तो ज़रा-सी इन्फिल्ट्रेशन है," मि० घटपाण्डे ने बेपरवाही से कहा।

"दाएँ बाज़ू ?"

"नहीं बाएँ बाज़ू।"

"ए० पी०[2] लेते हो ?"

मिस्टर घटपाण्डे ने बताया कि वे तो दो महीने से ए० पी० ले रहे हैं और ए० पी० बड़ी सफल हुई है, उन्हें अच्छा कोलैप्स[3] मिला है और उनका फेफड़ा सिकुड़कर बस इतना-सा रह गया है—कितना, यह उन्होंने अंगुलियों के इशारे से बताया।

"बम्बई से आए हो कि सूरत से ?"

मिस्टर घटपाण्डे हँसे। "मैं तो पूना से आया हूँ।" उसी बेपरवाही से उन्होंने कहा, "आने की कोई ज़रूरत भी न थी, पर वहाँ गर्मी थी, इसलिए चला आया। ज़रा-सी इन्फिल्ट्रेशन है, दो-चार महीने ही में नेगेटिव[4] हो जाऊँगा..."

"अजी साहब, ज़रा क्या और ज़्यादा क्या," लम्बी नाक वाले बोले, "टी० बी०

---

1. बाईलेट्रल = जिसके दोनों फेफड़े खराब हों।
2. ए० पी० = कृत्रिम हवा जो फेफड़े में भरी जाती है।
3. ए० पी० से फेफड़ा सिकुड़ जाता है, उसे कोलैप्स (Collapse) कहते हैं।
4. 'नेगेटिव' जब बलगम में टी० बी० के कीड़े न हों।

इज़ टी० बी० । मैं जब आया था तो सी माइनस (– C)[1] था, पर अब देखिए, साल-भर से पड़ा हूँ, फ्लूइड हो गया, फिर पस[2] पड़ गई । सातवें-आठवें इतनी बड़ी सूई लगती है पस निकालने को ।"

और उन्होंने बाएँ बाज़ू से कमीज़ उठाकर पसली पर वह जगह दिखाई, जहाँ से पस निकलती थी । स्टिकिंग प्लास्टर के दो बडे टुकड़े उस स्थान पर लगे हुए थे ।

मिस्टर घटपाण्डे का रंग फक हो गया। उन्होंने पूछा, "यह फ्लूइड क्या होता है ?"

"ए० पी० में 100 में से 90 आदमियों को पानी पड़ जाता है," लम्बी नाक वाले महाशय ने कहा, "ए० पी० की हवा का पानी बन जाता है । आप समझते हैं आप दो महीने में ठीक हो जाएँगे, आपको दो वर्ष लग सकते हैं । डॉक्टर यहाँ भेजते समय ऐसा ही कहते हैं । सामने कॉटिज में मिस्टर मधोलकर हैं । दो साल हो गए उन्हें यहाँ बैठे। पिछले साल नेगेटिव हो गए थे, पर तीन बार फ्लूइड हो गया ।"

"मुझे तो एक महीने में 25 पाउण्ड वज़न मिला ।"

"अजी साहब, वज़न की क्या बात है ? यह आपके बराबर में जो वोहरा है, पाँच वर्ष से यहाँ पड़ा है । 160 पाउण्ड वज़न हो गया था इसका, पर अब देख लीजिए । इस वज़न का क्या है, चर्बी है साली, चार दिन के ज्वर से उतर जाती है ।"

तभी वह बोहरा उसी दयनीय रूप से खाँसा । एक ठण्डी झुरझुरी मेरी रीढ़ की हड्डी पर से होती हुई चली गई ।

बड़ी कठिनाई से बलगम थूककर उसी रिरियाती आवाज़ में अन्दर से उसने कहा :

"अपनी-अपनी किस्मत है साहब ! सबको थोड़ा ही होता है ।"

उन लम्बी नाक वाले साहब को जैसे इस बयान से अपनी बात कटती दिखाई दी । कुर्सी पर उकड़ूँ बैठते हुए बोले, "टी० बी० के सम्बन्ध में तो कहा जा सकता है कि यह बुरे भाग्य का फल है, पर फ्लूइड तो ए० पी० ही का फल है । ए० पी० लेने वालों में 90 प्रतिशत को यह हो जाता है ।"

और वे कुछ विचित्र बेतुकेपन से हँसे । घटपाण्डे निश्चेष्ट-से पड़ गए और मैं घटपाण्डे ही के शब्दों में अपने आपको तसल्ली देने लगा कि टी० बी० तो हो गई (और मेरे तो दोनों फेफड़े खराब हैं) फिर अब फ्लूइड से क्या डरना ! दूसरों की बातों पर ध्यान न देना चाहिए । सुबह डॉक्टर इंजक्शन देने आएगा तो उससे पूछूँगा ।

"आप ठीक महीने में नहीं आए मिस्टर," उन्होंने कुर्सी पर बैठे-बैठे कहा, "पन्द्रह-बीस दिन तक तो यहाँ वर्षा आरम्भ हो जाएगी और वर्षा में फ्लूइड का अधिक डर है । 15 जून तक तो आधा सेनेटोरियम खाली हो जाएगा ।"

---

1. सी माइनस = नेगेटिव का दूसरा नाम ।
2. पस = पीप ।

वे न जाने टी० बी० और फ्लूइड सम्बन्धी हमारे ज्ञान को और कितना बढ़ाते कि डॉक्टर आ गया और मिस्टर घटपाण्डे को आवाज़ पड़ी।

तब वे मेरी ओर मुड़े। किन्तु मैं तो सिस्टर के आदेशानुसार मौनावतार बना बैठा था। एक दृष्टि मुझ पर डालकर उन्होंने कहा, "आप पूरा आराम कीजिएगा। आपको खून आता है। बोलिए भी नहीं। उससे फेफड़ों पर दबाव पड़ता है। यदि आपके ए०पी० सफल हो गई तो भला, नहीं वे आपको पी० पी०[1] देंगे। चिन्ता न कीजिए, बहुतों को पी० पी० से लाभ हो जाता है और पी० पी० वालों को फ्लूइड का भी डर नहीं।" और वे मुस्कराकर चले गए।

मैं क्षण-भर के लिए चकित रह गया। 'मुझसे उन्हें सहानुभूति क्यों हुई और मि० घटपाण्डे को उन्होंने सहानुभूति का शब्द क्यों न कहा?' यही सोचता रहा। कदाचित् घटपाण्डे की हृष्ट-पुष्ट देह को देखकर उन्हें उनके प्रति ईर्ष्या हुई थी और मेरे स्वास्थ्य से ईर्ष्या का कोई कारण न था।

आध घण्टे बाद मिस्टर घटपाण्डे वापस आए तो उन्होंने एक ज़ोर का ठहाका लगाया। "मैंने अभी डॉक्टर से फ्लूइड के सम्बन्ध में पूछा," मिस्टर घटपाण्डे ने कहा, "वे बोले कि उसकी सम्भावना उतनी ही है जितनी तुम्हारे मोटर के नीचे आने की!" घटपाण्डे फिर हँसे और बोले, "डॉक्टर कहता है कि 'मोटर के नीचे आने की बात कोई नहीं सोचता, फ्लूइड की बात क्यों सोचते हैं?' मेरी बीमारी तो ज़रा-सी है। कदाचित् फ्लूइड की कोई सम्भावना नहीं है।"

यह कहते हुए वे फिर चारपाई पर आराम से बैठ गए। तकियों से पीठ लगाकर फिर हँसे। उनके मुख का रंग वापस आ गया था। बोले, "डॉक्टर कहते थे कि यहाँ का नियम है, सात दिन तक रोगी को देखते हैं, ज्वर आदि न हो तो दूसरे वार्ड में बदल देते हैं। और चलने-फिरने की भी आज्ञा मिल जाती है।"

मैंने लम्बी साँस ली, क्योंकि मुझे उस वार्ड से निकलने की आशा कम थी।

"आप बिलकुल चिन्ता न करें," मिस्टर घटपाण्डे ने कहा, "किसी की बात नहीं सुननी चाहिए। अपने में विश्वास रखना चाहिए। आत्मविश्वास के सम्बन्ध में नेपोलियन ने कहा है…"

मिस्टर घटपाण्डे आत्मविश्वास के सम्बन्ध में नेपोलियन के विचार प्रकट करने वाले थे कि अन्दर से सिर-मुँडा एक युवक खाकी कमीज़ और पायजामा पहने आया। उसका कद मझला, अंग खुले, चौड़ी छाती और बड़ा-बड़ा मुँह था। परन्तु कल्ले अन्दर को धँसे हुए थे और आँखों में कुछ विचित्र विक्षिप्तता-सी दृष्टिगोचर होती थी। लगता था जैसे वे आँखें निरन्तर इधर-उधर भटक रही हैं। एक विचित्र-सा शून्य उन आँखों में

1. पी० पी० = पेट में हवा भरने को पी० पी० कहते हैं। नीचे से हवा भरकर फेफड़े को दबाया जाता है।

बसा हुआ था।

"लीजिए साहब, आप आए और हम जा रहे हैं," दाँत निकोसकर उसने दरवाज़े ही से कहा। पहले मेरे और फिर मिस्टर घटपाण्डे के चार्ट पर एक दृष्टि डाली।

घटपाण्डे ने हँसकर कहा, "क्या आपको भी फ्लूइड का डर है ?"

"फ्लूइड का भी डर है," वह बोला, "और फिर एक साल हो गया मुझे यहाँ पड़े हुए। ज़रा भी लाभ नहीं हुआ। न ज्वर घटा है, न जी [1] घटा है।"

"मैं तो दो-एक महीने बाद चला जाऊँगा, डॉक्टर कहता है....." घटपाण्डे कहना चाहते थे, पर उसने बात काट दी :

"डॉक्टर सब ऐसे ही कहते हैं। मुझे भी ऐसे ही कहते थे, पर साल हो गया है मुझे यहाँ पड़े। आपने गलती की जो इस सेनेटोरियम में आए। यहाँ रोगियों का खयाल कौन रखता है ? यह तो साला बिजनेस है। मैं तो मिराज जा रहा हूँ। वहाँ का डॉक्टर टी० बी० का सबसे बड़ा स्पेशलिस्ट है। आपने गलती की जो यहाँ आए। केस खराब चाहे हो जाय, यहाँ लाभ की सम्भावना नहीं। यहाँ हफ्तों, महीनों पानी बरसेगा और मिराज में मौसम वंडरफुल होगा।"

और वे बाहर जाकर रिक्लाइनर पर बैठ गए। मेरा खयाल था, मिस्टर घटपाण्डे अपने वक्तव्य को जारी रखेंगे, किन्तु वे चुपचाप खिड़की से बाहर देखने लगे। अन्दर वह बोहरा उसी दयनीय दशा में खाँसने लगा। मुझे इस प्रकार लेटे कुछ आराम मिल रहा था। मैं भी बाहर की ओर देखने लगा। संध्या ढलने लगी थी। ठण्डी हवा चलने लगी थी। सिलवर-ओक के पेड़ धीमे-धीमे सरसरा रहे थे। एक चिड़िया सामने के पेड़ की पतली-सी डाली पर आ बैठी और लम्बी-लम्बी सीटियाँ हवा में भरने लगी। तभी वह लम्बी नाक वाले साहब अपने साथ एक ईरानी को लेकर आए और उन्होंने मिस्टर घटपाण्डे से ईरानी का परिचय कराया।

ईरानी छोटे कद और श्वेत-पीत रंग का हँसमुख युवक था। उसका नाम हसन था। अंग्रेजी और हिन्दुस्तानी—दोनों में उसका उच्चारण बड़ा मनोरंजक था। मेरी ओर देखकर कहने लगा, "डोंट वरी, सब ठीक हो जाएँगा। हम एक साल से इदर पड़ेला है। सी माइनस आया था। फ्लूइड हो गया, पस पड़ गया। इतना बड़ा सुई लगता है। अरे बाप रे ! देखना, हम कितना बूम मारता है।[2] कल हमको सुई लगेंगा। तुमको इदर सुनाई देंगा।"

"यह साला फ्लूइड कैसे हो जाता है ?" सहसा घटपाण्डे ने पूछा।

मियाँ हसन मिस्टर घटपाण्डे की ओर मुड़े और बोले :

---

1. जी (G) = Germs — टी० बी० के कीटाणुओं का पैमाना। जिसकी बलगम में अगणित कीड़े हों, उसे G5. कहते हैं। जैसे-जैसे कीड़े कम होते जाएँ, G4, G3, G2, G1 होता है। जब कोई कीड़ा न रहे तो बलगम नेगेटिव हो जाता है।
2. चिल्लाता है।

"जिस माफिक गर्म भाप को ठण्डी लगने पर ओ त्रप-त्रप टपकने लगता है, उसी माफिक ठंडी लग जाने पर ए० पी० का हवा त्रप-त्रप टपकने लगता है।"

और उन्होंने अंगुली से बताया कि कैसे 'त्रप-त्रप' टपकता है। और बोले, "बरसात में इदर तो आम लोग को फ्लूइड हो जाता है। अपना सीना तो नाज़ुक है साला बालून के माफक, ठण्डी का अपने को खयाल रखना माँगता है।"

वे जाने हमें और क्या-क्या सूचना देते कि दूर क्लब-रूम में खाने की घंटी बजी और लम्बी नाक वाले महाशय मियाँ हसन को लेकर चले गए।

वार्ड ब्वाय खाना ले आया, पर मेरे कंठ से एक कौर भी न उतरा। खाना खिलाकर मेरे बिस्तर को सीधा कर, वार्ड-ब्वाय चला गया तो मैं बार-बार यही सोचने लगा कि मैं यहाँ आने पर क्यों राज़ी हो गया। शरीर में पहले ही शक्ति नहीं के बराबर थी, अब ए० पी० की सुइयाँ खाओ, फ्लूइड हो जाय या पस पड़ जाय तो और भी मोटी सुइयाँ खाओ। टी० बी० से मरना पहले ही कम भयानक नहीं, पर सुइयाँ खा-खाकर मरना... मेरी आँखों में आँसू आ गए। पर तभी मेरे मस्तिष्क में मि० घटपाण्डे के शब्द गूँज गए—अपने में विश्वास रखो। इच्छा-शक्ति से काम लो और किसी दूसरे की बात न सुनो। साढ़े नौ बजे ही वार्ड-ब्वाय ने बत्तियाँ बुझा दी थीं। कृष्ण-पक्ष की अँधेरी रात थी। नहीं जानता, घटपाण्डे सो रहे थे या नहीं। मैं उनसे बातें करना चाहता था। पर उनके बिस्तर पर तो करवट लेने तक की आवाज़ भी सुनाई न देती थी। 'वे प्रबल इच्छा-शक्ति के स्वामी हैं'—मैंने मन को समझाया—'सो गए होंगे।' तब उनके शब्दों का सहारा लेकर मैं अपने मन को तसल्ली देने लगा। इच्छा-शक्ति, इच्छा-शक्ति, इच्छा-शक्ति! अपनी इच्छा-शक्ति को जगाते, मन को कई तरह समझाते, ए० पी० के पानी की 'त्रप-त्रप' सुनते न जाने कब नींद आ गई। प्रातः उठा तो वार्ड में शोर मचा हुआ था। पता चला कि मि० घटपाण्डे प्रातः ही से गायब हैं। लम्बी नाक वाले महाशय सुबह उठते ही उन्हें 'नमस्कार' करने और अपने 'परिचय' को 'प्रगाढ़ मैत्री' में बदलने आए थे। उन्होंने देखा कि मि० घटपाण्डे का बिस्तर खाली है। सोचा कि मि० घटपाण्डे बाथरूम गए होंगे। आध घंटे बाद वे फिर आए। तब भी वे नहीं थे। वे बाथरूम गए तो वहाँ भी नहीं थे। नए आए रोगियों को लघुशंका तक निवारण करने बाथरूम में जाने की आज्ञा न थी। उन्होंने जाकर नर्स के क्वार्टर में खबर दी। तभी से भगदड़ मची हुई थी। बड़े डॉक्टर तक खबर की गई। काफी दौड़-धूप के बाद उनके पिता को तार दिया गया। संध्या को वे आ गए। खिसियानी-सी हँसी हँसते और क्षमा माँगते हुए उन्होंने बताया कि पहली बस पकड़कर मि० घटपाण्डे पूना पहुँच गए हैं। किसी पेशेण्ट ने उन्हें डरा दिया है कि यहाँ फ्लूइड हो जाएगा और न जाने क्या-क्या और वे किसी तरह भी आने को तैयार नहीं। महीने का जो पेशगी रुपया दिया था, उनके पिता उसमें से पन्द्रह दिन के नोटिस के पैसे कटाकर अपने पुत्र का सामान ले गए।

उनके जाते ही आर० एम० ओ० आए। उन्होंने सब पुराने रोगियों को डाँट पिलाई, धमकी दी कि यदि उन्होंने यह न बताया कि मि० घटपाण्डे से किसने बातें कीं, किसने उन्हें बहकाया तो वे सबको चौबीस घंटे के अन्दर-अन्दर सेनेटोरियम से निकाल देंगे। डॉक्टर और सिस्टर को डाँटा कि जो नया पेशेण्ट पहले से इलाज कराता आया हो, यदि उसका स्वास्थ्य ठीक हो और उसे ज्वर न आता हो तो उसे कभी एक्यूट वार्ड में न उताया जाय। आदि आदि···।

मिस्टर घटपाण्डे चले गए। उन्हें तो कदाचित् मेरी याद भी न आती होगी, पर मैं उन्हें कभी नहीं भूला। मैं सेनेटोरियम में तीन वर्ष रहा। मेरे दाएँ-बाएँ फेफड़ों में आठ-आठ, दस-दस दिन बाद ए० पी० की सुइयाँ लगती रहीं। पेट में पी० पी० की सुई भी लगती रही। मेरे दोनों फेफड़ों में एड्हीयन ऑपरेशन (Adhesion Operation) भी हुआ। दोनों बार ऑपरेशन के पश्चात् फ्लूइड भी हो गया। कई कठिन घड़ियाँ मुझ पर आईं। पहले वह बोहरा और फिर दूसरे दो-चार रोगी इस बीच में मर भी गए, पर स्टालिन का उदाहरण देकर टी० बी० का जो सबसे बड़ा इलाज मि० घटपाण्डे ने बताया था, उसका साथ मैंने नहीं छोड़ा।

तीन वर्ष बाद जब मैं जाने लगा तो आर० एम० ओ० ने मुझसे हाथ मिलाते हुए कहा, "हमारे उपचार से कहीं अधिक आपकी निरोगिता में आपकी इच्छा-शक्ति का हाथ है। इस स्वास्थ्य-लाभ पर मैं आपको बधाई देता हूँ। हम कई बार निराश हो गए, पर आप नहीं हुए··· !"

आज पाँच वर्ष बाद अचानक ये सब घटनाएँ आँखों के सामने आ गई हैं। मैं पूर्णरूप से स्वस्थ हूँ, परन्तु गर्मी के मौसम में पहाड़ पर चला जाता हूँ। इस बार मैं धर्मपुर सेनेटोरियम में आया हूँ। अभी चन्द घण्टे पहले मेरे साथ के कॉटेज में एक पेशेण्ट आया। यों ही उत्सुकतावश मैं देखने चला गया। बड़ी शोचनीय दशा में है। दोनों फेफड़े खराब हैं। कंकाल-मात्र ! मैंने सुना—इंचार्ज डॉक्टर कह रहे थे :

"मि० घटपाण्डे, अपने आपमें विश्वास रखिए। इतने सेनेटोरियम घूमने की आवश्यकता नहीं। उपचार सब जगह लगभग एक जैसा ही होता है। ज़रूरत इस बात की है कि आप इच्छा-शक्ति से काम लें और टिककर इलाज कराएँ।"

बैंगन का पौधा

यद्यपि माहीराम ने वह बैंगन का पौधा उखाड़ दिया है तो भी जब मैं सब्ज़ी के खेत के मेड़ पर से होता हुआ अपनी कोठी को जाता हूँ, मेरी आँखों में बैंगन का वह सूखा-सड़ा पौधा और उस पर लटकता हुआ पीला, पिचका, मुरझाया बैंगन घूम जाता है।

सर्दियों के संक्षिप्त दिन को बीते देर हो गई थी। खाना खाने के बाद एक लम्बा चक्कर लगाकर जब मैं नीचे खादी की मोटी बनियाइन, उस पर मोटी खादी की कमीज़, उस पर गर्म कुर्ती, फिर गर्म अचकन और गुलूबन्द और इन सब के ऊपर ओवरकोट डाटे, हाथ में बैट्री लिए, लोहे की एड़ी वाले अपने फ्लेक्स के बूटों की ठक-ठक से मस्त, पूस की तीखी, ठण्डी, सूखी हवा से बचने के लिए कानों को ओवरकोट के कालरों में छिपाता, अपनी कोठी के बरामदे में दाखिल हुआ तो वहाँ एक मैली-सी चारपाई पर एक बूढ़े को जीर्ण-शीर्ण-सा, अँधेरी काली रात की तरह मैला, काला लिहाफ लपेटे, खाँसते देखकर कुछ चकित-सा रह गया।

"क्यों भई, क्या बात है ?" मैंने ओवरकोट की जेबों में अपने दोनों हाथों को एक दूसरे के निकट लाते हुए कहा।

"कुछ नहीं बाबू जी, मैं माहीराम का आदमी हूँ।"

"माहीराम ही के सही, लेकिन इतनी सख्त सर्दी में तुम इस खुले बरामदे में क्यों पड़े हो ?"

"मेरे पास कपड़ा है बाबू जी।"

मैंने चुपचाप अपना कमरा खोला। चौदह लाइन का बड़ा डिटमार्का टेबल लैम्प जलता छोड़ गया था और यद्यपि ऊपर के दोनों रोशनदान खुले थे तो भी कमरा गर्म हो गया था। मेरे प्रवेश करते ही गर्म, लेकिन मिट्टी के तेल में लिपटी हुई, तेज़ बू का भभका आया। प्रायः मेरे मित्रों ने मुझे इस प्रकार लैम्प जलाकर छोड़ जाने से मना किया है। "नगर की गन्दी हवा को छोड़कर इस खुले में निवास करने से लाभ ?" वे पूछा करते हैं, "यदि नगर की बुरी आदतों को वहाँ न छोड़ा जाए!" और वे मुझे सुझाते हैं कि डॉक्टरों के मतानुसार कमरे को बन्द करके, अन्दर लैम्प जला रखना अत्यन्त हानिकारक है, साँस के रास्ते गन्दी हवा अन्दर जाती है, फेफड़ों पर उसका दबाव पड़ता है और फेफड़े कमज़ोर हो जाते हैं। मैं प्रायः ऐसा अनुभव करता भी हूँ, लेकिन इसको क्या करूँ कि मैं नित्य ऐसा करने को विवश हो जाता हूँ। जब भी कभी किवाड़ खोलकर बैठता हूँ और तीखी वायु का झोंका अन्दर आता है और मेरे हाथ सन्न हो जाते हैं और कलम मेरे हाथ

में चलने से इन्कार कर देता है, तब मैं उठकर किवाड़ बन्द कर देता हूँ। जैसे सिगरेट पीने वाले को उसकी कड़वी, कसैली, सिर चकरा देने वाली गन्ध अच्छी लगने लगती है, कुछ इसी तरह यह सब मुझे अच्छा लगने लगा है।

हैट को खूँटी पर टाँग, गुलूबन्द को निकालकर, उससे सिर और कानों को लपेट मैं काम पर बैठ गया।

बैठ तो गया किन्तु ध्यान बरामदे की ओर ही लगा रहा।

इस बूढ़े को मैंने देखा था। सुबह ही देखा था। वह बैंगन के पौधे छाँट रहा था और डाइनिंग हाल से घर को आते हुए मैंने उससे पूछा भी था कि वह क्यों ऐसा कर रहा है। उसने बताया था कि बैंगन दो बार फल देता है। एक बार छाँट दिया जाय तो और भी बढ़ता-फूलता है। मैंने उसे सूखे पल्लव-हीन बैंगन के पौधों पर निगाह दौड़ाई थी। एक पौधे पर एक सूखा, सिकुड़ा, मुरझाया, पीला बैंगन लटक रहा था। वहाँ से हटकर मेरी दृष्टि उस बूढ़े पर गई थी। उसकी उमर न जाने कितनी थी, किन्तु वह बेहद बूढ़ा दिखाई देता था। यद्यपि सर्दी से बचने के लिए उसके पास खेसी थी तो भी उसके लकड़ी-से पतले पीले हाथ, बाँस-सी पतली टाँगें, सूखा पिचका चेहरा और आँखों के गढ़े साफ दिखाई देते थे। तब एक अजीब-सा खयाल मेरे मन में दौड़ गया था—बैंगन का पौधा जब सूख जाता है तो छाँटने पर फिर फल उठता है, सहजन भी छाँटने पर बढ़ता है। ऐसे पेड़ और पौधे हैं, जो छाँटने पर और भी ज़्यादा बढ़ते हैं। मानव को उस अदृश्य स्रष्टा ने ऐसा क्यों नहीं बनाया? किन्तु तभी अन्तर में किसी ने कहा कि मानव की बेलि भी तो अमर है—पुरुष-स्त्रियाँ, बच्चे-बूढ़े, इसके फल-फूल, पत्ते और शाखाएँ हैं। मृत्यु इसकी कैंची है। जब वे सड़-सूख जाते हैं तो वह कैंची उन्हें काट देती है और उनके स्थान पर नित नूतन, हरे-भरे, जीवन के उल्लास से किलकारियाँ मारते, हँसते, नाचते, गाते हुए पत्ते, फूल, फल लगने जाते हैं।

किन्तु यह बूढ़ा यहाँ सर्दी में क्यों आ पड़ा है? क्या इसका घर-दर कोई नहीं? और तनिक चौंककर मैंने पूछा, "क्यों जी, तुम हो कौन?"

"जी मैं माहीराम का आदमी हूँ।"

"हाँ, माहीराम के आदमी तो हो, लेकिन माहीराम के क्या लगते हो?"

बूढ़ा कुछ उत्तर देने लगा था कि खाँसी का दौरा हुआ। कई क्षण तक निरन्तर खाँसने के बाद, अपनी साँस को कठिनाई से दुरुस्त करते हुए उसने बताया कि वह माहीराम का कुछ नहीं लगता। वह उसके गाँव का है। कुटुम्ब बहुत बड़ा है। पाँच छोटे-छोटे बच्चे हैं और बीवी, दो लड़कियाँ हैं ब्याहने योग्य, और वह रोज़गार के लिए माहीराम के साथ चला आया है।

उसकी वाणी में कुछ ऐसी करुणा थी कि काम करना मेरे लिए दुष्कर हो गया। मैं शरीर पर इतने कपड़ों के होते हुए भी पतलून के ऊपर कम्बल डालकर गर्म कमरे में बैठा

हूँ और यह गरीब ठण्ड में पड़ा है। बिस्तर के नाम पर शायद मैली, फटी दुलाई उसके पास है और वह काला लिहाफ भी शायद वर्षों पुराना है।

आर्द्र-सा होकर मैंने कहा, "तो भाई अन्दर लेट जाओ, बाहर तो बड़ी ठण्ड है। बरामदा दो तरफ से खुला है। बाहर तुम क्यों बैठे हो ?"

किन्तु तभी सीमेंट के फर्श पर भारी जूतों की आवाज़ सुनाई दी और दूसरे क्षण माहीराम—वह ठेकेदार गोपालदास का छः फुट तीन इंच लम्बा आदमी दरवाज़े पर आ खड़ा हुआ। बड़ी-सी पगड़ी, उसके नीचे काला मोटा कम्बल, घुटनों तक धोती और पाँव में सेर-सवा सेर का जूता—एक दिन महज़ छः मूलियों के लिए वह प्रेस तक एक आदमी के पीछे भागा-भागा गया था और खेत में उसे पकड़कर उसने उसे वे पटखनियाँ दी थीं कि फिर उसने कभी उधर को मुँह न किया था।

"हमने खुद इसे वहाँ सुलाया है बाबू जी," वह बोला, "न जाने कौन साला रात को खेतों में डाका डालता है। दो-तीन दिन देखते हो गए हैं। कल गोभी के दस फूल गायब हो गए। सारे खेत में ऐसे फूल न मिलेंगे, परसों कोई पके टमाटर उतार ले गया। आप जानते हैं कि हमें किचन को सब्जी भी सप्लाई करनी होती है और फिर बाबू जी, दो सौ रुपए का ठेका है। वह भी तो इसी में से पूरा करना है।"

मैंने कहा, "लेकिन सब्ज़ी पर कौन डाका डाल जाता है ? यहाँ तो चोरी होने की बात कभी सुनी नहीं। मेरी कोठी सुनसान में है, पास कोई कोठी नहीं, किन्तु मैं तो दरवाज़े खुले छोड़कर घण्टों गायब रहता हूँ। कोई बाहर का आदमी न आता हो।"

"नहीं बाबू जी। बाहर का आदमी इतनी ठण्ड में गोभी के केवल दस फूल लेने नहीं आ सकता।"

"किन्तु उस दिन मूलियाँ भी तो⋯"

"वह और बात थी बाबू जी, वह तो कोई राह चलता आदमी था। जाता-जाता उखाड़ ले गया। यह कोई यहीं का है। मैं साले को पकड़कर ऐसी सीख दूँगा कि फिर जनम-भर किसी चीज़ को हाथ न लगाए।" और उसके मोटे-मोटे ओंठ फैल गए और चेचक-भरा चेहरा तन गया।

"किन्तु भाई, चाहो तो इसको अन्दर सुला दो, सर्दी बहुत है।"

"नहीं बाबू जी, सर्दी आप अमीरों को लगती है। हमें सर्दी नहीं लगती। इसे तो यों ही यहाँ दिखावे मात्र को सुला दिया है। रखवाली तो उन मोंगरों के पीछे बैठकर मैं करूँगा। ज्यों ही यह समझकर कि बूढ़ा सो गया है, कोई आया कि मैंने दबोचा।"

और वह हँसा।

"लेकिन इसके पास कपड़ा⋯"

"काफी कपड़े हैं इसके पास बाबू जी।" और वह चला गया।

बूढ़े को फिर खाँसी का दौरा हुआ।

मैं फिर काम में निरत हो गया। किन्तु काम मुझसे हुआ नहीं। मेरे सामने उन

दोनों के स्वामी का चित्र खिंच गया। ठेकेदार गोपालदास—धन-दौलत, सम्पत्ति, सन्तान और निश्चिन्तता के कारण जिसके गाल इस पचास वर्ष की आयु में भी गुलाब की भाँति सुर्ख थे—अपने गर्म लिहाफ में लेटा, दमकती हुई अँगीठी से गर्म अपने कमरे में मज़े से गप्पें लड़ा रहा होगा अथवा ताश या शतरंज से मन बहला रहा होगा···

और यही कुछ सोचते-सोचते मेरी आँखें मुँदने लगीं—खाना मैं ज़्यादा खा गया था, कपड़ों का बोझ मैंने लाद रखा था और कमरा मेरा गर्म था—मैं उठा। कुछ ज़रूरी कागज़, कलम-दवात लेकर सोने के कमरे में छोड़ आया। सोचा, कल तनिक सुबह उठकर काम करूँगा। फिर वापस आकर दफ्तर के कमरे को ताला लगाते हुए मैंने बूढ़े से पूछा कि वह चाहे तो मैं दफ्तर का ताला खुला छोड़ दूँ। लेकिन 'नहीं-नहीं बाबू जी, मेरे पास काफी कपड़े हैं' उसके यह कहने पर मैं ताला लगा, अपने स्निग्ध, गर्म, छोटे-से सोने के कमरे में चला गया। बिस्तर बिछा था, सिर्फ लिहाफ पर मैंने कम्बल और डाल लिया और कपड़े बदलकर मैं लेट गया। बिस्तर हिम की भाँति ठण्डा था। मैंने पाँव सिकोड़ लिए और फिर उन्हें धीरे-धीरे फैलाया। कई तरह के विचार मस्तिष्क में घूमने लगे—तारतम्य-हीन, बे-रब्त और असंयत—पर लिहाफ की गर्मी से आँखें भारी हो गईं और फिर बन्द हो गईं।

सोते-सोते कभी माहीराम, कभी उस वृद्ध और कभी उनके स्वामी ठेकेदार की शक्लें मेरे सामने आने लगीं।

मैंने देखा कि माहीराम ने चोर पकड़ लिया है और वह उसे पीटता-पीटता पास के गाँव 'बैरोके' तक ले गया है और सब गाँव वालों को एकत्र करके उसने ऐलान किया है कि जो हमारी सब्ज़ी चुराएगा, उसको ऐसा ही दण्ड मिलेगा। इतना कहकर वह फिर चोर को पीटता है। चोर दयनीय निगाहों से उसकी ओर देखता है और मैं हैरान होता हूँ कि वह ठेकेदार के सिवा और कोई नहीं—वही घुटा हुआ सिर, वही फूले गाल और वही चौरस नाक।

मेरी आँखें खुल गईं। देखा, पाँव से रज़ाई उतर गई थी। अधिक खा जाने के कारण छाती कुछ भारी थी और गला सूखा जा रहा था।

सिरहाने रखे हुए लोटे से पानी पीकर, अच्छी तरह से लिहाफ लेकर, दोनों ओर से उसे पाँवों के नीचे दबाकर मैं फिर लेट गया। बाहर हवा मकान की दीवारों से टक्करें मार रही थी और पेड़ उसके वेग का भरसक मुकाबिला करते हुए जोश की शिद्दत से चिंघाड़ते थे—शाँ···शाँ···शाँ! और दूर बादल की गरज और बिजली की कड़क भी सुनाई देती थी। किन्तु गर्म होकर मेरा शरीर फिर शिथिल हो गया। मैं सो गया।

इस बार मैं देखता हूँ कि ज़ोर की वर्षा हो रही है। तेज़ हवा चल रही है। पाव-पाव-भर के ओले पड़ रहे हैं। सब्ज़ी सारी तबाह हो गई है। क्यारियों में पानी भर गया है। केवल उस पीले, पिचके, सिकुड़े बैंगन का पौधा खड़ा रह गया है। फिर वह बैंगन मेरे सामने बड़ा होना शुरू हो जाता है और मैं देखता हूँ कि उसकी शक्ल उस

बूढ़े-सी बन गई है—घुटनों को बाँहों के घेरे में लिए, छाती से लगाए, वह सिकुड़ा, सिमटा, नंगा अपनी चोटी के सहारे लटक रहा है, उसी बैंगन के पौधे के साथ। ओले उसके सिर पर लगते हैं तो भी वह उसी तरह लटका झूलता है····

फिर देखता हूँ कि वह बैंगन का पौधा एक बड़ा ऊँचा, न जाने जामुन का, न जाने आम का पेड़ बन जाता है। लोगों की भीड़ उसके नीचे खड़ी शोर मचा रही है—बूढ़ा मर गया···बूढ़ा मर गया ····बूढ़ा फाँसी लगाकर मर गया···

फिर मेरे कानों में सिर्फ 'मर गया'····'मर गया' की आवाज़ें आती हैं।

मैं जगा, देखा कोई ज़ोर-ज़ोर से किवाड़ खटखटा रहा है।

सिरहाने रखी हुई गर्म जुराबें पहन, सिर पर गर्म टोपी रख और कम्बल को अपने इर्द-गिर्द अच्छी तरह लपेटकर मैं उठा और किवाड़ खोले।

बाहर सेक्रेटरी साहब दूसरे लोगों के साथ खड़े थे। वर्षा हो रही थी, दूर दृष्टि की सीमा तक पानी ही पानी दिखाई देता था और दिन काफी चढ़ आया था।

"क्या बात है ?" मैंने पूछा।

"रात आपके बरामदे में बूढ़ा मर गया।"

मैंने देखा, उसी काली-सी चारपाई पर अपने इर्द-गिर्द लिहाफ लपेटे झुका-सा बूढ़ा पड़ा है। उसका लिहाफ वर्षा से बिल्कुल भीग गया है और पानी ने सारे बरामदे को गीला कर दिया है।

"मैंने तो इससे रात में ही कहा था कि अन्दर···" मैंने कहना शुरू किया।

सेक्रेटरी साहब बोले, "मैं चाय के लिए दूध लेने किचन को जा रहा था कि मैंने इसे भीगते हुए पाया। आवाज़ दी, पर यह हिला नहीं। आकर देखा तो मालूम हुआ कि अकड़ गया है।"

और उन्होंने ठेकेदार के आदमियों से कहा कि वे उसे उठाने की व्यवस्था करें।

इसके दो दिन बाद मैंने किचन को जाते हुए अचानक माहीराम से कहा, "खुदा के लिए इस पीले-से बैंगन के पौधे को उखाड़ दो।"

मेरे स्वर की विचित्रता से माहीराम चकित-सा होकर मेरी ओर देखने लगा और फिर उसने कहा, "बहुत अच्छा सरकार!"

डाची

काट[1] 'पी सिकन्दर' के मुसलमान जाट बाकर को अपने माल की ओर लालच-भरी निगाहों से ताकते देखकर चौधरी नन्दू वृक्ष की छाँह में बैठे-बैठे अपनी ऊँची घरघराती आवाज़ में ललकार उठा, "रे-रे, अठे के करे है?"[2] और उसकी छः फुट लम्बी सुगठित देह, जो वृक्ष के तने के साथ आराम कर रही थी, तन गई और बटन टूटे होने के कारण मोटी खादी के कुर्ते से उसका विशाल वक्षस्थल और उसकी बलिष्ठ भुजाएँ दृष्टिगोचर हो उठीं।

बाकर तनिक समीप आ गया। गर्द से भरी हुई छोटी, नुकीली दाढ़ी और शरई मूँछों के ऊपर गढ़ों में धँसी हुई दो आँखों में निमिष-मात्र के लिए चमक पैदा हुई और ज़रा मुस्कराकर उसने कहा, "डाची[3] देख रहा था चौधरी, कैसी खूबसूरत और जवान है! देखकर आँखों की भूख मिटती है।"

अपने माल की प्रशंसा सुनकर चौधरी नन्दू का तनाव कुछ कम हुआ; प्रसन्न होकर बोला, "किसी साँड ?"[4]

"वह, परली तरफ से चौथी।" बाकर ने संकेत करते हुए कहा।

ओकाँह[5] के एक घने पेड़ की छाया में आठ-दस ऊँट बँधे थे, उन्हीं में वह जवान साँडनी अपनी लम्बी, सुन्दर और सुडौल गर्दन बढ़ाए घने पत्तों में मुँह मार रही थी। माल-मण्डी में, दूर जहाँ तक नज़र जाती थी, बड़े-बड़े ऊँचे ऊँटों, सुन्दर साँडनियों, काली-मोटी बेडौल भैंसों, सुन्दर नागौरी सींगों वाले बैलों और गायों के सिवा कुछ दिखाई न देता था। गधे भी थे, पर न होने के बराबर। अधिकांश तो ऊँट ही थे। बहावल नगर के मरुस्थल में होने वाली माल-मण्डी में उनका आधिक्य था भी स्वाभाविक। ऊँट रेगिस्तान का जानवर है। इस रेतीले इलाके में आमदरफ्त, खेती-बाड़ी और बारबरदारी का काम उसी से होता है। पुराने समय में जब गायें दस-दस और बैल पन्द्रह-पन्द्रह रुपए में मिल जाते थे, तब भी अच्छा ऊँट पचास से कम में हाथ न आता था और अब भी, जब इस इलाके में नहर आ गई है, पानी की इतनी किल्लत नहीं रही, ऊँट का महत्त्व कम नहीं हुआ, बल्कि बढ़ा ही है। सवारी के ऊँट दो-दो सौ से तीन-तीन सौ

---

1. दस-बीस सिरकियों के खेमों का छोटा-सा गाँव।
2. अरे तू यहाँ क्या कर रहा है?
3. डाची = साँडनी।
4. कौन-सी डाची?
5. एक वृक्ष-विशेष।

तक पा जाते हैं और बाही तथा बारबरदारी के भी अस्सी-सौ से कम में हाथ नहीं आते।

तनिक और आगे बढ़कर बाकर ने कहा, "सच कहता हूँ चौधरी, इस जैसी सुन्दर साँडनी मुझे सारी मण्डी में दिखाई नहीं दी।"

हर्ष से नन्दू का सीना दुगुना हो गया, बोला, "आ एक ही के, इह तो सगली फूटरी हैं। हूँ तो इन्हें चारा फलूँसी नीरिया करूँ।"[1]

धीरे से बाकर ने पूछा, "बेचोगे इसे ?"

नन्दू ने कहा, "इठई बेचने तो लाया हूँ।"

"तो फिर बताओ, कितने को दोगे ?"

नन्दू ने नख से शिख तक बाकर पर एक दृष्टि डाली और हँसते हुए बोला, "तन्ने चाही जै, का तेरे धनी बेई मोल लेसी ?"[2]

"मुझे चाहिए।" बाकर ने दृढ़ता से कहा।

नन्दू ने उपेक्षा से सिर हिलाया। इस मज़दूर की यह बिसात कि ऐसी सुन्दर साँडनी मोल ले। बोला, "तूँ की लेसी ?"

बाकर की जेब में पड़े हुए डेढ़ सौ के नोट जैसे बाहर उछाल पड़ने के लिए व्यग्र हो उठे। तनिक जोश के साथ उसने कहा, "तुम्हें इससे क्या, कोई ले, तुम्हें तो अपनी कीमत से गरज़ है, तुम मोल बताओ ?"

नन्दू ने उसके जीर्ण-शीर्ण कपड़ों, घुटनों से उठे हुए तहमद और जैसे नूह के वक्त से भी पुराने जूते को देखते हुए टालने के विचार से कहा, "जा, जा, तू इशी-विशी ले आई, इंगो मोल तो आठ बीसी सूँ घाट के नहीं।"[3]

एक निमिष के लिए बाकर के थके हुए, व्यथित चेहरे पर आह्लाद की रेखा झलक उठी। उसे डर था कि चौधरी कहीं इतना मोल न बता दे, जो उसकी बिसात से ही बाहर हो; पर जब अपनी ज़बान से ही उसने 160 रुपये बताए तो उसकी खुशी का ठिकाना न रहा। 150 रुपये तो उसके पास थे ही। यदि इतने पर भी चौधरी न माना तो दस रुपए वह उधार कर लेगा। भाव-ताव तो उसे करना आता न था। झट से उसने डेढ़ सौ के नोट निकाले और नन्दू के आगे फेंक दिए। बोला, "गिन लो, इनसे अधिक मेरे पास नहीं, अब आगे तुम्हारी मर्ज़ी।"

नन्दू ने अन्यमनस्कता से नोट गिनने आरम्भ कर दिए। पर गिनती खत्म करते ही उसकी आँखें चमक उठीं। उसने तो बाकर को टालने के लिए ही मूल्य 160 रुपये बता दिया था, नहीं मण्डी में अच्छी से अच्छी डाची डेढ़ सौ में मिल जाती और इसके तो 140 रुपये पाने की भी कल्पना उसने स्वप्न में न की थी। पर शीघ्र ही मन के भावों को छिपाकर और जैसे बाकर पर एहसान का बोझ लादते हुए नन्दू बोला, "साँड तो मेरी दो

1. यह एक ही क्या, यह तो सब ही सुन्दर हैं, मैं इन्हें चारा और फलूँसी (जवारा और मोठ) देता हूँ।
2. तुझे चाहिए या तू अपने मालिक के लिए मोल ले रहा है ?
3. जा, जा, तू कोई ऐसी-वैसी साँड खरीद ले, इसका मूल्य तो 160 रुपये से कम नहीं।

सै की है, पण जा सग्गी मोल मियाँ तन्ने दस छाँडिया।"[1] और यह कहते-कहते उठकर उसने साँडनी की रस्सी बाकर के हाथ में दे दी।

क्षण-भर के लिए उस कठोर व्यक्ति का जी भर आया। यह साँडनी उसके यहाँ ही पैदा हुई और पली थी। आज पाल-पोसकर उसे दूसरे के हाथ में सौंपते हुए उसके मन की कुछ ऐसी दशा हुई, जो लड़की को ससुराल भेजते समय पिता की होती है। ज़रा काँपती आवाज़ में, स्वर को तनिक नर्म करते हुए उसने कहा, "आ साँड सोरी रहेड़ी है, तूँ इन्हें रेहड़ में न गेर दई।"[2] ऐसे ही, जैसे ससुर दामाद से कह रहा हो—'मेरी लड़की लाडों-पली है, देखना इसे कष्ट न होने देना।'

आह्लाद के पंख पर उड़ते हुए बाकर ने कहा, "तुम ज़रा भी चिन्ता न करो, जान देकर पालूँगा।"

नन्दू ने नोट अंटी में सँभालते हुए, जैसे सूखे हुए गले को ज़रा तर करने के लिए, घड़े में से मिट्टी का प्याला भरा। मण्डी में चारों ओर धूल उड़ रही थी। शहरों की माल-मण्डियों में भी—जहाँ बीसियों अस्थायी नल लग जाते हैं और सारा-सारा दिन छिड़काव होता रहता है—धूल की कमी नहीं होती, फिर रेगिस्तान की मण्डी पर तो धूल ही का साम्राज्य था! गन्ने वाले की गँडेरियों पर, हलवाई के हलवे और जलेबियों पर और खोंचे वाले के दही-बड़े पर, सब जगह धूल का पूर्णाधिकार था। घड़े का पानी टाँचियों द्वारा नहर से लाया गया था, पर यहाँ आते-आते वह कीचड़-जैसा गँदला हो गया था। नन्दू का खयाल था कि निथरने पर पिएगा, पर गला कुछ सूख रहा था। एक ही घूँट में प्याले को खत्म करके नन्दू ने बाकर से भी पानी पीने के लिए कहा। बाकर आया था तो उसे गज़ब की प्यास लगी हुई थी, पर अब उसे पानी पीने की फुर्सत कहाँ? वह रात होने से पहले-पहले गाँव पहुँचना चाहता था। डाची की रस्सी पकड़े हुए वह धूल को चीरता हुआ-सा चल पड़ा।

बाकर के दिल में बड़ी देर से एक सुन्दर और युवा डाची खरीदने की लालसा थी। जाति से वह कमीन था। उसके पूर्वज कुम्हारों का काम करते थे, किन्तु उसके पिता ने अपना पैतृक काम छोड़कर मज़दूरी करना शुरू कर दिया था। उसके बाद बाकर भी इसी से अपना और अपने छोटे-से कुटुम्ब का पेट पालता आ रहा था। वह काम अधिक करता हो, यह बात न थी। काम से उसने सदैव जी चुराया था। चुराता भी क्यों न, जब उसकी पत्नी उससे दुगुना काम करके उसके भार को बँटाने और उसे आराम पहुँचाने के लिए मौजूद थी। कुटुम्ब बड़ा न था—एक वह, एक उसकी पत्नी और एक नन्ही-सी बच्ची। फिर किसलिए वह जी हलकान करता? पर क्रूर और 'बेपीर' विधाता—उसने

1. साँडनी तो मेरी 200 सौ की है; पर जा, सारी कीमत में से तुम्हें दस रुपए छोड़ दिए।
2. यह साँडनी अच्छी तरह रखी गई है, तू इसे यों ही मिट्टी में न रोल देना।

उसे उस विस्मृति से, सुख की उस नींद से जगाकर अपना उत्तरदायित्व समझने पर बाधित कर दिया। उसे बता दिया कि जीवन में सुख ही नहीं, आराम ही नहीं, दुःख भी है, परिश्रम भी है।

पाँच वर्ष हुए उसकी वही आराम देने वाली प्यारी पत्नी सुन्दर गुड़िया-सी लड़की को छोड़कर परलोक सिधार गई थी। मरते समय अपनी सारी करुणा को अपनी फीकी और श्रीहीन आँखों से बटोरकर उसने बाकर से कहा था, 'मेरी रज़िया अब तुम्हारे हवाले है, इसे कष्ट न होने देना!' इसी एक वाक्य ने बाकर के समस्त जीवन के रुख को पलट दिया था। उसकी मृत्यु के बाद ही वह अपनी विधवा बहन को उसके गाँव से ले आया था और अपने आलस्य तथा प्रमाद को छोड़कर अपनी मृत पत्नी की अन्तिम अभिलाषा को पूरा करने में संलग्न हो गया था।

वह दिन-रात काम करता था ताकि अपनी मृत पत्नी की उस धरोहर को, अपनी उस नन्ही-सी गुड़िया को, भाँति-भाँति की चीज़ें लाकर प्रसन्न रख सके। जब भी कभी वह मण्डी को आता तो नन्ही-सी रज़िया उसकी टाँगों से लिपट जाती और अपनी बड़ी-बड़ी आँखें उसके गर्द से अटे हुए चेहरे पर जमाकर पूछती, 'अब्बा, मेरे लिए क्या लाए हो?' तो वह उसे अपनी गोद में ले लेता और कभी मिठाई और कभी खिलौनों से उसकी झोली भर देता। तब रज़िया उसकी गोद से उतर जाती और अपनो सहेलियों को अपने खिलौने या मिठाई दिखाने के लिए भाग जाती। यही गुड़िया जब आठ वर्ष की हुई तो एक दिन मचलकर अपने अब्बा से कहने लगी, 'अब्बा, हम तो डाची लेंगे; अब्बा, हमें डाची ले दो।' भोली-भाली निरीह बालिका! उसे क्या मालूम कि वह एक विपन्न, साधन-हीन मज़दूर की बेटी है, जिसके लिए डाची खरीदना तो दूर रहा, डाची की कल्पना करना भी पाप है। रूखी हँसी हँसकर बाकर ने उसे अपनी गोद में ले लिया और बोला, 'रज्जो, तू तो खुद डाची है।' पर रज़िया न मानी। उस दिन मशीर माल अपनी साँडनी पर चढ़कर अपनी छोटी लड़की को अपने आगे बैठाए दो-चार मजदूर लेने के लिए अपनी इसी काट में आए थे। तभी रज़िया के नन्हे-से मन में डाची पर सवार होने की प्रबल आकांक्षा पैदा हो उठी थी, और उसी दिन से बाकर की रही-सही अकर्मण्यता भी दूर हो गई थी।

उसने रज़िया को टाल तो दिया था, पर मन ही मन उसने प्रतिज्ञा कर ली थी कि वह अवश्य रज़िया के लिए एक सुन्दर-सी डाची मोल लेगा। उसी इलाके में जहाँ उसकी आय की औसत साल-भर में तीन आने रोज़ाना भी न होती थी, अब आठ-दस आने हो गई। दूर-दूर के गाँवों में अब वह मज़दूरी करता। कटाई के दिनों में वह दिन-रात काम करता—फसल काटता, दाने निकालता, खलिहानों में अनाज भरता, नीरा डालकर भूसे के कुप बनाता। बिजाई के दिनों में हल चलाता; क्यारियाँ बनाता, बिजाई करता। उन दिनों उसे पाँच आने से लेकर आठ आने रोज़ाना तक मज़दूरी मिल जाती। जब कोई काम न होता तो प्रातः उठकर आठ कोस की मंज़िल मारकर मण्डी जा पहुँचता और आठ-दस

आने की मज़दूरी करके ही घर लौटता। उन दिनों में वह रोज़ छः आने बचाता आ रहा था। इस नियम में उसने किसी तरह की ढील न होने दी थी। उसे जैसे उन्माद-सा हो गया था। बहन कहती—"बाकर, अब तो तुम बिलकुल ही बदल गए हो, पहले तो तुमने कभी ऐसे जी तोड़कर मेहनत न की थी।"

बाकर हँसता और कहता—"तुम चाहती हो, मैं आयु-भर निठल्ला रहूँ?"

बहन कहती—"निकम्मा बैठने को तो मैं नहीं कहती, पर सेहत गँवाकर रुपया जमा करने की सलाह भी मैं नहीं दे सकती।"

ऐसे अवसर पर सदैव बाकर के सामने उसकी मृत पत्नी का चित्र खिंच जाता, उसकी अन्तिम अभिलाषा उसके कानों में गूँज जाती। वह आँगन में खेलती हुई रज़िया पर एक स्नेह-भरी दृष्टि डालता और विषाद से मुस्कराकर फिर अपने काम में लग जाता। और आज—डेढ़ वर्ष के कड़े परिश्रम के बाद वह अपनी चिरसंचित अभिलाषा पूरी कर सका था। उसके एक हाथ में साँडनी की रस्सी थी और नहर के किनारे-किनारे वह चला जा रहा था।

साँझ की बेला थी। पश्चिम की ओर डूबते सूरज की किरणें धरती को सोने का अन्तिम दान कर रही थीं। वायु में ठण्डक आ गई थी, और कहीं दूर खेतों में टटिहरी टीहूँ-टीहूँ करती उड़ रही थी। बाकर के मन में अतीत की सब बातें एक-एक करके आ रही थीं। इधर-उधर कभी-कभी कोई किसान अपने ऊँट पर सवार जैसे फुदकता हुआ निकल जाता था और कभी-कभी खेतों से वापस आने वाले किसानों के लड़के बैलगाड़ी में रखे हुए घास पट्ठे के गट्ठों पर बैठे, बैलों को पुचकारते, किसी गीत का एक-आध बन्द गाते या बैलगाड़ी के पीछे बँधे हुए चुपचाप चले आने वाले ऊँटों की थूथनियों से खेलते चले जाते थे।

बाकर ने, जैसे स्वप्न से जागते हुए पश्चिम की ओर अस्त होते हुए अंशुमाली की ओर देखा, फिर सामने की ओर शून्य में नज़र दौड़ाई। उसका गाँव अभी बड़ी दूर था। पीछे की ओर हर्ष से देखकर और मौन रूप से चली आने वाली साँडनी को प्यार से पुचकारकर वह और भी तेज़ी से चलने लगा—कहीं उसके पहुँचने से पहले रज़िया सो न जाए, इसी विचार से।

मशीर माल की काट नज़र आने लगी। यहाँ से उसका गाँव समीप ही था। यही कोई दो कोस। बाकर की चाल धीमी हो गई और इसके साथ ही कल्पना की देवी अपनी रंग-बिरंगी तूलिका से उसके मस्तिष्क के चित्रपट पर तरह-तरह की तस्वीरें बनाने लगी।—बाकर ने देखा, उसके घर पहुँचते ही नन्ही रज़िया आह्लाद से नाचकर उसकी टाँगों से लिपट गई है और फिर डाची को देखकर उसकी बड़ी-बड़ी आँखें आश्चर्य और उल्लास से भर गई हैं। फिर उसने देखा, वह रज़िया को आगे बैठाए सरकारी खाले (नहर) के किनारे-किनारे डाची पर भागा जा रहा है। शाम का वक्त है, ठण्डी-ठण्डी हवा

चल रही है और कभी-कभी कोई पहाड़ी कौवा अपने बड़े-बड़े पंख फैलाए और अपनी मोटी आवाज़ से दो-एक बार काँव-काँव करके ऊपर से उड़ता चला जाता है। रज़िया की खुशी का वारापार नहीं। वह जैसे हवाई जहाज़ में उड़ी जा रही है; फिर उसके सामने आया कि वह रज़िया को लिए बहावलनगर की मण्डी में खड़ा है। नन्ही रज़िया मानो भौचक्की-सी है। हैरान और आश्चर्यान्वित-सी चारों ओर अनाज के इन बड़े-बड़े ढेरों, अगनित छकड़ों और हैरान कर देने वाली चीज़ों को देख रही है। बाकर साह्लाद उसे सब की कैफियत दे रहा है। एक दुकान पर ग्रामोफोन बजने लगता है। बाकर रज़िया को वहाँ ले जाता है। लकड़ी के इस डिब्बे से किस तरह गाना निकल रहा है, कौन इसमें छिपा गा रहा है—यह सब बातें रज़िया की समझ में नहीं आतीं, और यह सब जानने के लिए उसके मन में जो कुतूहल और जिज्ञासा है, वह उसकी आँखों से टपकी पड़ती है।

वह अपनी कल्पना में मस्त काट के पास से गुज़रा जा रहा था कि सहसा कुछ विचार आ जाने से रुका और काट में दाखिल हुआ।

मशीर माल की काट भी कोई बड़ा गाँव न था। इधर के सब गाँव ऐसे ही हैं। ज़्यादा हुए तो तीस छप्पर हो गए। कड़ियों की छत का या पक्की ईंटों का मकान इस इलाके में अभी नहीं। खुद बाकर की काट में पन्द्रह घर थे; घर क्या, झुग्गियाँ थीं। सिरकियों के खेमे—जिन्हें झोंपड़ियों का नाम भी न दिया जा सकता था। मशीर माल की काट भी ऐसी ही बीस-पच्चीस झुग्गियों की बस्ती थी, केवल मशीर माल का निवास-स्थान कच्ची ईंटों से बना था; पर छत उस पर की छप्पर की ही थी। बाकर नानक बढ़ई की झुग्गी के सामने रुका। मण्डी जाने से पहले वह यहाँ डाची का गदर[1](पलान) बनने के लिए दे गया था। उसे खयाल आया कि यदि रज़िया ने साँडनी पर चढ़ने की ज़िद की तो वह उसे कैसे टाल सकेगा, इसी विचार से वह पीछे मुड़ आया था। उसने नानक को दो-एक आवाज़ें दीं। अन्दर से शायद उसकी पत्नी ने उत्तर दिया, “घर में नहीं हैं, मण्डी गए हैं।”

बाकर का दिल बैठ गया। वह क्या करे, यह न सोच सका। नानक यदि मण्डी गया है तो गदरा क्या खाक बनाकर गया होगा! फिर उसने सोचा, शायद बनाकर रख गया हो। इससे उसे कुछ सान्त्वना मिली। उसने फिर पूछा, “मैं साँडनी का पलान बनाने के लिए दे गया था, वह बना या नहीं।”

जवाब मिला, “हमें मालूम नहीं।”

बाकर का आधा उल्लास जाता रहा। बिना गदरे के वह डाची को क्या लेकर जाए। नानक होता तो उसका गदरा चाहे न बना सही, कोई दूसरा ही उससे माँगकर ले जाता। यह विचार आते ही उसने सोचा—‘चलो मशीर माल से माँग लें। उनके तो इतने ऊँट रहते हैं, कोई-न-कोई पुराना पलान होगा ही। अभी उसी से काम चला लेंगे। तब

---

1. ऊँट पर बैठने की गद्दी।

तक नानक नया गदरा तैयार कर देगा।' यह सोचकर वह मशीर माल के घर की ओर चल पड़ा।

अपनी मुलाज़मत के दिनों में मशीर माल साहब ने पर्याप्त धनोपार्जन किया था। जब इधर नहर निकली तो उन्होंने अपने पद और प्रभाव के बल पर रियासत में कौड़ियों के मोल कई मुरब्बे ज़मीन ले ली थी। अब नौकरी से अवकाश ग्रहण कर यहीं आ रहे थे। राहक[1] रखे हुए थे, आय खूब थी और मज़े से जीवन व्यतीत हो रहा था। अपनी चौपाल में एक तख्त पर बैठे वे हुक्का पी रहे थे—सिर पर श्वेत साफा, गले में श्वेत कमीज़, उस पर श्वेत जाकेट और कमर में दूध जैसे रंग का तहमद। गर्द से अटे हुए बाकर को साँडनी की रस्सी पकड़े आते देखकर उन्होंने पूछा, "कहो बाकर, किधर से आ रहे हो?"

बाकर ने झुककर सलाम करते हुए कहा, "मण्डी से आ रहा हूँ, मालिक।"

"यह डाची किसकी है?"

"मेरी ही है मालिक, अभी मण्डी से ला रहा हूँ।"

"कितने की लाए हो?"

बाकर ने चाहा, कह दे आठ-बीसी को लाया हूँ। उसके खयाल में ऐसी सुन्दर डाची 200 रुपये में भी सस्ती थी, पर मन न माना, बोला, "हजूर, माँगता तो 160 रुपये था, पर सात बीसी ही में ले आया हूँ।"

मशीर माल ने एक नज़र डाची पर डाली। वे स्वयं अर्से से एक सुन्दर-सी डाची अपनी सवारी के लिए लेना चाहते थे। उनके डाची तो थी, पर पिछले वर्ष उसे सीमक[2] हो गया था और यद्यपि नील इत्यादि देने से उसका रोग तो दूर हो गया था, पर उसकी चाल में वह मस्ती, वह लचक न रही थी। यह डाची उनकी नज़रों में जँच गई।—क्या सुन्दर और सुडौल अंग हैं; क्या सफेदी-मायल भूरा-भूरा रंग है; क्या लचलचाती लम्बी गर्दन है! बोले, "चलो, हमसे आठ बीसी ले लो, हमें एक डाची की ज़रूरत है, बीस तुम्हारी मेहनत के रहे।"

बाकर ने फीकी हँसी के साथ कहा, "हुज़ूर, अभी तो मेरा चाव भी पूरा नहीं हुआ!"

मशीर माल उठकर डाची की गर्दन पर हाथ फेरने लगे थे—वाह! क्या असील जानवर है। प्रकट बोले, "चलो पाँच और ले लेना।"

और उन्होंने आवाज़ दी, "नूरे, अरे ओ नूरे!"

नौकर भैंसों के लिए पट्ठे कतर रहा था, गँड़ासा हाथ ही में लिए भाग आया। मशीर माल ने कहा, "यह डाची ले जाकर बाँध दो! 165 रुपये में, कहो कैसी है?"

---

1. मुज़ारा।
2. ऊँटों की एक बीमारी।

नूरे ने हतबुद्धि-से खड़े बाकर के हाथ से रस्सी ले ली और नख से शिख तक एक नज़र डाची पर डालकर बोला, "खूब जानवर है," और यह कहकर नौहरे[1] की ओर चल पड़ा।

तब मशीर माल ने अंटी से 60 रुपये के नोट निकालकर बाकर के हाथ में देते हुए मुस्कराकर कहा, "अभी एक राहक देकर गया है, शायद तुम्हारी ही किंस्मत के थे। अभी यह रखो, बाकी भी एक-दो महीने तक पहुँचा दूँगा। हो सकता है, तुम्हारी किस्मत के पहले ही आ जाएँ।" और बिना कोई जवाब सुने वे नौहरे की ओर चल पड़े। नूरा फिर चारा कतरने लगा था। दूर से ही आवाज़ देकर उन्होंने कहा, "भैंस का चारा रहने दे, पहले डाची के लिए गवारे का नीरा कर डाल, भूखी मालूम होती है।"

और पास जाकर साँडनी की गर्दन सहलाने लगे।

कृष्ण पक्ष का चाँद अभी उदय नहीं हुआ था। विजन में चारों ओर कुहासा छा रहा था। सिर पर दो-एक तारे निकल आए थे और दूर बबूल और ओकाँह के वृक्ष बड़े-बड़े काले-सियाह धब्बे बन रहे थे। फोग की एक झाड़ी की ओट में अपनी काट के बाहर बाकर बैठा उस क्षीण प्रकाश को देख रहा था। जानता था रज़िया जागती होगी, उसकी प्रतीक्षा कर रही होगी। वह इस इन्तज़ार में था कि दिया बुझ जाए, रज़िया सो जाए तो वह चुपचाप अपने घर में दाखिल हो।

1. भूसा आदि रखने का स्थान।

पिंजरा

शान्ति ने ऊबकर कागज़ के टुकड़े-टुकड़े कर दिए और उठकर अनमनी-सी कमरे में घूमने लगी। उसका मन स्वस्थ न था, लिखते-लिखते उसका ध्यान बँट जाता था। केवल चार पंक्तियाँ वह लिखना चाहती थी, पर वह जो कुछ लिखना चाहती, उससे लिखा न जाता था। भावावेश में कुछ का कुछ लिख जाती थी। चार पत्र वह फाड़ चुकी थी। यह पाँचवाँ था।

घूमते-घूमते वह चुपचाप खिड़की में जा खड़ी हुई। संध्या का सूर्य दूर पश्चिम में डूब रहा था। माली ने क्यारियों में पानी छोड़ दिया था। दिन-भर के मुरझाए फूल जैसे जीवन-दान पाकर खिल उठे थे। हल्की-हल्की ठण्डी हवा चलने लगी थी। शान्ति ने दूर सूर्य की ओर निगाह दौड़ाई—पीली-पीली सुनहरी किरणें जैसे डूबने से पहले, उन छोटे-छोटे बच्चों के खेल में जी-भर हिस्सा ले लेना चाहती थीं, जो सामने के मैदान की हरी-भरी घास पर ऊँच-नीच से बेपरवाह, उन्मुक्त खेल रहे थे। सड़क पर दो कमीन युवतियाँ हँसती, चुहलें करती, उछलती, कूदती चली जा रही थीं। शान्ति ने एक दीर्घ निःश्वास छोड़ा। मुड़कर उसने अपने इर्द-गिर्द एक थकी हुई निगाह डाली—छत पर बड़ा पंखा धीमी आवाज़ से अनवरत घरघरा रहा था। दरवाज़ों पर भारी पर्दे हिल रहे थे और भारी कौच और उन पर रखे हुए रेशमी गद्दे, गालीचे और कमरे के मध्य सजी छोटी-छोटी अठकोनी मेज़ें और उन पर पीतल के नन्हे-नन्हे हाथी और फूलदान—और उसने अपने आपको उस पक्षी-सा अनुभव किया, जो सीमाहीन, स्वतन्त्र आकाश के नीचे, स्वच्छन्द, खुली हवा में, आम की डाली से बँधे पिंजरे में लटक रहा हो।

तभी नौकर उसके छोटे लड़के को, जैसे बरबस खींचता-सा लाया। धोबी की लड़की के साथ वह खेल रहा था। आव देखा न ताव और शान्ति ने लड़के को पीट दिया—क्यों तू उन कमीनों के साथ खेलता है, क्यों खेलता है तू! इतने बड़े बाप का बेटा होकर! और उसकी आवाज़ चीख की हद को पहुँच गई। हैरान-से खड़े नौकर ने बढ़कर ज़बरदस्ती बच्चे को छुड़ा लिया। शान्ति जाकर धम्म से कौच में धँस गई और उसकी आँखों से अनायास आँसू झर उठे।

तब वहीं बैठे-बैठे उसकी आँखों के सामने अतीत के कई चित्र घूम गए।

उसके पति तब लाण्डरी का काम करते थे। बाइबल सोसाइटी के सामने, जहाँ आज एक दन्दानसाज़ बड़े धड़ल्ले से लोगों के दाँत उखाड़ने में निमग्न रहते हैं, उनकी

लाण्डरी थी। आय अच्छी थी, पर खर्च भी कम न था। 35 रुपया तो दुकान का किराया ही देना पड़ता था। फिर कपड़े धोने और प्रेस करने के लिए जो तबेला ले रखा था, उसका किराया अलग था। इसके अतिरिक्त धोबियों के वेतन, कोयले, मसाला और सौ दूसरे पचड़े ! इस सब खर्च की व्यवस्था के बाद जो थोड़ा बहुत बचता था, उससे बड़ी कठिनाई के साथ घर का खर्च चलता था और घर उन्होंने दुकान के पीछे ही महीलाल स्ट्रीट में ले रखा था।

महीलाल स्ट्रीट जैसी अब है वैसी ही तब भी थी। मकानों का रूप, यद्यपि इन दस वर्षों में कुछ बदल गया है, किन्तु मकीनों[1] में कुछ अधिक अंतर नहीं गया। अब भी इस इलाके में कमीन बसते हैं और तब भी बसते थे। सील-भरी अँधेरी कोठरियाँ चमारों, धीवरों और शुद्ध हिन्दुओं का निवास-स्थान थीं। एक ही कोठरी में रसोई, बैठक-खाना और शयन-गृह—वह भी ऐसा, जिसमें सास-ससुर, बेटा-बहू, लड़के-लड़कियाँ—सब एक साथ सोते हों।

जिस मकान में शान्ति रहती थी, उसके नीचे टेंडी चमार अपने आठ लड़के-लड़कियों के साथ जमा हुआ था, दूसरी चौड़ी गली में मारवाड़ी की दुकान थी और जिधर दरवाज़ा था उधर भंगी रहते थे। उनके दरवाज़े से ज़रा ही परे भंगियों ने तन्दूर लगा रखा था, जिसका धुआँ सुबह-शाम उनकी रसोई में आ जाया करता था और शान्ति को प्रायः रसोई की खिड़की बन्द रखनी पड़ती थी। दिन-रात वहाँ चारपाइयाँ बिछी रहती थीं और कपड़ा बचाकर निकलना प्रायः असम्भव होता था।

गर्मियों के दिन थे और म्युनिसिपैलिटी का नल काफी दूर अनारकली के पास था, इसलिए इन गरीब लोगों की सुविधा के खयाल से शान्ति ने अपने पति की सिफारिश पर उन्हें नीचे ड्योढ़ी के नल से पानी लेने की इजाज़त दे दी थी। पर जब उन्हें उस मकान में आए कुछ दिन बीते तो शान्ति को मालूम हो गया कि यह उदारचरिता बड़ी महँगी पड़ेगी। एक दिन जब उसके पति नहाने के बाद साबुन की डिबिया नीचे ही भूल आए और शान्ति उसे उठाने गई तो उसने उसे नदारद पाया। फिर कुछ दिन बाद तौलिया गायब हो गया। इसी तरह दूसरे-तीसरे दिन कोई न कोई चीज़ गुम होने लगी। हारकर एक दिन शान्ति ने अपने पति के पीछे पड़कर नल की टूँटी पर लकड़ी का छोटा-सा बक्स लगवा दिया और चाबी उसकी अपने पास रख ली।

दूसरे दिन, जब एक ही धोती से शरीर ढाँपे वह पसीने से निचुड़ती हुई, चूल्हे के आगे बैठी रोटी की व्यवस्था कर रही थी, उसने अपने सामने एक काली-सी लड़की को खड़े पाया।

लड़की उसकी समवयस्क ही थी। रंग उसका बेहद काला था और शरीर पर उसने अत्यन्त मैली-कुचैली धोती और बण्डी पहन रखी थी। वह अपने गहरे काले बालों में सरसों ही का तेल डालती होगी, क्योंकि उसके मस्तक पर बालों के नीचे पसीने

1. निवासियों।

के कारण तेल में मिली हुई मैल की एक रेखा बन रही थी। चौड़ा-सा मुँह और चपटी-सी नाक ! शान्ति के हृदय में क्रोध और घृणा का तूफान उमड़ आया। आज तक घर की जमादारिन के अतिरिक्त नीचे रहने वाली किसी कमीन लड़की को ऊपर आने का साहस न हुआ था और न स्वयं ही उसने किसी से बातचीत करने की कोशिश की थी।

लड़की मुस्करा रही थी और उसकी आँखों में विचित्र-सी चमक थी।

"क्या बात है ?" जैसे आँखों ही आँखों में शान्ति ने क्रोध से पूछा।

तनिक मुस्कराते हुए लड़की ने प्रार्थना की कि बीबी जी पानी लेना है।

"हमारा नल भंगी-चमारों के लिए नहीं है !"

"हम भंगी हैं न चमार !"

"फिर कौन हो ?"

"मैं बीबी जी, सामने के मन्दिर के पुजारी की लड़की..."

लेकिन शान्ति ने आगे कुछ न सुना था। उसे लड़की से बातें करते घिन आती थी। धोती के छोर से चाबी खोलकर उसने फेंक दी।

इस काले-कलूटे शरीर में दिल काला न था, और शीघ्र ही शान्ति को इस बात का पता चल गया। रोज़ ही पानी लेने के वक्त चाबी के लिए गोमती आती। गली में पूरबियों का जो मन्दिर था, वह उसके पुजारी की लड़की थी। अमीरों के मन्दिर के पुजारी भी मोटरों में घूमते हैं। यह मन्दिर था गरीब पूरबियों का, जिनमें प्रायः सब चौकीदार, चपरासी, साईस अथवा मज़दूर थे। पुजारी का कुटुम्ब भी खुली गली के एक ओर भंगियों की चारपाइयों के सामने सोता था। और जब रात को कोई ताँगा उधर से गुज़रता तो प्रायः किसी-न-किसी की चारपाई उसके साथ घिसटती हुई चली जाती। मन्दिर में कुआँ तो था, पर जब से इधर नल आए, उस पर डोल और रस्सी की कमी ही रही। फिर जब समीप ही किसी की ड्योढ़ी के नल से पानी मिल जाए तो कुएँ पर बाज़ू तोड़ने की क्या ज़रूरत है ? इसलिए गोमती पानी लेने और कुछ पानी लेने के बहाने बातें करने रोज़ ही सुबह-शाम आ जाती। बटलोही नल के नीचे रखकर, जिसमें सदैव पान के कुछ पत्ते तैरा करते, वह ऊपर चली आती और फिर बातों-बातों में भूल जाती कि वह पानी लेने आई है और उस समय तक न उठती जब तक गली में अपनी चारपाई पर बैठी उसकी बुढ़िया दादी चीख-चीखकर गालियाँ देती हुई उसे न पुकारती।

इसका यह मतलब नहीं कि इस बीच में शान्ति और गोमती में मित्रता हो गई थी। हाँ, इतना अवश्य हुआ कि शान्ति जब रसोई में खाना पकाती अथवा अन्दर कमरे में बैठी कपड़े सीती तो उसको गोमती का सीढ़ियों में बैठकर बातें करते रहना बुरा नहीं लगता। कई तरह की बातें होतीं—मुहल्ले के भंगियों की बातें, चमारों के घरेलू झगड़ों की बातें और फिर कुछ गोमती की निजी बातें। इस बीच में शान्ति को मालूम हो गया कि गोमती का विवाह हुए वर्षों बीत चुके हैं, पर उसने अपने पति की सूरत नहीं देखी।

कोई काम-काज नहीं करता इसलिए न वह उसे लेने आता है और न उसके पिता उसे उसके साथ भेजते हैं।

कई बार छेड़ने की गरज़ से या कई बार मात्र आनन्द लेने के हेतु शान्ति उससे उसके पति और उसके अपने मनोभावों के सम्बन्ध में प्रश्न पूछती। उत्तर देते समय गोमती शरमा जाती।

किन्तु इतना सब होते हुए भी उसकी जगह वहीं सीढ़ियों में बनी रही थीं।

फिर किस प्रकार पुजारी की वह काली-कलूटी लड़की वहाँ से उठकर उसके इतने समीप आ गई कि शान्ति ने एक बार अनायास उसे आलिंगन में लेकर कह दिया—आज से तुम मेरी बहन हुई गोमती—वह सब आज भी शान्ति को स्मरण था।

सर्दियों की रात थी और अनारकली में सब ओर धुआँ-धुआँ हो रहा था। ऐसा प्रतीत होता था जैसे लाहौर के समस्त तन्दूरों, होटलों, घरों और कारखानों से सारा दिन उठने वाले धुएँ ने साँझ पड़े इकट्ठे होकर अनारकली पर आक्रमण कर दिया हो। शान्ति अपने नन्हे को कन्धे से लगाए, हाथों में कुछ हल्के-फुल्के लिफाफे थामे, क्रय-विक्रय करके चली आ रही थी। वह कई दिन के अनुरोध के बाद अपने पति को इधर ला सकी थी और उन्होंने जी भर खाया-पिया और खरीदारी की थी। अनारकली के मध्य बंगाली रसगुल्लों की जो दुकान है, वहाँ से रसगुल्ले खाने को शान्ति का बड़ा मन होता था, पर उसके पति को कभी इतनी फुर्सत ही न हुई थी कि वहाँ तक सिर्फ रसगुल्ले खाने के लिए जा सके। अस्पताल रोड के सिरे पर हलवाई के साथ चाट वाले की जो दुकान थी, वहाँ से चाट खाने की शान्ति की बड़ी इच्छा थी, पर चाट ऐसी निकम्मी चीज़ खाने के लिए काम छोड़कर जाने का अवकाश शान्ति के पति के पास कहाँ? कई दिनों से वह अपने उम्मी के लिए कुछ गर्म कपड़ों के टुकड़े खरीदना चाहती थी। सर्दी बढ़ रही थी और उसके पास एक भी कोट न था। और फिर गर्म कपड़ा न सही, वह चाहती थी कि कुछ ऊन ही मोल ले ली जाए, ताकि नन्हे का स्वेटर बुन दिया जाए। पर उसके पति 'हूँ', 'हाँ' करके टाल जाते थे, किन्तु उस दिन वह निरन्तर महीने तक अनुरोध करने के बाद उन्हें अपने साथ अनारकली ले जाने में सफल हुई थी। और उस दिन उन्होंने जी भर बंगाली के रसगुल्ले और चाट वाले की चटपटी चाट खाई थी, बल्कि घाते में मोहन के पकौड़े और मटर वाले आलुओं का स्वाद भी चखा था। फिर उम्मी के लिए कपड़ा खरीदा था और ऊन भी मोल ली थी और दो आने दर्जन ब्लेडों वाली गुडवोग की डिबिया तथा एक कॉलगेट साबुन की दो आने वाली टिकिया उसके पति ने भी खरीदी थी। कई दिन से वे उन्हीं पुराने ब्लेडों को शीशे के गिलास से तेज करके नहाने वाले साबुन ही से हजामत बनाते आ रहे थे और उस दिन शान्ति ने यह सब खरीदने के लिए उन्हें विवश कर दिया था। दोनों जने यह सब खरीदकर, खर्च करने के आनन्द की अनुभूति से पुलकित चले जा रहे थे।

दिसम्बर का महीना था। सूखा जाड़ा पड़ रहा था। शान्ति ने अपने सस्ते, पर गर्म शाल को नन्हे के गिर्द और अच्छी तरह लपेटते हुए अचानक कहा, "निगोड़ा सूखा जाड़ा पड़ रहा है। सुनती हूँ नगर में बीमारी फैल रही है।"

पर उसके पति चुपचाप, धुएँ के कारण कड़वी हो जाने वाली अपनी आँखों को रूमाल से मलते चले आ रहे थे।

शान्ति ने फिर कहा, "हमारी अपनी गली में कई लोग बीमार हो गए हैं। परसों टेंडी चमार का लड़का निमोनिया से मर गया।"

तभी शाल में लिपटा-लिपटा बच्चा हल्के-हल्के दो बार खाँसा और शान्ति ने उसे और भी अच्छी तरह शाल में लपेट लिया।

उसकी बात को सुनी-अनसुनी करके उसके पति ने कहा, "आज बेहद बदपरहेज़ी की है, पेट में सख़्त गड़बड़ हो रही है।"

घर आकर शान्ति ने जब लड़के को चारपाई पर लिटाया और मस्तक पर हाथ फेरते हुए उसके बालों को पीछे की ओर किया तो वह चौंककर पीछे हटी। उसने डरी हुई निगाहों से अपने पति की ओर देखा। वे सिर को हाथों में दबाए नाली पर बैठे थे।

"उम्मी का माथा तो तवे की तरह तप रहा है।" उसने बड़ी कठिनाई से, गले को अचानक अवरुद्ध कर देने वाली किसी चीज़ को बरबस रोककर कहा।

लेकिन उसके पति को कै हुई।

शान्ति का कण्ठ रुद्ध-सा होने लगा था और उसकी आँखें भर-सी आई थीं, पर अपने पति को कै करते देख बच्चे का ख्याल छोड़, वह उनकी ओर भागी। पानी लाकर उनको कुल्ला कराया। निढाल-से होकर वे चारपाई पर पड़ गए। कुछ ही क्षण बाद उन्हें फिर मतली हुई।

शान्ति के हाथ-पाँव फूल गए। घर में वह अकेली थी। सास-माँ पास नहीं, कोई दूसरा नाता-रिश्ता भी समीप नहीं और नौकर—नौकर रखने की गुंजाइश ही कभी नहीं निकली। वह कुछ क्षण के लिए घबरा गई। एक उड़ी-उड़ी-सी दृष्टि उसने अपने ज्वर से तपते हुए बच्चे और बदहज़मी से निढाल पति पर डाली। अचानक उसे गोमती का खयाल आया। शान्ति अकेली कभी गली में न उतरी थी, पर सब संकोच छोड़, वह भागी-भागी नीचे गई। गोमती अपनी कोठरी के बाहर, गली की ओर मात्र ईंटों के छोटे-से पर्दे की ओट से बने रसोई-घर में बैठी रोटी बेल रही थी और चूल्हे की आग से उसका काला मुख चमक-सा रहा था। शान्ति ने देखा—उसका बड़ा भाई अभी खाना खाकर उठा है। तब आगे बढ़कर उसने इशारे से गोमती को बुलाया। तवे को नीचे उतार और लकड़ी को बाहर खींचकर गोमती उसी तरह भागी आई। तब विनीत भाव से संक्षेप में शान्ति ने अपने पति तथा बच्चे की हालत का उल्लेख किया। फिर प्रार्थना की कि वह अपने भाई से कहकर तत्काल किसी डॉक्टर को बुलवा दे। उनकी लाण्डरी के

साथ ही जिस डॉक्टर की दुकान है, वह सुना है पास ही लॉज रोड पर रहता है, यदि वह आ जाए तो बहुत ही अच्छा हो। और फिर साड़ी के छोर से पाँच रुपए का एक नोट खोलकर शान्ति ने गोमती के हाथ में रख दिया कि फीस चाहे पहले ही क्यों न देनी पड़े, पर डॉक्टर को ले अवश्य आए। फिर चलते-चलते उसने यह भी प्रार्थना की कि रोटी पकाकर सम्भव हो तो वह ज़रा ऊपर आ जाए, उम्मी....

शान्ति का गला भर आया था। गोमती ने कहा था, "आप घबराएँ नहीं, मैं अभी भाई को भेज देती हूँ और मैं भी अभी आई।"

और यह कहकर वह भागती-सी चली गई थी।

शान्ति वापस मुड़ी तो सीढ़ियाँ चढ़ते-चढ़ते उसने महसूस किया कि शंका और भय से उसके पाँव काँप रहे हैं और उसका दिल धक्-धक् कर रहा है।

ऊपर जाकर उसने देखा—उसके पति ऊपर से उतर रहे हैं। हाथ में उनके खाली लोटा है, चेहरा पहले से भी पीला हो गया है और माथे पर पसीना छूट रहा है।

शान्ति के उड़े हुए चेहरे को देखकर उन्होंने हँसने का प्रयत्न करते हुए कहा, "घबराओ नहीं, सर्दियों में हैज़ा नहीं होता।"

शान्ति ने रोते हुए कहा, "आप ऊपर क्यों गए, वहीं नाली पर बैठ जाते। किन्तु जब पति ने नाली की ओर और फिर चारपाई पर पड़े हुए बीमार बच्चे की ओर इशारा किया तो शान्ति चुप हो गई। उसने पहले सहारा देकर पति को बिस्तर पर लिटाया, फिर नाली पर पानी गिराया, फिर दूसरे कमरे में बिस्तर बिछा, बच्चे को उस पर लिटा आई। तभी गोमती आ गई। खाना तो सब खा चुके थे, अपने हिस्से का आटा उठा, आग बुझा, वह भाग आई थी।

शान्ति ने कहा, "मैं उम्मी को उधर कमरे में लिटा आई हूँ। मुझे डर है उसे सर्दी लग गई है, साँस उसे और भी कठिनाई से आने लगी है और खाँसी भी बढ़ गई है। निचली कोठरी में पड़े हुए पुराने लिहाफ से लोगड़[1] ले लो और अँगीठी में कोयले डाल उसकी छाती पर ज़रा लोगड़ से सेंक दो। इनके पेट में गड़बड़ है। मैं इधर इसका कुछ उपचार करती हूँ। कुछ नहीं तो गर्म पानी करके बोतल ही से सेंकती हूँ।"

गोमती ने कहा, "इन्हें बीबी जी कोई हाज़मे की चीज़ दो। हमारे घर तुम्मे की अजवाइन है। मैं उसमें से कुछ लेती आई हूँ, जब तक डॉक्टर आए, उसे ही ज़रा गर्म पानी से इन्हें दे दो।"

बिना किसी तरह की हिचकिचाहट के शान्ति ने मैली-सी पुड़िया में बँधी काली-सी अजवाइन ले ली थी और गोमती अँगीठी में कोयले डाल, नीचे लोगड़ लेने भाग गई थी.... ।

बाहर शाम बढ़ चली थी। वहीं कमरे के अँधेरे में बैठे-बैठे शान्ति की आँखों के आगे चिन्ता और फिक्र के वे सब दिन-रात घूम गए। उसके पति को हैज़ा तो न था

---

1. पुरानी रुई।

किन्तु 'गैस्ट्रो ऐण्टिराइटिस' तीव्र किस्म का था। डॉक्टर के आने तक शान्ति ने गोमती के कहने पर उन्हें तुम्मे की अजवाइन दी थी, प्याज़ भी सुँघाया था और गोमती अँगीठी उठाकर दूसरे कमरे में बच्चे की छाती पर सेंक देने चली गई थी। डॉक्टर के आने पर मालूम हो गया था कि उसे निमोनिया हो गया है और अत्यन्त सावधानी की आवश्यकता है।

शान्ति अपने पति और अपने बच्चे, दोनों की एक वक्त कैसे तीमारदारी करती, उसने विवशता से गोमती की ओर देखा था। पर उसे ओंठ हिलाने की ज़रूरत न पड़ी थी, बच्चे की सेवा-शुश्रूषा का समस्त भार गोमती ने अपने कन्धों पर ले लिया था। शान्ति को मालूम भी न हुआ था कि वह कब घर जाती है, कब घर वालों को खाना खिलाती है, कब खाती है। खिलाती-खाती भी है या नहीं। उसने तो जब देखा, उसे छाया की भाँति बच्चे के पास पाया। कई दिन तक एक ही जून खाकर गोमती ने बच्चे की तीमारदारी की थी।

दोपहर का समय था, उसके पति दुकान पर गए हुए थे। उम्मी को भी अब आराम था और वह उसकी गोदी से लगा सोया पड़ा था और उसके पास ही फर्श पर टाट बिछाए गोमती पुराने ऊन के धागों से स्वेटर बुनना सीख रही थी। इतने दिनों की थकी-हारी उनींदी शान्ति की पलकें धीरे-धीरे बन्द हो रही थीं। वह उन्हें खोलती थी, पर वे फिर बन्द हो-हो जाती थीं। आखिर वैसे ही पड़ी-पड़ी वह सो गई थी। जब वह फिर उठी तो उसने देखा, उम्मी रो रहा है, और गोमती उसे बड़े प्यार से सुरीली आवाज़ में थपक-थपककर लोरी दे रही है। शान्ति ने फिर आँखें बन्द कर लीं। उसने सुना, गोमती बड़े धीमे स्वर से गा रही थी :

आ री कक्को, जा री कक्को, जंगल पक्को बेर
भय्या हाथे ढेला, चिड़ैया उड़े जा!

और फिर :

आ री चिड़ैया! दो पप्पड़ा पकाय जा!
भय्या हाथे ढेला, चिड़ैया उड़े जा!

बच्चा चुप हो गया था। लोरी खत्म करके उसने बच्चे को गले से लगाकर चूम लिया। शान्ति ने अर्ध-निमीलित आँखों से देखा, बच्चे के पीले-ज़र्द हड्डियों-से मुख पर गोमती का काला स्वस्थ मुख झुका हुआ है। सुख के आँसू उसकी आँखों में उमड़ आए। उसने उठकर गोमती के बच्चे को ले लिया था और जब वह फिर टाट पर बैठने लगी थी तो दूसरे हाथ से शान्ति ने उसका हाथ पकड़, चारपाई पर बिठाते हुए उसे अपने बाज़ू से बाँध लिया था और कहा था—"आज से तुम मेरी बहन हुई गोमती!"

आँखें बन्द किए शान्ति इन्हीं स्मृतियों में गुम थी, उसकी आँखों से चुपचाप आँसू

बह रहे थे कि अचानक उसके पति अन्दर दाखिल हुए। किसी ज़माने में लाण्डरी चलाने वाले और समय पड़ने पर, स्वयं अपने हाथ से इस्त्री गर्म करके कपड़ों को प्रेस करने में हिचकिचाहट न महसूस करने वाले लाला दीनदयाल और लाहौर की प्रसिद्ध फर्म 'दीनदयाल एण्ड सन्ज़' के मालिक प्रख्यात शेयर ब्रोकर राय साहब लाला दीनदयाल में महान अंतर था। इस दस वर्ष के अर्से में उनके बाल यद्यपि पक गए थे, किन्तु शरीर कहीं अधिक स्थूल हो गया था। ढीले-ढाले और प्रायः मैले कपड़ों के बंदले अब उन्होंने अत्यन्त बढ़िया किस्म का रेशमी सूट पहन रखा था और पाँवों में श्वेत रेशमी मोज़े तथा काले हल्के सैण्डल पहने हुए थे।

शान्ति ने झट रूमाल से आँखें पोंछ लीं।

बिजली का बटन दबाते हुए उन्होंने कहा, "यह अँधेरे में क्या पड़ी हो, उठो बाग में घूमो-फिरो!" और फिर बोले, "इन्द्रानी का फोन आया था कि बहन यदि चाहें तो आज सिनेमा देखा जाए।"

बहन—दिल ही दिल में विषाद से शान्ति मुस्कराई और उसके सामने एक और काली-कलूटी-सी लड़की का चित्र खिंच गया जिसे कभी उसने बहन कहा था। किन्तु प्रकट उसने सिर्फ इतना कहा, "मेरी तबीयत ठीक नहीं!"

मुँह फुलाए हुए लाला दीनदयाल बाहर चले गए।

बात यह थी कि आज दोपहर जब वे ब्रिज खेल रहे थे, तब नौकर ने आकर खबर दी थी कि महीलाल स्ट्रीट के पुजारी की लड़की गोमती आई है। तब खेल को बीच ही में छोड़कर, और भूलकर कि उसके पार्टनर राय साहब लाला बिहारीलाल हैं, वह भाग गई थी और उसने गोमती को अपनी भुजाओं में भींच लिया था और फिर वह उसे अपने कमरे में ले गई थी। तब दोनों बहुत देर तक अपने दुःख-सुख की बातें करती रही थीं। शान्ति ने जाना था, किस प्रकार गोमती का पति काम करने लगा, उसे ले गया और चार बच्चों की माँ बना दिया और गोमती ने उम्मी का और दूसरे बच्चों का हाल पूछा था। लाला दीनदयाल इस बीच में कई बार बुलाने आए थे, पर वह न गई थी और जब दूसरे दिन आने का वादा लेकर उसने गोमती को विदा किया था तो उसके पति ने कहा था, "तुम्हें शर्म नहीं आती, उस उजड्ड और गँवार औरत को लेकर तुम बैठी रहीं, तुम्हें मेरी इज्जत का भी खयाल नहीं। उसे बगल में लिए उन सबके सामने से गुज़र गईं! राय साहब और उनकी पत्नी हँसने लगे और आखिर प्रतीक्षा करके चले गए..."

आँखों को फिर एक बार पोंछ, तनिक स्वस्थ होकर, शान्ति मेज़ के पास आई और कुर्सी पर बैठ, पैड अपनी ओर खिसका, कलम उठाकर उसने लिखा :

बहन गोमती,

तुम्हारी बहन अब बड़ी बन गई है। बड़े आदमी की बीवी है। बड़े

आदमियों की बीवियाँ अब उसकी बहनें हैं। पिंजरे में बन्द पक्षी को कब आज्ञा होती है कि स्वच्छन्द, स्वतन्त्र विहार करने वाले अपने हमजोलियों से मिले ? मैंने तुम्हें कल फिर आने के लिए कहा था, पर अब तुम कल न आना। अपनी इस बन्दिनी बहन को भूलने का प्रयास करना।

—शान्ति

इस बार उसने एक पंक्ति भी नहीं काटी और न कागज़ ही फाड़ा। हाँ, एक बार लिखते-लिखते फिर आँखें भर आने से जो एक-दो आँसुओं की बूँदें पत्र पर अनायास ही गिर पड़ी थीं, उन्हें उसने ब्लाटिंग पेपर से सुखा दिया। फिर पत्र को लिफाफे में बन्द करके उसने नौकर को आवाज़ दी और उसके हाथ में लिफाफा देकर कहा कि महीलाल स्ट्रीट में पूरबियों के मन्दिर के पुजारी की लड़की गोमती को दे आए। और फिर समझाते हुए कहा, "गोमती, कुछ ही दिन हुए अपनी ससुराल से आई है।"

पत्र लेकर नौकर चला ही था कि शांन्ति ने उसे फिर आवाज़ दी और पत्र उसके हाथ से लेकर फाड़ डाला। फिर धीरे से उसने कहा, "तुम गोमती से कहना कि बीबी अचानक आज मैके जा रही हैं और दो महीने तक वापस न लौटेंगी।"

यह कहकर वह फिर खिड़की में जा खड़ी हुई और अस्त हो जाने वाले सूरज के स्थान पर ऊपर की ओर बढ़ते हुए अँधेरे को देखने लगी।

काले साहब

डी० एम० की कोठी से बाहर निकलकर श्रीवास्तव ने रिस्ट-वाच की ओर देखा। आठ बजे थे। उसके पास पूरा एक घण्टा था। चपरासी ने डी० एम० के नौ बजे वापस आने की बात कही थी। तो क्यों न वह गजानन को इलाहाबाद में अपने शुभागमन का सुसमाचार दे आए। 'एक पंथ दो काज' में उसका सदा विश्वास रहा था, बल्कि यदि किसी पंथ में दो के बदले चार काज हों तो वह उन सब को एक साथ निबटाने से कभी न चूकता था। यही कारण था कि छः-सात वर्ष पहले के पचास-साठ रुपए मासिक पाने वाले पत्रकार से उन्नति कर वह इस थोड़े से अर्से में डिप्टी कलेक्टर हो गया था। न केवल यह, बल्कि डिप्टी कलेक्टर होने के बाद इसी चुस्ती और चालाकी के बल पर वह सूने और बीहड़ ज़िलों को फलाँगता हुआ इलाहाबाद आ नियुक्त हुआ था, आज ही प्रातः इलाहाबाद में उसका पदार्पण हुआ था और आज ही वह अपने अफसर के यहाँ हाज़िरी देने जा पहुँचा था। पर डी० एम० लखनऊ से दौरे पर आने वाले एक मन्त्री के यहाँ हाज़िरी देने जा गए हुए थे, इसलिए एक घण्टा श्रीवास्तव के पास खाली था। गजानन उसका बचपन का मित्र था। एलनगंज में रहता था। यूनीवर्सिटी में लेक्चरर था। अभी वह घर ही पर होगा, यह सोचकर श्रीवास्तव ने इस खाली समय में उसी के यहाँ हो आने का फैसला किया। कचहरी के पास से गुज़र, वह सड़क पर आ खड़ा हुआ—एक दिन वह इसी कचहरी का बड़ा हाकिम बनेगा, यह ध्यान आते ही गर्व से उसकी एड़ियाँ तनिक उठ गईं, उसके हाथ बुश्शर्ट के अकड़े कालरों पर होते हुए दामन पर आकर रुक गए और पंजों पर एक-दो बार ज़ोर देते हुए उसने आगे-पीछे से बुश्शर्ट को ठीक किया। तभी उसने देखा कि सामने बारहदरी के पास दो रिक्शा वाले जैसे उसी को लेकर कुछ बहस करते हुए चले आ रहे हैं।

"रिक्श्या!"

उसने साहबी स्वर से गले में शब्द को तनिक उमेठते हुए आवाज़ दी।

"जी हुज़ूर!"

और दोनों रिक्शा उसके सामने आ खड़े हुए।

"क्यों भई, घण्टे के हिसाब से चलोगे?"

"कहाँ जाएँगे?" पहले रिक्शा वाले ने पूछा।

"कहीं भी जाएँ!"

"क्या घण्टा मिलेगा?"

"जो भी रेट होगा!"

"रुपया घण्टा लेंगे !"

"दस आने मिलेगा !"

"अजी आइए हुज़ूर, आप इधर आइए !" दूसरे रिक्शा वाले ने बड़े लटकते हुए लखनवी ढंग से हाँक लगाई।"

"हाँ-हाँ, तुम ले आओ।"

और दूसरे रिक्शा के बराबर आते ही श्रीवास्तव उचककर उसमें बैठ गया। बुश्शर्ट को दोनों ओर दामन से ज़रा खींचकर उसने ठीक किया और पतलून को तनिक ऊपर उठा लिया कि उसकी क्रीज़ खराब न हो जाय। वह पीछे की ओर पीठ लगाकर आराम से नहीं बैठा। बुश्शर्ट के मसले जाने का उसे भय था, और डी० एम० से मिलने तक वह इसी प्रकार लक-दक बने रहना चाहता था। रिक्शा पर वह इस प्रकार अकड़ा बैठा था जैसे डी० एम० से हाथ मिलाकर अभी-अभी कुर्सी पर बैठा हो। सीधा, अकड़ा और चाक-चौबन्द !

रिक्शावाला खाकी सूट पहने था। सूट बहुत मैला भी न था। शक्ल से भी वह साधारण रिक्शावाला मालूम न होता था। इलाहाबाद के रिक्शावालों में देहातियों का बाहुल्य रहता है। फसल का मौसम न हो और काम से छुट्टी हो तो निकटवर्ती गाँव के देहाती अपने लम्बे-तगड़े शरीर पर खादी की बण्डी और कमर में अँगोछा बाँधे, मुर्री में एक जून का राशन लिए इलाहाबाद की ओर चल पड़ते हैं। संध्या को पहुँचते हैं, रात के लिए रिक्शा लेते हैं और सवारी से किराया लेकर ही दूसरे जून के सत्तू खरीदते हैं। इन्हीं रिक्शावाले देहातियों की सुविधा के लिए बहुत-से पनवाड़ियों ने पान, बीड़ी, सिगरेट के साथ सत्तू के थाल भी सजा रखे हैं, जिनके पिरामिडों में हरी मिर्च खुसी अजब बहार देती हैं। ये देहाती रिक्शावाले, रिक्शा चलाते-चलाते जब ज़रा समय पाते हैं तो सेर-आध सेर सत्तू ले, उन्हीं की थाली में गूँध लौंदा-सा बनाकर हाथ पर रख लेते हैं और मिर्चों की सहायता से निगलकर पास के किसी नल से दो घूँट पानी पी लेते हैं।

कहते हैं कि गीदड़ की मौत आती है तो वह नगर की ओर भागता है। उस गीदड़ और इन देहातियों में कोई विशेष अंतर नहीं। दिन-दिन-भर और कई बार दिन और रात भर रिक्शा चलाकर जहाँ वे साल-साल-भर का लगान कमाकर ले जाते हैं, वहाँ फेफड़ों को भी खोखला कर जाते हैं।

दूसरे रिक्शावाले, इलाहाबाद ही के ऐसे नागरिक मज़दूर हैं जो द्वितीय महायुद्ध के बाद बेकार हो गए हैं। रिक्शा चलाते-चलाते उनकी पसलियाँ निकल आई हैं। यक्ष्मा उनकी आँखों में झाँकता है तो भी वे महँगाई के इस ज़माने में बाल-बच्चों का पेट भरने के लिए रिक्शा खींचने को विवश हैं।

श्रीवास्तव प्रयाग का ही निवासी था। वह इन दोनों तरह के रिक्शावालों से भली-भाँति परिचित था। किन्तु उसका यह रिक्शावाला उसे इन दोनों में से न दिखाई दिया। इधर रिक्शावालों की एक तीसरी श्रेणी भी दिखाई देने लगी है। रोनाल्ड

कोलमैन की तरह बारीक-सी तलवार काट मूँछ बनाए, फौजी पैण्ट या बुश्शर्ट या केवल टोपी पहने, युद्ध से छुट्टी पाए बेकार फौजी रिक्शा चलाने लगे हैं। रिक्शा चलाते समय उनके सिर का तिरछापन, साइकिल की गद्दी पर बैठे हुए उनकी कमर की अकड़ और पैडल घुमाते हुए बाहर की ओर घुटनों का फैलाव, पहली ही दृष्टि में उनके फौजी होने का पता दे देता है। ओंठों के दाएँ अथवा बाएँ कोने में बीड़ी दबाए, तीसरे महायुद्ध के स्वप्न देखते, मिस्र, ईरान, इटली, जर्मनी, वहाँ की आज़ाद फिज़ा और गोरी-गोरी तनवंगियों के ख्वाब लेते, वे दनदनाते हुए रिक्शा चलाए जाते हैं। आज़ादी ने उन्हें गिड़गिड़ाना भुलाकर स्वाभिमान से सिर उठाना सिखा दिया है। अधिकांश क्योंकि अर्द्ध-शिक्षित हैं, इसलिए स्वाभिमान की सीमाएँ कहाँ अक्खड़पन से मिल जाती हैं, यह नहीं जानते। मोल-भाव अधिक नहीं करते और सवारी को ऐसी दृष्टि से देखते हैं मानो वह लूट-मार में पकड़े हुए शत्रु-नागरिकों में से कोई हो।

परन्तु यह रिक्शावाला यद्यपि सैनिक वर्दी पहने था, पर उसमें वह सैनिकों की-सी अकड़ न थी। मुख पर भी उसके अन्य फौजियों की भाँति सूखे हुए आटे का-सा तनाव न था, बल्कि गुँधी हुई लोई की-सी नर्मी और लचक थी।

"क्यों भाई क्या तुम सेना में काम करते थे?" श्रीवास्तव ने अकड़े बैठे-बैठे उकताकर, शरीर को तनिक-सा ढीला छोड़ते हुए कहा।

रिक्शावाले ने रिक्शा चलाते-चलाते तनिक पीछे की ओर देखा :

"नहीं साब, सेना में हम क्या काम करते!" और यह कहते हुए उसके ओंठों पर व्यंग्य और उपेक्षा-भरी मुस्कान दौड़ गई, जिसमें हल्के-से दर्द की रेखा भी श्रीवास्तव की आँखों से छिपी न रही। वह मुस्कान मानो कह रही थी कि सेना की नौकरी जैसा निकृष्ट काम हम क्या करते।

"तो क्या रिक्शाएँ चलाते हो?" श्रीवास्तव का मतलब था कि चार-छः रिक्शा रखकर क्या उनकी आमदनी खाते हो?

रिक्शावाला हँसा। "अजी साब कहाँ? यहाँ तो यह रिक्शा भी अपना नहीं। किराए पर लेकर चलाते हैं।"

श्रीवास्तव को उसके स्वर में सभ्यता की यथेष्ट मात्रा लगी। उससे उसे सहानुभूति हो आई। "तो ऐसा जान-मारू काम तुम काहे को करते हो?" उसने कहा, "रिक्शा चलाने से तो फेफड़ों पर बड़ा ज़ोर पड़ता है। दिन-रात हल और फावड़ा चलाने वाले देहाती तो खींच सकते हैं इन्हें, तुम्हारे ऐसे शहरियों के बस का यह काम नहीं।"

"जी, हम क्या अपनी इच्छा से चलाते हैं। बीवी है, तीन-चार बच्चे हैं, माँ है, दो विधवा बहनें हैं। इतने बड़े कुटुम्ब का खर्च अकेले हमीं पर है।"

"तुम कोई और काम क्यों नहीं कर लेते?"

"हमको दूसरा कोई काम आता नहीं साब!"

"तो क्या तुम सदा से रिक्शा चलाते हो?"

"जी नहीं साब, जब से देस को आज़ादी मिली है।" रिक्शावाले ने रिक्शा चलाते-चलाते दाएँ हाथ से माथा ठोंका और बोला, "अंग्रेज़ यहाँ से गए, काले साब उनकी जगह आए कि हमारी किस्मत फूटी। देसी साहबों को न हमारे काम की समझ, न परख। न हम उनके काम के, न वो हमारे। हमने तो अर्ज़ी दी थी कि हमको कोई दूसरा काम नहीं आता, हमको उन्हीं के साथ विलायत भेज दीजिए, पर किसी ने हमारी सुनी नहीं।"

"तो क्या करते थे तुम?"

"हम कमिश्नर 'डक' के यहाँ काम करते थे। पचास रुपया महीना पाते थे, रहने के लिए दो कमरे थे, कपड़े साब देते थे। माफ कीजिएगा...." और रिक्शावाला बात करते-करते संकोच से तनिक रुका।

"नहीं नहीं, कहो।" श्रीवास्तव ने फिर अकड़कर बैठते हुए कहा।

"यह जो बुश्शर्ट आपने पहन रखी है," रिक्शावाले ने पीछे को मुड़कर बड़े अदब से कहा, "ऐसी तो साब के यहाँ हम पहना करते थे।"

श्रीवास्तव फिर ढीला होकर बैठ गया। पीठ भी उसकी पीछे लग गई। और के मसले जाने का भी उसे ध्यान न रहा।

"अंग्रेज़ों के राज में जो मौज ली, वह अब कहाँ!" रिक्शावाला कहता गया। "दिन-त्यौहार पर इनाम मिलते थे। हमारे ही नहीं, बीवी-बच्चों तक के कपड़े बन जाते थे। अब बताइए, इतना हम कहाँ पाएँ? कैसे बीवी-बच्चों का खर्च चलाएँ? विवश रिक्शा चलाते हैं, खून सुखाते हैं। किसी दिन इसी तरह टरक जाएँगे।"

"पर आखिर बात क्या है, तुम किसी देसी साहब के यहाँ काम क्यों नहीं करते? कमिश्नर की जगह कमिश्नर है और कलक्टर की जगह कलक्टर।"

रिक्शावाले ने रिक्शा चलाते-चलाते फिर पीछे की ओर तनिक देखा, "देसी साब हमें क्या खाकर रखेंगे!" वह बोला और उसके ओंठों पर वही विद्रूप-भरी मुस्कान फैल गई।

"क्या करते थे तुम कमिश्नर डक के यहाँ?" श्रीवास्तव ने उत्सुकता मिली झल्लाहट से पूछा, "कुक थे?"

"जी नहीं, खानसामागीरी हमसे नहीं होती।"

"तो क्या करते थे, बैरा थे?"

"जी हाँ, बैरा थे!"

श्रीवास्तब फिर अकड़कर बैठ गया, "तो इसमें क्या बात है। तुम दूसरी जगह नौकरी कर सकते हो। हमारे यहाँ एक बैरा है।"

"जी नहीं, वैसे बैरा हम नहीं थे। हम खाना-वाना लाने का काम नहीं करते थे। हम साब के कपड़े देखते थे।"

"हाँ, हाँ, कपड़े-अपड़े देखते होगे, बूट-ऊट साफ करते होंगे।"

"जी नहीं, बूट तो भंगी साफ करता था। हम सिर्फ कपड़े देखते थे।"

"क्या देखते थे कपड़ों का सारा दिन?"

"अब साब, आपसे क्या बताएँ, आप समझेंगे नहीं।" रिक्शावाले ने ज़रा-सा मुड़कर मुस्कराते हुए कहा,"अंग्रेज़ लोगों की बड़ी बातें थीं। एक वक्त एक सूट पहनते थे। रात का अलग, दफ्तर का अलग, दिन के आराम का अलग, सैर-सपाटे का अलग, फिर डिनर सूट, गोल्फ सूट, पोलो सूट, डांस सूट, शिकार सूट। उनको ठीक जगह पर रखना, धोबी को देना, लेना, साब को पहनाना, यही काम हमारा था। देसी साब क्या समझें और परखें हमारा काम? दिन-रात, महीनों-बरसों एक ही सूट घिसाए जाते हैं। यही साब, जिनकी लाल कोठी के पास से होकर अभी हम निकले हैं, बड़े भारी अफसर हैं, पर कभी-कभी ऐसा सूट पहनते हैं, जो लगता है, कॉलेज के दिनों का सँभाले हुए हैं। जहाँ दफ्तर लगाते हैं, वहाँ बाथ-रूम था। शनि की रात को क्या-क्या रौनकें होती थीं। और बगीचा देखा आपने, उसकी क्या दुर्गति हुई है? कभी अंग्रेज़ साब के ज़माने में उसकी बहार देखते? वही बगीचा क्या, यह सारी सिविल लाइंज़ पड़ी अंग्रेज़ साहबों के नाम को रो रही हैं। इतने बड़े-बड़े बँगले, इतने बड़े-बड़े बगीचे, राँड के सिर की तरह मुँडे दिखाई देते हैं।"

श्रीवास्तव को उस रिक्शावाले की उपेक्षा और भारतीय रहन-सहन के प्रति उसका दुर्भाव बहुत बुरा लगा। यद्यपि वह स्वयं साहबी ठाठ-बाट से रहना पसन्द करता था, परन्तु उस समय उसे अंग्रेज़ी संस्कृति से सम्बन्ध रखने वाली प्रत्येक वस्तु के प्रति क्रोध हो आया। उस 'अज्ञ' को तनिक-सा 'विज्ञ' बनाने के विचार से उसने कहा, "उनके और अपने खान-पान, वेश-भूषा, रहन-सहन में बड़ा अंतर है। वे लोग मांस-मछली खाना, शराब पीना बुरा नहीं समझते। गाय और सुअर का मांस खाते हैं। हमारे यहाँ उसको छूना भी पाप है, उनकी औरतें नाचती हैं, हमारे यहाँ..."

"कुछ नहीं साब," रिक्शावाले ने उसकी बात काटकर और रिक्शा के पैडल पर अपने जोश में और भी ज़ोर देते हुए कहा, "हम लोगों का देस गुलामों का देस है! घोंघे की तरह हम अपने आप में बन्द होकर रह गए हैं। गरीब होने से हमने गरीबी को स्वर्ग बना दिया है। धनी होने पर भी हम आदत से गरीब बने रहते हैं। रुपया बैंकों में जमा रखते हैं और दाल-रोटी पर सबर करते हैं। हमको हमारा साब बताता था कि भारत जब आज़ाद था, जब आर्या (आर्य) लोग इस देस में आए थे तो वे भी खूब खाते-पीते, नाचते-गाते और मौज मनाते थे। न यह पर्दा था, न खान-पान के यह बन्धन थे। हमको हमारा साब बताता था कि धन का लाभ उस खर्च करने में है, बैंक में जमा करने में नहीं। रुपया खर्च होता है तो देस के कारीगर, मज़दूर, दुकानदार सब काम पाते हैं, नहीं तो बेकारी बढ़ती है। साब साल-के-साल फर्नीचर और दरवाज़ों-खिड़कियों पर रोगन कराते थे। छः महीने में वाइट-वाश कराते थे। दो माली, दो बैरे, खानसामा, धोबी, भंगी उनके यहाँ नौकर थे। फिर उनके दम से डबल रोटी वाले, अण्डे वाले, कुर्सी-मेज़ वाले और न

जाने कौन-कौन रोज़ी पाते थे...."

श्रीवास्तव के हृदय में ज्वाला-सी लपकी। उसका जी चाहा कि वहीं उठकर उस 'साहब के कुत्ते' की गुद्दी पर ज़ोर का एक घूँसा दे, लेकिन रिक्शा काफी तेज़ चला जा रहा था। तब उसने अपना क्रोध अपने परवर्ती गोरे अफसरों पर निकाला।

"उन सालों का क्या है ? जनता को लूटते और मौज उड़ाते थे।"

"जनता को ये क्या कम लूटते हैं ?" रिक्शावाले ने पलटकर बड़ी मिसकीन व्यंग्यमयी हँसी के साथ कहा, "छोटे से लेकर बड़े अफसर तक सब खाते हैं। वहाँ तो बड़े अफसर कुछ संकोच भी करते थे। यहाँ तो आपाधापी मची है। बस लेना जानते हैं, देना नहीं जानते। अंग्रेज़ लेता था तो दस आदमियों का पेट पालता था। ये खाते हैं तो जमा करते हैं। खाएँ-उड़ाएँ भी क्या, आदत भी हो। वही धोती-कुर्ता पहने बाहर-भीतर सब जगह बने रहते हैं। पन्द्रहवें-बीसवें, महीने-दो महीने पर हजामत बनवाते हैं। नाई, धोबी, बैरा, खानसामा क्या पाएँगे इनसे ?"

श्रीवास्तव मन ही मन उमठ-सा गया। पर चुप बना रहा कि क्या उस कमीने के मुँह लगे।

"दूर क्यों जाइए," रिक्शावाला अपनी रौ में कहता गया, "रिक्शा-ताँगे वालों को ही ले लीजिए। बड़ा से बड़ा सेठ रिक्शा करेगा तो मोल-भाव करना न भूलेगा। यहीं एलनगंज में एक ऑनरेरी मजिस्ट्रेट रहते हैं, बड़े आदमी हैं। चौक में उनका एक प्रेस भी चलता है। सदा यहाँ अड्डे पर आ खड़े होते हैं और चाहते हैं कि एक ही सवारी के पैसे देने पड़ें। दूसरी सवारी न हो तो आध-आध घण्टे खड़े रहते हैं। अंग्रेज़ मामूली फौजी भी हो तो कभी मोल-भाव न करता था। फिर जेब में रुपया हुआ तो रुपया दे दिया और दो हुए तो दो दे दिए। एक बार हमारे साब की मोटर बिगड़ गई थी। यहीं एलनगंज से कचहरी जाने में पाँच रुपए का नोट उन्होंने रिक्शावाले को दे दिया था।"

गजानन का घर आ गया था। श्रीवास्तव उचककर उठा। परन्तु वहाँ जाकर मालूम हुआ कि वह है नहीं। अपना कार्ड छोड़ श्रीवास्तव मुड़ा और रिक्शावाले से उसने कहा कि जल्दी से चले। कचहरी के सामने उतरते वक्त श्रीवास्तव ने घड़ी देखी। एक घण्टा दस मिनट हुए थे।

दूसरा वक्त होता तो वह दस आने घण्टे के हिसाब से बारह आने से अधिक न देता, पर इस रिक्शावाले को बारह आने देने में उसे हिचकिचाहट हुई। साहबों की कब्र पर लात मारते हुए उसने कहा :

"एक घण्टे से कुछ ही मिनट ऊपर हुए हैं। दो घण्टे भी लगाएँ तो एक रुपया चार आने होते हैं, पर यह लो दो रुपए। चौदह आने हमारी ओर से बख्शीश समझ लो।"

रिक्शावाले ने लगभग फौजी ढंग से सलाम किया और श्रीवास्तव गर्व से एड़ियों को तनिक और उठाता हुआ डी० एम० की कोठी की ओर चला।

"क्यों क्या मिला ?"

पहले रिक्शा वाले ने, जो अभी तक अड्डे पर खड़ा था, ज़ोर से पूछा।

"दो रुपए !"

"दो रुपए-ए !"

"हाँ दो रुपए ! किसी देसी अफसर से मैंने कभी कम लिया जो इससे लेता। साले इन काले साहबों से निबटना मैं ही जानता हूँ।"

अन्तिम वाक्य की भनक श्रीवास्तव के कानों में पड़ गई। उसकी उठी हुई एड़ियाँ बैठ गईं। शरीर का तनाव और चाल की अकड़ कम हो गई और वह साधारण आदमियों की तरह चलता डी० एम० के बँगले में दाखिल हुआ।

अजगर

रोज़ की तरह वह सवेरे बड़े नार्मल ढंग से उठता है। आँखें खुलने के बाद चारपाई पर देर तक पड़ा लेटा रहता है। गत साँझ के आँधी-पानी के कारण सुबह बड़ी प्यारी हवा रमक रही है। बँगले के बाहर, सड़क के उस पार, पीपल का एक बृहदाकार पेड़ सारे आकाश को ढके है। उसके पीछे दूधिया सवेरा उग रहा है और उसके निर्मल प्रकाश में पेड़ का एक-एक पत्ता काँपता दिखाई देता है। सेमल की रुई का तकिया दोहराकर वह सिर के नीचे रख लेता है और अलस भाव से एकटक पीपल के पत्तों को काँपते देखता है। वह दो-एक बार अलग-अलग दिखाई देने वाले पत्तों को गिनने का भी प्रयास करता है। फिर यह काम असम्भव और मूर्खतापूर्ण जान, मन ही मन हँसकर छोड़ देता है।

तभी अखबार वाला उस दिन का अखबार फेंक जाता है। वह उठकर अखबार पढ़ने लगता है। और जैसा कि इधर, सहयोगी संस्थान के अन्तर्गत साप्ताहिक निकालने की बात चलने के बाद, वह करने लगा है, मन ही मन प्रधानमंत्री से लेकर नगरपालिका के मुख्यधिकारी तक सबकी आलोचना करता है। चौथे पृष्ठ पर अग्रलेख के साथ छपने वाले विशेष लेखों में भाषा और भावों की गलतियाँ निकालता है और अखबार के मालिकों पर तरस खाता है, जिन्हें मालूम नहीं कि इतना शक्ति-सम्पन्न पत्रकार इसी नगर में है और वे उसकी सेवाओं का कोई उपयोग नहीं कर रहे—फिर चूँकि कल्पना करना इधर वर्षों से उसकी आदत हो गई है, जब जैसी धुन हो वह कल्पना करने लगता है—कभी महान् कवि बनता है, कभी कथाकार और कभी सम्पादक—इसलिए अखबार पढ़ना छोड़कर वह कल्पना करने लगता है कि उसे पत्र का सम्पादन सौंप दिया गया है और मन ही मन वह उन परिवर्तनों की रूपरेखा बनाता है जो अन्य पत्रों की तुलना में वह अपने पत्र में करने वाला है—लेख-मालाओं के शीर्षक और उपयुक्त लेखों की सूचियाँ वह बना डालता है।····

उसे पता नहीं चलता कब उसकी पाँच बरस की बच्ची चुपचाप उठकर दबे पाँव आती है और उसकी पीठ पर चढ़कर झूलने लगती है। वह उसी अलस भाव से काफी देर तक उसे झुलाता रहता है। उसकी तुतली बातें सुनता रहता है। फिर वह उसे कंधे पर उठाए आँगन में लाता है और वहाँ उतारकर नित्य कर्म से निबटने चला जाता है।····थर्मस में एक डली बर्फ पड़ी है। भाभी रोज़ की तरह उसके लिए मठे का बड़ा गिलास बनाती है—बिलकुल बाज़ार के हलवाई की तरह—और उसकी मलाई पर केवड़ा छिड़क देती है। नित्य कर्म से निबट वह मट्ठे का गिलास पीता है और तृप्त होकर डकार लेता है। फिर भाभी के बने हुए पान तश्तरी से उठा, उनकी गिलौरियाँ बनाकर

मुँह में रख लेता है। तभी मुन्नी को तैयार करती हुई उसकी पत्नी कहती है, "मुझे आशा है, प्रिंसिपल मेरा आवेदन स्वीकार कर लेंगी।"—वह बिना उसकी बात पर ध्यान दिए बाहर जाकर पान के पहले रस को थूकता है और उसी अलस भाव से अपने कमरे में आकर तख्त पर पसर जाता है।

वहीं लेटे-लेटे, पान का रस मज़े से पपोलते हुए वह मुन्नी को कान्वेंट जाते देखता है। अपनी पत्नी को कॉलेज जाते देखता है। भाई साहब को दफ्तर जाते देखता है। फिर मट्ठे की गनोदगी और दिन की उमस के कारण वह आँख बन्द कर लेता है।—अनायास पत्नी की बात उसके दिमाग में कौंधती है। उसने आवेदन-पत्र दे रखा है कि यदि उसे होस्टल में निवास की सुविधा दी जाए तो वह ऑनरेरी वार्डनर की ड्यूटी भी देगी। उसे आशा है कि उसकी प्रार्थना स्वीकार कर ली जाएगी।—हमेशा की तरह जब उसके पास करने को कुछ नहीं रहता और उसकी पत्नी घर छोड़ देने का संकेत करती है, उसके सामने शुरू के जीवन की झाँकियाँ आने लगती हैं। इधर कुछ ज़्यादा ही आने लगी हैं, क्योंकि उसकी पत्नी ने नौकरी कर लेने के बाद न केवल कुछ अधिक रंग निकाल लिया है वरन् वह घर छोड़ देने पर भी कुछ ज़्यादा ही ज़ोर देने लगी है।

अजीब बात है कि वह उसे अच्छी लगने लगी है। अभी वह उसके सामने से होकर कॉलेज गई है तो रोज़ की तरह वह उसे क्षण-भर देखता रह गया है—गेहुआँ चेहरा, किंचित् मोटी नाक, ऊपर की दंत-पंक्ति ज़रा आगे को निकली हुई, सामने के दाँतों के बीच संध और मोटे होंठ—सब कुछ वही है, सुहागरात में जिसे देखकर उसे सोलह वर्ष पहले घोर वितृष्णा हुई थी और वह गाँव से भाग आया था और कौवे की चोंच में आ फँसने वाले निरीह केंचुए की तरह भाई साहब के चंगुल में फँस गया था···उसके सामने सोलह वर्ष पहले का अपना रूप आ जाता है। पतला-छरहरा, गोरा-चिट्टा, अत्यन्त सुन्दर और सुकुमार—चौड़ा माथा, तीखी सुतवाँ नाक, नुकीला चेहरा, नाज़ुक हाथ-पाँव—जाने यूनिवर्सिटी की कितनी लड़कियाँ, लड़कियाँ ही नहीं लड़के भी उस पर मरते हैं। कभी जब वह अपनी लोच-भरी आवाज़ में 'हिरनियाँ' का गीत गाता है तो (उसके एक मित्र ने ऐसा स्वीकार किया है।) सुनने वालों के दिल धड़क उठते हैं।···इसी लोकगीत के कारण भाई साहब से उसका परिचय होता है।···उसकी आँखों में वह दृश्य ऐसे आ जाता है जैसे कल घटा हो—वह गाँव से भाग आया है। विश्वविद्यालय में उसने रिसर्च में नाम लिखा लिया है। होस्टल में एक मित्र के साथ टिका है। खर्च चलाने को वह रेडियो स्टेशन पर आडीशन देने आया है। स्टूडियो नम्बर 3 में माइक के आगे बैठा वही यही गाना गा रहा है। भाई साहब एक वार्ता देने आए हैं। वे वार्ता-कक्ष के शीशों से लगातार उसे देखते रहते हैं। दो-एक बार उसकी निगाहें उनसे मिलती हैं। वे अपनी वार्ता रिकार्ड कराके उसी स्टूडियो में आ जाते हैं। उसका गाना सुनते हैं। गीत के दर्द से अभिभूत हो अपनी आँखें पोंछते हुए उसकी पीठ ठोंकते हैं। उसे साथ ले जाकर स्टेशन डायरेक्टर से मिलवाते हैं। वे उससे उसका अता-पता पूछते हैं। फिर

उसके शौक-वौक के बारे में प्रश्न करते हैं। वह बताता है कि काव्य और कथा-लेखन में उसकी समान रुचि है। पर अभी वह रिसर्च करेगा। डिग्री लेकर कहीं अध्यापक हो जाएगा और तब ज़िन्दगी को साहित्य-साधना में लगाएगा। इस वक्त तो खर्च चलाने को उसे काम की तलाश है।...वे उसे अपने पत्र के लिए लेख लिखने को कहते हैं और सलाह देते हैं कि जब तक उसे कमरा नहीं मिलता, वह उनके बँगले में आ जाए। उनके कोई बच्चा नहीं। मियाँ-बीवी दो प्राणी हैं। वे एक कमरा उसे दे देंगे। खाने-पीने की उसे कठिनाई नहीं होगी।...और दूसरे दिन वे होस्टल से उसका सामान लदवाकर उसे अपने यहाँ ले आते हैं। वह उनकी पत्नी को देखता है। वह उनसे उम्र में पन्द्रह वर्ष छोटी है। ठिगनी, गोरी, गदराई और सुबक। वह उसे अपनी समवयस्क लगती है। 'यह इस खूसट को कहाँ से मिल गई?' वह मन ही मन सोचता है। लेकिन प्रकट वह उसे दोनों हाथ जोड़कर 'नमस्कार' करता है। भाई साहब उसे 'बचवा' के लिए चाय बनाने को कहते हैं और उसे उसका कमरा दिखाते हैं। तख्त पर उसका बिस्तर बिछवा देते हैं। अलमारी में उसकी किताबें लगवा देते हैं। तख्ती और कागज़ एक ओर लगी मेज़ पर सजा देते हैं। सूटकेस अन्दर भिजवा देते हैं। स्वयं आरामकुर्सी पर बैठ जाते हैं। और जैसे उसके मन की बात भाँप कर बताते हैं कि कैसे जब राष्ट्रीय आन्दोलन में भाग लेने और बार-बार स्वराज्य मन्दिर बसाने में उनकी जवानी होम हो गई, तो उन्होंने तय किया था कि अब विवाह नहीं करेंगे। बाकी जीवन देश-सेवा में गुज़ार देंगे। वे चाहते तो मिनिस्टर हो जाते, पर उन्हें स्वतन्त्र रहना प्रिय है, इसलिए उन्होंने पत्र का सम्पादक बनकर अपनी स्वतन्त्रता बरकरार रखी। तभी एक दिन मुख्यमन्त्री ने उन्हें फोन किया। वे गए तो उन्होंने इनका हाथ उनके हाथ में दे दिया। इनके पिता प्रसिद्ध राष्ट्रीय कार्यकर्ता थे। माँ इनकी पहले ही परलोक सिधार गई थीं। सहसा पिता का देहान्त हो गया था। वे मुख्यमन्त्री के मित्र थे। मरते समय वे अपनी इस कन्या और उसके भविष्य को मुख्यमन्त्री के हाथों सौंप गए थे।...वे मुख्यमन्त्री की बात कैसे टालते? इसलिए उन्होंने शादी कर ली। बच्चा नहीं है। इसी का उन्हें खेद है। और यह सब सुनाकर वे आश्वासन देते हैं कि वह आराम से रहे। इस घर को अपना ही समझे...तभी चाय आ जाती है और वे समझाते हैं कि कैसे उसे अपना कार्यक्रम बनाना चाहिए। रिसर्च करने के साथ-साथ न केवल उसे अपना कविता का शौक पूरा करना चाहिए, बल्कि कहानियाँ और नाटक लिखने चाहिए। वे उसे शहर के साहित्यिक हलके में ले जाएँगे, उसकी पुस्तकों के प्रकाशन की व्यवस्था कर देंगे। वे समय से शादी करते तो उनका लड़का उनकी उम्र का होता...और वे लम्बी साँस भरते हैं।...चाय के समय भाभी भी आकर बैठ जाती हैं। उसकी ओर बड़ी सतृष्ण निगाहों से देखती हैं। वे अपनी पत्नी से कहते हैं कि उसे अपना बच्चा ही समझें और उसका खयाल रखें।...वे चले जाते हैं और भाभी बैठी उसके घर-द्वार की बातें पूछती रहती हैं और जाने उसे क्या होता है, वह अपनी सारी ट्रेजिडी उनके सामने रख देता है...

वह करवट बदलता है। एक के बाद एक कई चित्र उसकी बन्द निद्रालस आँखों में आते हैं : भाभी उसे सामने बैठाकर खाना खिला रही हैं। भाभी उसका बिस्तर बिछा रही हैं। भाभी उसके कपड़े धो रही हैं। भाभी स्वयं उसका कमरा साफ कर रही हैं। वह पानी माँगता है तो भाभी स्वयं भागी-भागी पानी का गिलास लाती हैं। रात को बड़े प्यार से उसके बालों पर हाथ फेरते हुए, जगाकर उसे दूध का गिलास पिलाती हैं····वह रिसर्च करना छोड़ देता है—'दादूदयाल और उनका काव्य' यह विषय उसे निहायत बोर लगता है। विश्वविद्यालय के अध्यापक उसे और भी बोर लगते हैं।····वह कविता करने लगता है। भाभी को सुनाता है। वे उसका उत्साह बढ़ाती हैं। भाई साहब उसे शहर के सभी साहित्यकारों से मिलाते हैं। वह गोष्ठियों में जाता है। भाई साहब के पत्र में वह बाकायदा शहर की साहित्यिक गतिविधि पर कालम लिखता है। वे उसकी बड़ी प्रशंसा करते हैं। दो-एक बार स्नेह से उसे अंक में भरकर उसका माथा चूम लेते हैं।····भाभी उसके बिस्तर पर बैठी हैं। उससे अनुरोध करती हैं कि वह लोकगीत सुनाए। "ये कहते हैं, बचवा बहुत बढ़िया गाते हैं। हमको तो एक गाना भी कभी नहीं सुनाया।" वे निहोरा देती हैं। वह नखरा करता है। भाभी उसका हाथ अपने दोनों हाथों में लेकर अनुनय करती हैं। आखिर वह शर्त रखता है कि भाभी सुनाएँगी तो वह भी सुनाएगा। भाभी कहती हैं—"पहले हमने कहा है, इसलिए पहले तुम ही सुनाओ, फिर हम सुना देंगे।" आखिर वह मान जाता है। भाभी की गोद में सिर रखे लेट जाता है और गाना सुनाता है। भाभी अभिभूत होकर उसका माथा चूम लेती हैं—"तुम्हारे कंठ में तो अमृत है, भइये," वे कहती हैं।····उनके होंठों में कुछ ऐसी गर्मी है कि उनका रंग लाल हो जाता है और अंग तन जाते हैं। वह उठकर बैठ जाता है और भाभी से गाना सुनाने का अनुरोध करता है। भाभी एक बड़ा चुलबुला गाना सुनाती हैं :

कैसी चतुर भौजाई रे
मन लागा देवर से
धीरे से खिड़की खोल रे देवर
जाग न जाए तोर भाई रे
मन लागा देवर से

और पूरा गाना गाकर वे ज़ोर से ठहाका मारती हुई उठ खड़ी होती हैं। वह उन्हें बैठने को और एक गाना और सुनाने को कहता है पर वे नहीं बैठतीं। हँसती हुई भाग जाती हैं····

और तभी जब वह बड़े मज़े से दिन गुज़ार रहा होता है और जैसाकि अंग्रेज़ी में कहते हैं—'दुनिया के शिखर पर बैठा होता है' कि वह घटना घटती है जो सदा उसे केंचुआ-सा बना जाती है। हमेशा उसकी गनोदगी दूर कर देती है और जिसे दिमाग से धो देने का प्रयास करने पर भी वह इन चौदह-पन्द्रह वर्षों में धो नहीं सका····वह भाभी के साथ लेटा है और तृप्त हो, उसे अपने अंक में लिपटाए वे उससे सटी हैं। दोनों के कपड़े

अस्तव्यस्त हैं कि सहसा भाई साहब ऊपर से आ जाते हैं। भाभी तत्काल उठती हैं। साड़ी से सिर और बदन ढकती हुई कहती हैं, "भैया की तबीयत ठीक नहीं है" और चली जाती हैं।···क्षण-भर वह हतप्रभ-सा लेटा रहता है। न हिलता है, न डुलता है। लेकिन भाभी की बात सुनते ही वह दीवार की ओर को मुँह कर लेता है, जैसे सचमुच बीमार हो। भाई साहब कुछ क्षण अस्तव्यस्त धोती में झलकते उसके गोरे अंगों को देखते रहते हैं। फिर वे उसकी चारपाई पर अधलेटे हो बैठते हैं। उसके बालों को, उसके शरीर को सहलाते हुए पूछते हैं कि अब कैसी तबीयत है। वह उनसे आँख नहीं मिला पाता। दीवार की ओर को मुँह किए निश्चल लेटा रहता है। वे उसका बदन सहलाने और उसके साथ लेटते हुए न जाने क्या बोले जाते हैं। अपने अंग उसके अंग से घिसाए जाते हैं। उसके जी में आता है, पलटकर उन्हें चारपाई से नीचे गिरा दे। पर अपराध-भाव से एकदम सुन्न हो वह लेटा रहता है—कहीं चप्पल उठाकर दे उसे पीटना शुरू कर दें तो।···और इससे पहले कि वह कुछ और सोचे या करे, वे उसकी गर्दन के पिछले हिस्से को, कानों की लवों के नीचे, चूम लेते हैं, उसे अपनी बाँहों और जाँघों में कस लेते हैं। लेकिन वे देर नहीं लगाते। एक बार उसे ज़ोर से कसकर वे ढीले पड़ जाते हैं···उसे कुछ अजीब-सी चिपचपाहट का एहसास होता है। और उसे पुचकारते हुए वे हट जाते हैं···अनायास वह पलटकर रुआँसा हो जाता है।···

वह उठकर बैठ जाता है। पिछले चौदह-पन्द्रह वर्षों में यद्यपि इस घटना पर काफी धूल-गर्द पड़ गई है, पर जब-जब वह उसे याद आती है, क्षण-भर के लिए उसे लिजलिजा केंचुआ-सा बना जाती है और भाई साहब के विरुद्ध एक दुर्वार क्रोध उसके मन में ज्वाला-सा लपक उठता है।···अगर वह भाभी के साथ उस अस्तव्यस्त स्थिति में न पकड़ लिया गया होता तो क्या वे कभी साहस कर सकते? यद्यपि यूनिवर्सिटी में लड़कों का ख्याल था कि वह पतले से भी ऐसे करवाता रहा है, पर उसने कभी किसी गुण्डे को इस हद तक बढ़ने नहीं दिया था।···उसके सामने फिर वही चित्र आ जाता है—अपने कपड़े ठीक-ठाक करके भाई साहब एकदम उठ खड़े होते हैं। उसके कपड़े ठीक कर देते हैं। उसे प्यार करते और उसकी आँसू पोंछते हुए उससे माफी माँगते हैं। और जेल में अपने लम्बे वर्षों का हवाला देते हुए बड़बड़ाए जाते हैं कि बड़े-बड़े नेताओं में यह कमज़ोरी होती है—सीज़र और एण्टनी जैसे महान योद्धाओं में थी—'आम इन्सानी कमज़ोरी!'···वे गांधी जी के भक्त हैं। अपनी इस कमज़ोरी पर विजय पाएँगे और जो चूक उनसे हो गई है, उसका पश्चात्ताप करेंगे और उस वक्त तक घर नहीं आएँगे, खाना नहीं खाएँगे जब तक वह उन्हें क्षमा नहीं कर देगा।···

और वे चले जाते हैं।

भाई साहब के जाते ही भाभी आती हैं। उससे पूछती हैं कि क्या हुआ, उन्होंने क्या कहा, वे ऐसे क्यों चले गए हैं, वह ऐसे क्यों लेटा है? पर वह होंठ नहीं खोलता। मर्माहत-सा चुप लेटा रहता है।

तब भाभी उसके पास बैठ जाती हैं। उसे तसल्ली देती हैं कि वह डरे नहीं। वे कभी ऐसा-वैसा कदम नहीं उठाएँगे। वे साहस नहीं कर सकते। वे उन्हें छोड़कर चली जाएँगी।....वे तो उन्हें कभी भी छोड़कर चली जातीं, पर मुसीबत के वक्त में उन्होंने हाथ पकड़ा था। वे उन्हें परेशान नहीं करना चाहतीं। लेकिन यदि इस सिलसिले में उन्होंने कुछ भी किया—कुछ भी—तो वे घर छोड़ देंगी, फिर जन्म-भर उसे भीख ही क्यों न माँगनी पड़े।....वह कुछ नहीं कहता। न हाँ करता है न ना। बस चुप बना रहता है।....तब वे सहसा पूछती हैं, 'कुछ छेड़ा-वेड़ा तो नहीं उन्होंने? उन्हें कुछ आदत है—कभी-कभी वे बहक जाते हैं।....' वे उसकी आँखों में झाँकती हैं और उसे तसल्ली देती हैं कि वह घबराए नहीं।....वे उसे कुछ नहीं कहेंगे। कुछ नहीं करेंगे। कुछ करने योग्य वे हैं ही नहीं। वह फिर भी चुप रहता है। केवल अपनी दयनीयता पर उसकी आँखें भर आती हैं। भाभी उसे बाँह में लेकर अंक से लगा लेती हैं और तसल्ली देती हुई बार-बार चूमती हैं। उनका हर चुम्बन पहले से गर्म होने लगता है।

"नहीं, कुछ नहीं।" वह सिर को ज़रा-सा झटका देकर रुखाई से इतना ही कहता है और सहसा भाभी की बाँहों के घेरे से निकल, उछलकर उठता है और तौलिया लेकर नहाने चला जाता है। नल ऊँचा है। वह उसे पूरा खोलकर उसके नीचे बैठ जाता है।—क्या वे उसे इसीलिए होस्टल से घर लाए थे? एक दुर्वार क्रोध से पानी की धारा के नीचे उसका तन-मन जल उठता है। वह नल बन्द कर देता है। ज़ोर-ज़ोर से शरीर पर साबुन मलता है।....उसके कानों में भाभी के वाक्य गूँज जाते हैं—'वे कुछ नहीं करेंगे। कुछ करने के योग्य वे हैं ही नहीं।' वह ज़ोर-ज़ोर से अपना बदन मलता है। साबुन की झाग उसके गोरे शरीर को ढक लेती है....और तभी वह लिजलिजा केंचुआ बढ़ना शुरू होता है और धीरे-धीरे ब्राज़ील के जंगलों का पाइथन बन जाता है—बोआ कंस्ट्रिक्टर—भयानक अजगर, जो अपनी गुंजलकों में शेर बबर तक को पीस डालता है।—उसने शेर बबर को अपनी गुंजलकों में लपेटे बोआ कंस्ट्रिक्टर का चित्र देखा है—वह अपने-आपको उसी अजगर के रूप में पाता है और अपने चंगुल में भाई साहब को, उनके सारे जीवन को ग्रस लेता है—उनकी पत्नी को, उनकी कमाई को। और मज़े से उन्हें इंच-इंच निगलता है।....वह पानी की धार छोड़ देता है। उसके शरीर का सारा क्लेश धुल जाता है, मन का संताप दूर हो जाता है। उसे भाई साहब की निरीहता पर दया तक हो आती है। उसे विश्वास हो जाता है कि वे अब कभी उसे कुछ नहीं कह पाएँगे। कभी वैसी स्थिति में देख लें तो भी नहीं।....वह डर गया था....लेकिन अब डर की कोई बात नहीं।....वह ग्रस लेगा। उन्हें अपनी गिरफ्त में पीस डालेगा।....वह देर तक नल के नीचे बैठा नहाता रहता है।

भाई साहब दो दिन घर नहीं आते। तन-मन की शुद्धि के लिए अनशन किए रहते हैं। तीसरे दिन वह भाभी को साथ लेकर उनके दफ्तर जाता है, उन्हें घर ले आता है और परम उदारता से उन्हें क्षमा कर देता है।

वह फिर लेट जाता है। उसके दिमाग में अपनी पत्नी की बात कौंध जाती है—"मुझे वहीं होस्टल में क्वार्टर मिल गया तो मैं वहीं रहूँगी।" वह एक दिन कहती है। इधर जब से उसकी नौकरी लगी है, उसके पहरावे में, चाल-ढाल में, बोल-चाल में अन्तर आ गया है।⋯आठ वर्ष तक वह पत्नी की सुध नहीं लेता। गाँव जाता भी है तो उसके निकट नहीं फटकता। भाई साहब फिर उसे कभी तंग नहीं करते। बहुत स्नेह उस पर आता है तो ज़्यादा से ज़्यादा उसके बालों पर हाथ फेर लेते हैं अथवा झिझकते-झिझकते उसका मस्तक चूम लेते हैं। वह जो चाहता है कर देते हैं। उसे ज़रा-सा कष्ट, तनिक-सी चिन्ता नहीं होने देते। वह भाई साहब से रुपया लेकर घर तो भेज देता है, लेकिन पत्नी को नहीं बुलाता⋯और भाभी—वे उसकी माँ भी हैं, भाभी भी, प्रेयसी भी और पत्नी भी।⋯वे उसे कभी-कभी कोंचती हैं, उसकी पत्नी का पक्ष लेकर बात करती हैं, पर वह टाल जाता है। वे कभी ज़ोर नहीं देतीं। हाँ, इस बात का खयाल रखती हैं कि हर महीने कुछ रुपए और दिन-त्यौहार को कपड़े-लत्ते वह उसे भेजता रहे।

⋯तभी पड़ोस में नीति आ जाती है। वह राजनीति में एम० ए० है और कांग्रेस के आन्दोलन पर रिसर्च कर रही है और भाई साहब से मदद लेने आती है।⋯कभी जब भाई साहब नहीं होते तो वह उसके कमरे में आ बैठती है। उसका कालम सुनती है। राजनीति पर उससे बहस करती है। उसकी कहानियाँ सुनती है। उसे ताने देती है कि वह सुस्त हो गया है। साल में तीन-चार कहानियाँ लिखकर कोई बड़ा लेखक नहीं बन सकता। उसे कालम बन्द कर देना चाहिए और अपना वक्त कहानियाँ और कविताएँ लिखने में लगाना चाहिए।⋯उन दिनों वह सचमुच कई सुन्दर कहानियाँ और कविताएँ लिखता है। नीति उसके ज़्यादा निकट आ जाती है। इतना कि उसे भाभी की उपस्थिति और नैकट्य खलने लगता है। लेकिन भाभी प्रतिवाद नहीं करतीं। वह नीति को उनके सामने अंक में भर लेता है। वे मुस्कराती रहती हैं। माथे पर शिकन नहीं आने देतीं। उसी तत्परता से उन दोनों को चाय पिलाती हैं। नाश्ता कराती हैं। दोनों से हँसी-मज़ाक करती हैं।⋯तभी गाँव में उसके पिता बीमार हो जाते हैं। भाभी अनुरोध करके उन्हें देखने उसके साथ गाँव जाती हैं और जाने कैसे क्या करती हैं कि आते-आते उसकी पत्नी को ले आती हैं।⋯उसे शिकायत थी कि पुष्पा सुशिक्षित नहीं, सुंसस्कृत नहीं, फूहड़ और देहातिन है। लेकिन जिस दिन पुष्पा आती है, भाभी अपना सारा ज़ोर उसे पढ़ाने-लिखाने, सुघड़ और सुसंस्कृत बनाने में लगा देती हैं। स्वयं जाकर उसे महिला विद्यालय में दाखिल करा आती हैं। पुष्पा मैट्रिक करती है। पुष्पा एफ० ए० करती है। पुष्पा बी० ए० करती है। पुष्पा बी० टी० कर लेती है। इस बीच नीति अपने-आप कट जाती है।⋯मुन्नी होती है तब भी भाभी उसकी पत्नी की शिक्षा में अन्तर नहीं आने देतीं। मुन्नी का सारा काम अपने ज़िम्मे ले लेती हैं और सबसे ज़्यादा यह कि मुन्नी को माँ की, और पति को पत्नी की कमी महसूस नहीं होने देतीं। पुष्पा के लिए भाभी सास और माँ दोनों का कर्तव्य निभाती हैं⋯और अब पुष्पा इस घर को छोड़ देना चाहती है।⋯

वह फिर उठ बैठता है। उसे चाय पीने की इच्छा होती है। वहीं से वह भाभी को चाय लाने के लिए कहता है और दीवार पर लगे शीशे के सामने जा खड़ा होता है...उसके बालों में सफेदी आ गई है। गाल किंचित् ढलक आए हैं। हाँ, नाक वही है, माथा वही है, आँखें वही हैं। उसे लगता है बुढ़ापा वक्त से पहले उस पर उतर आया है, जबकि सुबह उसे लगा था कि उसकी पत्नी जैसे नए सिर से जवान हो गई है।...नीति के आने से उसके काम में जो तेज़ी आई थी, वह उसके दूर हट जाने से अपने-आप कम हो गई है। कालम लिखना उसने कब का छोड़ दिया है, लेकिन नीति के हट जाने के बाद न वह कहानियाँ लिख पाया है, न कविताएँ। अच्छी कहानी लिखने में जितनी मेहनत करनी पड़ती है, वह उससे नहीं होती और कविता का उसे स्फुरण ही नहीं होता। सुबह वह देर तक लेटा रहता है। फिर देर तक समाचार-पत्र पढ़ता है। विज्ञापन तक पढ़ जाता है। फिर नित्य-कर्म से निबट कर मट्ठे का गिलास पीकर तख्त पर पसर जाता है। कोई किताब उठा लेता है और ऊँघ जाता है। दोपहर का खाना खाकर दो घण्टे सोता है। शाम को उसकी बच्ची आ जाती है तो उसके साथ खेलता है। बस रात को कुछ पढ़-वढ़ा लेता है। बच्ची को भाई साहब ने बाकायदा गोद ले लिया है। इन दस-बारह वर्षों में उसने अपनी गुंजलक में पूरी तरह उन्हें जकड़ लिया है और वह परम इत्मीनान से अजगर की तरह पसरा हुआ है।...उसे कभी-कभी खयाल आता रहा है कि उसके यदि लड़का होता और उसे भाई साहब गोद लेते तो कितना अच्छा होता।...इसीलिए उसे पत्नी का पढ़ना-लिखना बुरा नहीं लगा। वह पत्नी के साथ चला जाएगा और मुन्नी को ले जाएगा, वह भय दिखाकर उसने अपने शिकंजे को इस घर पर और भी कस लिया है।...वह अपने-आप मुस्कराता है। भाभी के कोई लड़का न हो जाए, उसने इस बात का कितना खयाल रखा है...लेकिन उसके अपने भी लड़की ही हुई...और उसे अच्छा लगा था कि उसकी पत्नी ने नौकरी कर ली है...लेकिन वह यहाँ से जाना क्यों चाहती है? यहाँ उसे क्या कमी है? मुन्नी को वह कैसे छोड़ जाएगी? वह तो मुन्नी की शादी के बाद दामाद को भी घर में ही रखने की योजना बना रहा है और यह सब कुछ छोड़-छाड़कर चली जाना चाहती है—वह इसी सोच में डूबा हुआ है कि भाभी चाय ले आती हैं—"भइये, खाने का टाइम हो गया है, तुमने कहा तो मैं चाय लाई हूँ।"

"अच्छा भाभी, चाय नहीं पीते, खाना खा लेते हैं।"

भाभी हँसती हैं—"नहीं, मन है तो पी लो। ज़रा ठहरकर खाना खा लेना।"

वह चाय पीता है और सोचता है कि उसे कोई काम करना चाहिए। इस तरह ढीला छोड़ देने से तो उसका शरीर थुलथुला जाएगा। उसे सुबह कुछ कसरत करनी चाहिए। योगाभ्यास करे तो कैसा रहे? वह उठकर अलमारी से ऋषि आश्रम, हरिद्वार, की कुछ पुस्तकें उठा लाता है और देर तक उनका अध्ययन करता है और अपने लिए कुछ योगासन चुनता है—वह सुबह जल्दी उठेगा। मालिश कराएगा। कसरत और योगासन करेगा और उसके शरीर में चीते की-सी लचक आ जाएगी।

भाभी उसका खाना ले आती हैं। खाना खाकर वह फिर तख़्त पर पसर जाता है और एक बृहत् उपन्यास की रूपरेखा बनाता सो जाता है। लेकिन उसे उपन्यास लिखने की ज़हमत नहीं उठानी पड़ती। सहसा बाहर बरामदे में शोर से उसकी आँखें खुल जाती हैं। वह तो भूल ही गया था, आज ही तो सहयोगी संस्थान की योजना को अंतिम रूप देने के लिए मीटिंग रखी थी। वह दरवाज़ा खोलकर आगत साहित्यिकों और पत्रकारों का स्वागत करता है और क्षण-भर को क्षमा माँगकर अन्दर जाता है। मुँह-हाथ धोता है। बाल बनाकर कपड़े बदलता है। भाभी से कहता है कि आठ-दस आदमी आए हैं, नाश्ते और चाय का प्रबन्ध कर दें। वह कहना भूल गया था और कुछ नहीं तो दो डिब्बी बिस्कुट मँगा लें।

वह अन्दर जाना चाहता है कि भाई साहब आते हैं। वे बहुत ही उत्साहित हैं : " 'सहयोगी प्रकाशन' की सारी स्कीम बन गई है। बस बचवा, तुम सुन लो और पास कर दो।" वे कहते हैं और उसके कंधे पर हाथ रखे वापस कमरे में आ जाते हैं।

दो-तीन घंटे जमकर मीटिंग होती है। चाय, दाल-सेव और नमकीन, मीठे बिस्कुटों का नाश्ता उड़ता है। भाई साहब सबको स्कीम समझाते हैं। उस पर तर्क-वितर्क और वाद-विवाद होता है। बीच-बीच में वह भी पते लगाता है। आखिरकार योजना अन्तिम रूप पा जाती है। ग्यारह सदस्यों की सूची बनती है। वह मन्त्री चुना जाता है। तय होता है कि सब सदस्य एक-एक हज़ार रुपया डालें। कुछ सरपरस्त सदस्य बनाए जाएँ, जो दो-दो शेयर लें। जितना रुपया इकट्ठा हो, उससे दस गुणा सरकार से लिया जाए। एक प्रेस लगाया जाए, एक साप्ताहिक निकाला जाए और साथ में प्रकाशन किया जाए। सरपरस्त सदस्य बनाने, संस्थान को रजिस्टर्ड कराने और सरकार से रुपया लेने का सारा ज़िम्मा भाई साहब लेते हैं और जब दो घण्टे के तर्क-वितर्क के बाद सारी स्कीम पारित हो जाती है तो भाई साहब सबको लेकर चल देते हैं।

वह बरामदे में जाकर उन्हें विदा कर लौटता है तो उसका मन बड़ा उत्फुल्ल है। बृहत् उपन्यास उसके दिमाग से निकल चुका है, उसके बदले प्रेस और साप्ताहिक और प्रकाशन और बैंक बैलेंस और चेक बुकें और चार-चार अंकों के चेक आ जाते हैं और बड़े प्रसन्न अलस भाव से अन्दर जाता है।

सहसा उसे एक धक्का-सा लगता है और वह आसमान से ज़मीन पर उतर आता है। उसकी पत्नी (जो इस बीच कॉलेज से आ चुकी है) घर के धुले कपड़े तहाकर सूटकेस में सहेज रही है। अपने पति के खिले हुए मुख की ओर वह कोई ध्यान नहीं देती और सुते हुए चेहरे से कपड़े तहाए और उन्हें सूटकेस में रखे जाती है।

चौखट पर खड़े-खड़े एक क्षण-भर को उसकी निगाहें अपनी पत्नी के चेहरे पर जम जाती हैं—यद्यपि वह दिन-भर कॉलेज में पढ़ाकर आई है, पर उसके चेहरे पर ज़रा भी थकान का आभास नहीं। मुख पर हल्का-सा पाउडर, होंठों पर सुर्खी, आँखों में सुरमे की लकीर, चौड़े माथे पर बड़ी-सी उन्नाबी बेंदी, आधुनिक तर्ज़ का जूड़ा और चेहरे पर

कुछ अजीब-सा दर्प—यह वह चेहरा नहीं, जिसे सुहागरात में देखकर उसे वितृष्णा हुई थी। यह तो अपने यार से मिलने को उत्सुक किसी युवती का चेहरा है···और वह सहसा फट पड़ता है :

"कहाँ की तैयारी हो रही है, पुष्पा जी ?"

पुष्पाजी पूर्ववत् कपड़े तहाए जाती हैं। उसका प्रश्न वे जैसे नहीं सुनतीं। आँख तक उठाकर नहीं देखतीं।

उसका उल्लास पत्नी की इस अवहेलना से हवा हो जाता है और उसके स्वर में विद्रूप आ जाता है, "पुष्पा जी, मैंने आपसे कुछ अर्ज़ किया है।"

सहसा पुष्पा जी झुके-झुके आँखें उठाती हैं—जाने उन आँखों में क्या है—अनुनय, आग्रह, हठ, किंचित् दुःसाहस, कद्रे बेबाकी—वे सिर्फ इतना कहती हैं, "मैं अब यहाँ नहीं रहूँगी।"

और आँख झुकाकर वे बड़े तन्मय भाव से कपड़े तहाने लगती हैं।

आगे बढ़कर वह पत्नी की पीठ थपथपाता है, "क्या बात है ?"

"मैंने आपसे सुबह ही कह दिया था कि यदि मुझे होस्टल में जगह मिल गई तो मैं चली जाऊँगी," पत्नी कहती हैं, "प्रिन्सिपल ने मेरी प्रार्थना स्वीकार कर ली है। उन्होंने मुझे आनरेरी वार्डन नियुक्त कर दिया है। निवास की सुविधा दे दी है। एक क्वार्टर मेरे नाम एलाट कर दिया है।"

"लेकिन···लेकिन ···वहाँ फेमिली तो नहीं रह सकती।"

"रह सकती है।"

"मैं वहाँ लड़कियों के होस्टल में नहीं रह सकता।"

"आप कोई दूसरा घर किराए पर ले लेंगे तो मैं आ जाऊँगी।"

क्षण-भर सन्नाटा छाया रहता है।

"मुन्नी ?···"

लेकिन मुन्नी के बारे में वह क्या कहना चाहता है, वह तय नहीं कर पाता और प्रश्न हवा में लटका रहता है।

पत्नी क्षण-भर को रुकती है कि वह अपना वाक्य पूरा करे। फिर वह कहती है, "मुन्नी को मैं साथ ले जाऊँगी। आप फिक्र न कीजिए।"

"मुन्नी को भाभी नहीं छोड़ेंगी।" और वह किंचित् बेतुकेपन से हँसता है।

पत्नी उसका कोई उत्तर नहीं देती। केवल सिर को कद्रे टेढ़ा कर और आँखें ज़रा तरेरकर उसकी ओर देखती है। उस भंगिमा में कुछ ऐसा है जो पुकार-पुकारकर कहता है—'वे कौन होती हैं मुन्नी को रखने वाली ?'

अपार संयम से अपने-आपको रोककर और स्वर को यथासम्भव सामान्य बनाकर वह पूछता है :

"क्या फिर किसी ने कुछ कह दिया ?"

उसकी पत्नी चुप रहती है।

वह स्वर को और भी मुलायम बनाकर पूछता है, "किसने क्या कहा है?"

पत्नी चुप रहती है।

"क्या फिर कहा राजू की माँ ने कि भाई साहब से मेरी जाति भिन्न है, या भाभी ने पहले मुझे गोद ले रखा था और अब मुन्नी को ले लिया है?" और वह बेशर्मी से हँसता है।

पत्नी अब भी चुप रहती है।

"अरे, कुछ तो बोलो भाई।"

वह फट पड़ती है :

"मैंने होस्टल में रहने की बात की तो नीति बोली, 'भाभी, भाई साहब से भी पूछ लिया है? वे कभी उस घर को छोड़कर नहीं आएँगे। वहाँ सबको गश आने लगेंगे।' "

वह अपने-आपको और नहीं रोक पाता :

"उस नीति साली का क्या है। यहाँ भाई साहब से थीसिस में मदद लेने के बहाने आने लगी थी। 'भाभी-भाभी' करते उसकी ज़बान नहीं थकती थी। मुझ पर डोरे डालती थी। यहीं तख्त पर बिछ-बिछ जाती थी। (दिल में वह कहता है—उसी के कारण तुम यहाँ आई हो मेरी जान!) मैंने लिफ्ट नहीं दी तो लगी बकने···और तुम इतनी भोली हो कि···"

"नीति ही की क्या बात है। कौन है जो यह बात नहीं जानता। सुनते-सुनते मेरे तो कान पक गए हैं। और मैं क्या अंधी हूँ? बहरी हूँ? क्या कुछ देखती-सुनती नहीं? गाँव से आने के कारण पहले दो-चार वर्ष कुछ संदेह भी रहा हो···लेकिन···आप ही सीने पर हाथ रखकर कहिए, क्या लोग गलत कहते हैं?"

"लोग साले जलते हैं।"

"काहे से जलते हैं?" पत्नी बिफर पड़ती है, "जलने को है क्या?···कोई बड़ी नौकरी पा ली है? बड़ा व्यापार जमा लिया है? कोई बिल्डिंग खड़ी कर ली है? कि महान पुस्तक लिख डाली है?···"

उसे बेहद क्रोध आता है, पर उसे रोककर वह बड़े आश्वस्त भाव से हँसते हुए कहता है—"सब होगा। सब होगा। आज सहयोगी संस्थान की वह स्कीम बनाई है कि प्रेस, साप्ताहिक और प्रकाशन साथ-साथ होगा। फिर बिल्डिंग भी खड़ी होगी, कार भी आएगी और एक नहीं, कई उपन्यास छपेंगे···आज ही मैंने एक बृहत् उपन्यास की रूपरेखा बनाई है···"

पत्नी विद्रूप से हँसती है, "जब से मैं आई हूँ कितनी स्कीमें नहीं बनीं? कितने उपन्यास आपने नहीं सोचे? जब-जब कोई झगड़ा हुआ है, जब-जब यहाँ से जाने की बात उठी है, बड़ी स्कीम बन गई है और सपने लेने लगे हैं···बरसों से बेकार दूसरों की कृपा पर जी रहे हैं···लोग जलते नहीं···लोग हँसते हैं···फब्तियाँ कसते हैं···मज़ाक उड़ाते

हैं....'

वह क्षण-भर को रुकती है, फिर उसी रौ में कहे जाती है, "मेरा जी यहाँ नहीं लगता। यहाँ मेरा दम घुटता है। मेरी स्थिति इस घर में क्या है? मैं यहाँ कौन हूँ....आपकी पत्नी। पर आप तो कमाते नहीं और मेरी स्थिति रखेलों से भी बदतर है। इसीलिए मैंने नौकरी कर ली है। मैं यहाँ नहीं रह सकती। नहीं रह सकती...."

वह उसके स्वर में दर्द को पहचानता है। उसके स्वर में अतिरक्त फुसफुसाहट और खुशामद आ जाती है :

"तुम बेकार ज़्यादा सोचती हो। बेकार लोगों की बातें सुनती हो।"

"काश, मेरे दिमाग न होता। कान न होते। आँख न होतीं। काश, मैं इतना न पढ़ती। तब शायद मैं सुख से रह लेती। आप ठीक कहते हैं, मैं बहुत सोचती हूँ। मुझे अपनी ही नहीं, भाभी की स्थिति भी वैसी ही लगती है। पर वे मालकिन हैं। भाई साहब की स्थिति वैसी लगती है। पर वे मालिक हैं। आप....आप....मालिक न होते हुए भी मालिकों से ऊपर हैं। लेकिन मैं क्या हूँ? मैं कौन हूँ? मेरी क्या स्थिति है?...."

उसकी आवाज़ दबी हुई चीख की हद तक ऊँची हो गई है। लेकिन उसमें क्रोध नहीं है। अनुनय है। अनुरोध है। समझाने की नैराश्य-भरी कोशिश है।

वह स्वर को और भी मुलायम बना लेता है : "तुम बेकार परेशान होती हो, कितना स्नेह मुन्नी को भाभी ने दिया है। तुम्हें पढ़ाया-लिखाया और इस योग्य बनाया है।...."

पत्नी चुप रहती है।

"तुम्हें नहीं मालूम, भाभी ही तुम्हें यहाँ लाई हैं।"

"मैं जानती हूँ। और यह भी जानती हूँ, क्यों लाई और क्यों मेरे स्कूल और कॉलेज जाने पर इतना ज़ोर देती रही हैं।"

"क्या तुम्हारे दिल में ज़रा भी माया-ममता नहीं?" उसके स्वर में खीझ है, "पिछली बार जब तुमने मुन्नी को साथ लेकर गाँव चले जाने की बात की थी तो भाभी को दौरा पड़ गया था।"

"मैं जानती हूँ और यह भी जानती हूँ कि आप मेरे साथ चलें तो भाई साहब को भी पड़ने लगेगा।"

वह अपना संयम खो देता है। "क्या बकती हो। देखता हूँ चार अक्षर क्या पढ़ गई हो, अपनी औकात भूल गई हो।"

"औकात!" वह जैसे समझाने का प्रयास छोड़ देती है। उसके स्वर में अनुनय गायब हो जाता है। कटुता उभर आती है और इस शब्द को उसके मुँह पर फेंकते हुए, वह जब आँखें उठाती है तो उसमें शोले लपकते हैं और जाने कैसा विद्रूप उसके होंठों को बिच्छू के डंक-सा वक्र कर देता है। "मेरी औकात तो आपके साथ है। जब आपकी कोई औकात नहीं तो मेरी क्या होती?...."

वह क्षण-भर चुप रहती है। पति के शरीर का सारा रक्त उसके चेहरे की ओर दौड़ पड़ता है। वह विचलित नहीं होती और तीखे स्वर में कहती है :

"कभी आपने सचमुच हम लोगों की औकात पर गौर किया है?····अपनी, मेरी और उस बच्ची की?····क्या आप सचमुच नहीं जानते, लोग क्या कहते हैं?"

वह उत्तर के लिए रुकती है। पति का चेहरा क्रोध के मारे क्षण-क्षण लाल होता जा रहा है। लेकिन पत्नी के सामने जैसे वह क्रोध से लाल चेहरा नहीं है—एक निर्वीर्य, पीला, क्लीव चेहरा है।

"लोग साले तो खुदा को भी गालियाँ देते हैं।" वह क्रोध में चिल्लाता है, पर उसके स्वर में पत्नी को समझाने का भाव भी है। "लोगों की बात सुनें तो दो कदम चलना मुश्किल हो जाए। फिर तुम्हारे लोगों में सबसे आगे है वह राजू की माँ। परम असफल आदमी की परम असंतुष्ट बीवी। राजू का बाप मेरे ही साथ पढ़ता था। क्या कर लिया उसने? साले स्कूलों, कॉलेजों और सरकारी दफ्तरों में सड़ते हैं। दिन-भर झूठ बोलते और खुशामद करते हैं और यहाँ किसी साले की नौकरी नहीं करते, किसी की धौंस नहीं सहते। मस्त रहते हैं।"

"इसी का तो दुःख है।" पत्नी कहती है, "आप भी यदि दूसरों की तरह काम करते····लेकिन जैसे घरेलू औरत के मुकाबिले में रखेल आराम से रहती है, आप····"

वह संयम खो देता है। जैसे प्रतिक्षण संचित होता हुआ उसका क्रोध अपनी सीमा को पहुँच जाता है। जन्नाटे का एक थप्पड़ वह अपनी पत्नी को जड़ देता है। "टाँगें तोड़ दूँगा यदि राजू की माँ या नीति-फीति के यहाँ गई, इधर-उधर की बातें सुनीं और मुझे सुनाईं।····मैं साले किसी की परवा नहीं करता। तुमको होस्टल में रहना हो तो अभी जा रहो। मैं भाई साहब का रखेल हूँ, तुम्हारे बाप का तो नहीं।"

और वह ज़ोर-ज़ोर से चिल्लाने लगता है।

भाई साहब पत्रकारों के साथ ही जा चुके हैं। भाभी रसोईघर में बैठी शाम की रसोई का प्रबन्ध कर रही हैं। चिल्लाहट सुनकर भागी आती हैं। लेकिन उन्हें दाएँ हाथ से परे धकेलते और रास्ते में पड़े पटरे को ठोकर लगाते हुए वह घर से निकल जाता है और तेज़-तेज़ चल देता है····'रखेल' शब्द हथौड़े-सा उसके दिमाग में चोट करता है। ····वह और तेज़-तेज़ चलने लगता है।····रखेल····फिर उसके सिर पर चोट पड़ती है।····उसके कदम और तेज़ हो जाते हैं।

वह बँगले से बहुत दूर निकल आया है, उसी तेज़ गति से। लेकिन न उसके पैरों में थकन है न पिंडलियों में दर्द। बार-बार वही शब्द उसे ठकोरता रहा है। उसकी पत्नी ने उसके जीवन का सारा झूठ उसके सामने रख दिया है। वह रखेल ही तो है। नितान्त निरीह केंचुआ और वह अपने को भयानक अजगर समझता था—बोआ कंस्ट्रिक्टर! वह अज़गर भी है तो मलूकदास वाला अजगर है, जो चाकरी नहीं करता और राम भरोसे सोया रहता है।····उसे भाई साहब पर क्रोध आता है, जो उसे बहला-फुसलाकर ले आए

थे और जिन्होंने उसकी सारी ज़िन्दगी चौपट कर दी। भाभी पर क्रोध आता है, जिसने उसे एक बार अपने चंगुल से जकड़ लिया तो फिर निकलने नहीं दिया।... उसकी आँखों में भाभी के निकटतम सम्पर्क में गुज़ारे क्षण घूम जाते हैं... वह गोरा गदराया तन और छोटी चिबुक, पर भरी पुष्ट छातियाँ और रेशमी जाँघें और गर्म रसीले होंठ और गहरी नशीली आँखें... और वह प्यार... वह दावानल-सा तपता और समेटता... ममता—नीली विशाल झील-सी गहरी और ठण्डी और खुनक... एक के बाद एक गुंजलक, मज़बूत से मज़बूततर, अटूट, इस्पाती... वह बोआ कंस्ट्रिक्टर है। भाभी है। भाभी है। भाभी बोआ कंस्ट्रिक्टर है। और उसकी गुंजलकों में फँसा वह नितान्त निरीह और नपुंसक पशु है। वह नपुंसक है। नामर्द है। मर्द होता तो कब का उस कुंडली को तोड़कर निकल जाता।... उसे अपनी पत्नी पर गुस्सा आता है।... वह उसे एकदम ठस, बेअकल और फ़ूहड़ समझता आया है। वह कितनी तेज़ है ! उन सबसे घोर नफरत करते हुए भी वह बड़ी निष्ठा और सतर्कता से उस गुंजलक से निकलने की योजना बनाती रही है। और उसकी इतनी हिम्मत हो गई कि जिन्होंने उसे इतना स्नेह दिया, पढ़ाया-लिखाया, उन्हें नितान्त हेय समझे और उसे, जो उसका पति है—रखेल कहे।... उसने उसका गला क्यों न घोंट दिया?... उसे उसी वक्त उसका गला घोंट देना चाहिए था। कल्पना ही कल्पना में वह दोनों हाथों में उसकी गर्दन दबोचकर उसे धरती पर गिरा देता है और उसके सीने पर चढ़कर उसका गला घोंटता और उसका सिर ज़ोर-ज़ोर से फर्श पर पटकता है... तभी दूर गाड़ी की गड़गड़ाहट सुनाई देती है। वह अपने-आप में आ जाता है। दिल्ली को जाने वाली गाड़ी का टाइम है। हठात् उसके जी में आता है कि वह गाड़ी के आगे कूद जाए। इस बेकार असफल ज़िन्दगी के चंगुल से हमेशा-हमेशा के लिए निकल जाए... तब उस गधी को भी पता चलेगा कि उसका मर्द नपुंसक नहीं है। एक बात के लिए वह ज़िन्दगी को तिनके की तरह उठाकर अलग फेंक सकता है। जाए वह होस्टल में। रहे वहाँ। सारी ज़िन्दगी वहीं गुज़ारे... उसके मन में प्रतिशोध की प्रबल आग धधक उठती है और गाड़ी के आगे कूद जाने—पत्नी से यों प्रतिशोध लेने का खयाल उसके दिमाग को जकड़ लेता है। वह आज़ाद होना चाहती है। हो आज़ाद। वह उसे ज़िन्दगी-भर के लिए आज़ाद कर देगा।... और वह अनायास भागने लगता है।

यद्यपि रेल की गड़गड़ाहट सुनकर, धोती को कमर में खोंस, वह एक अंधे आवेग से सरपट भागने लगा था, लेकिन जब टंकी के मोड़ पर उसे सामने रेल का फाटक नज़र आता है और इंजन की ज़ोर की सीटी सुनाई देती है तो उसका दिल धक् से रह जाता है और उसकी चाल किंचित् मन्द हो जाती है। वह भागे जाता है, लेकिन उसे लगता है जैसे उसकी पिंडलियाँ पिघली जा रही हैं। वह फाटक से चन्द कदम इधर होता है कि उसके सामने से इंजिन धड़धड़ाता हुआ फाटक से गुज़र जाता है और फाटक तक पहुँचते न पहुँचते आधी गाड़ी निकल जाती है। एक डिब्बे पर उसे लाल पट्टी पर 'दिल्ली' लिखा दिखाई देता है पर दूसरा शब्द वह पढ़ नहीं पाता। तभी एक गाड़ी के खुले

दरवाज़े में खड़ा कोई लौण्डा उसकी ओर मुट्ठी बँधा हाथ बड़े भद्दे संकेत में झुलाता गुज़र जाता है।

वह फाटक पर कोहनी टिका लेता है और स्वप्न की-सी अवस्था में खड़ा गाड़ी को गुज़रते देखता है। सहसा पहियों के नीचे उसे अपने कटे हुए अंग तड़पते, छटपटाते दिखाए देते हैं—कभी कटा सिर, कभी तड़पता हाथ, कभी रह-रह फड़कता घुटना। हर डिब्बे के बाद उसे दोनों रेलें दिखाई देती हैं और उन पर छटपटाते उसके अपने अंग और लोहू से भरी लाइनें और पत्थर... कि गाड़ी गुज़र जाती है। फाटक उठता है। वह कोहनी हटा लेता है। डूबती धूप में चमकती नंगी लाइनें उसकी आँखों को चौंधिया जाती हैं। और फिर पों-पों करती बस और अंगल-बगल भागते रिक्शे उस जगह को घेर लेते हैं।

वह पीछे हट जाता है। उसकी पिंडलियाँ बेतरह काँप रही हैं। फुटपाथ और नाले के बीच लम्बी घास की पट्टी है, जिस पर नाले के पार बँगले में लगे छतनार गुलमोहर की छाया पड़ रही है। वह बढ़कर वहाँ बैठ जाता है। घास नम है। धोती के नीचे उसके चूतड़ गीले हो जाते हैं। वह परवाह नहीं करता। उसकी निगाह अपनी गोरी-गोरी नंगी पिंडलियों पर ज़ाती है। बारीक भूरे-भूरे रोंगटे खड़े हो आए हैं। वह धोती को नीचे कर लेता है और नम घास पर लेट जाता है।...गुलमोहर का आधा पेड़ लाल सिंदूरी गुंचों से लदा हँस रहा है और आधा वीरान और उदास, जैसे अपने आधे भाग से विमुख है। एक उचट की नज़र उस पर डालकर वह आँखें बन्द कर लेता है...देखता है कि वह भागता जा रहा है और फाटक के बराबर से निकलकर इंजिन के आगे कूद जाता है। इंजिन के आगे लगा लोहे का जालीदार काऊक्केचर उसे उठाकर और आगे फेंक देता है और गाड़ी उसके ऊपर से गुज़र जाती है।...दूसरी बार वह देखता है कि उसकी धोती काऊक्केचर में फँस गई है और वह दूर घिसटता, कटता चला जाता है।...वह बार-बार तरह-तरह से अपनी मौत देखता है। उसे कुछ अजीब-सी लज़्ज़त उसमें मिलती है। वह आँखें खोल देता है और उठकर बैठ जाता है।...वह उठकर चल देना चाहता है। पर उसे अपार थकन महसूस होती है। वह फिर लेट ज़ाता है। आँखें बन्द कर लेता है।...इस बार वह देखता है कि वह रेल की पटरी पर गर्दन टिकाए लेटा है और किसी स्लो फिल्म की गति से इंजिन उसकी ओर बढ़ा आ रहा है। वह चाहता है पर उठ नहीं पाता। चीखना चाहता पर चीख नहीं पाता। कुछ अजीब-से सम्मोहन में बँधा इंजिन को इंच-इंच अपनी ओर सरकते देख रहा है। वह एक खामोश चीख मारता है और आँखें खोल देता है। खुली आखों भी वह क्षण-भर गाड़ी को अपने ऊपर से गुज़रते हुए देखता है।...वह उठकर बैठ जाता है। उसका शरीर पसीने से तर है। दिल बेतरह धड़क रहा है। वह इधर-उधर देखता है। सड़क खाली है। फाटक खुला है और किसी गाड़ी के आने की कोई सम्भावना नहीं।...

अजीब बात है कि अपनी मृत्यु के इतने दृश्य देखते हुए उसे एक बार भी अपनी

पत्नी, बच्ची, भाई साहब या भाभी का खयाल नहीं आता। लेकिन जब वह उठकर बैठता है तो वे सब बारी-बारी उसके सामने आने लगते हैं।...वह देखता है कि भाई साहब पत्रकारों को छोड़कर वापस आते हैं। भाभी बताती हैं कि बचवा लड़कर क्रोध में घर छोड़कर भाग गए हैं। भाई साहब उलटे पाँव घर से निकलते हैं और उसे ढूँढ़ने के लिए चल पड़ते हैं।...घर जाए या न जाए, वह इसी असमंजस में खड़ा है कि भाई साहब उसे ढूँढ़ते हुए परेशान-हाल उधर आ निकलते हैं। सहसा उसे वहाँ देखकर वे हर्षोन्माद से बढ़कर उसे गले लगा लेते हैं और प्यार से बार-बार चूमे जाते हैं।...फिर वह देखता है—नहीं वे तो उसे खोजते हुए न जाने कहाँ निकल गए हैं। वही स्वयं घर पहुँचता है। उसकी पत्नी और बच्ची बाहर सीढ़ियों पर बैठी उसकी प्रतीक्षा कर रही हैं। पत्नी ने घर छोड़कर होस्टल जाने का खयाल हमेशा के लिए छोड़ दिया है। बरामदे में उसके कदम रखते ही दोनों उससे लिपट कर रोने लगती हैं।...फिर वह देखता है—नहीं, वह होस्टल चली गई है। बच्ची को भी साथ ले गई है। केवल भाभी उदास सीढ़ियों पर बैठी उसकी प्रतीक्षा कर रही हैं।...वह चुपचाप उनके पास से गुज़र, अन्दर चारपाई पर जाकर धम से लेट जाता है। भाभी उसके पीछे-पीछे आती हैं। उसके सिरहाने बैठकर वे उसके बाल सहलाती हैं। उसे तसल्ली देती हैं कि उसकी पत्नी और बच्ची वापस आ जाएँगी। जैसे भी होगा भाई साहब उन्हें जाकर ले आएँगे।...सहसा वह उठकर बैठ जाता है और भाभी को बता देता है कि वह कैसे गाड़ी के आगे कटने से बाल-बाल बच गया है। भाभी सिहर उठती हैं और उसे बाँह में भरकर अपने सीने से लगा लेती हैं...उसे लगता है कि भाभी का सीना कुछ ढलक आया है। पर उसे बड़ी राहत मिलती है। वह अपने-आपको ढीला छोड़ देता है और परम संतोष से आँखें बन्द कर लेता है।

सहसा वह आश्वस्त होकर उठता है। धोती की लाँग ढीली होकर नीचे लटक आई है। अचेतन रूप से, जैसा कि उसका स्वभाव है, वह बाएँ पैर से उसे ऊपर उछालकर पीछे खोंस लेता है और धीरे-धीरे वापस चल पड़ता है।

□□